btb

HANNA BERVOETS

FLAUSCHIG

ROMAN

Aus dem Niederländischen
von Rainer Kersten

btb

Für dich

HE, DA BIST DU JA ENDLICH! Ich bin so froh, dass du dich für mich entschieden hast. Obwohl ich gerade erst in deinen Händen liege, habe ich das Gefühl, dich schon seit Ewigkeiten zu kennen.

Darf ich sagen, dass ich dich schön finde?

Ich weiß, du selbst denkst manchmal anders darüber. Würdest gewisse Körperteile oder Partien deines Gesichts lieber verändern. Ich habe keine Ahnung, welche das sind, denn wie ich schon sagte: Ich finde dich herrlich, aber ich weiß, dass du manchmal leicht unzufrieden vor dem Spiegel stehst. In solchen Momenten bist du mit deinem Bild ganz allein: Ihr schaut euch an, versteht einander nicht richtig, denn willst du nach links, geht dein Spiegelbild nach rechts – bitte erlaube, dass ich ab und zu einen kleinen Scherz mache –, eure Beziehung ist kompliziert, denn nicht vollkommen ebenbürtig. Schließlich bestimmst du, wann ihr euch seht, jedes Rendezvous folgt deinem Bedürfnis und findet zu deinen Bedingungen statt, trotzdem befriedigt euer Zusammensein dich nicht immer, lässt der Anblick deines Gegenübers dich manchmal die Stirn runzeln. Doch stell dir mal vor, dein Spiegelbild wäre genauso empfindlich wie du. Es – und damit meine ich sowohl »er« als auch »sie« – würde sich gewiss unsicher fühlen, um nicht gleich zu sagen: verschmäht. Und gib zu: Du weißt, wie es ist, dich zurückgewiesen zu fühlen, schon allein darum solltest du etwas freundlicher zu deinem Spiegelbild sein oder wenigstens lächeln, wenn ihr euch gegenübersteht.

Findest du mich jetzt albern?

Dann tut mir das leid. Aber ich weiß, dass du hin und wieder Albernheiten ganz gern magst.

Und ich glaube, ich weiß noch viel mehr über dich.

Du magst Essen mit Freunden, kannst aber auch gut einen Abend allein sein – mehr noch, manchmal brauchst du das, um deine Gedanken zu ordnen, dich zu erholen von all den Witzen, Gesprächen, den Diskussionen über aktuelle Probleme und angesagte Fernsehserien. Du magst Sonne, solange du dabei nicht schwitzt, du magst es, bei Regen abends drinnen zu sitzen, »I will always love you« hältst du für eine Schnulze, aber singt die mit reiner Stimme ein Kind, rührt es dich doch immer wieder. Du hasst es, deine Fahrradreifen zu flicken, aber du magst Vogelschwärme, ihre Flugfiguren, wie Blätter und Staub in einem Tornado; am Strand bist du gern so allein wie möglich, und zum Tee bekommst du gern einen Keks, steckt der Keks in einer metallglänzenden Folie, reißt du die auf jeden Fall auf, was nicht unbedingt heißt, dass du den Inhalt auch isst – bevor du im Supermarkt eine Weintraube stibitzt, schaust du dich immer erst um.

Auch dein Haar wolltest du dir schon mal färben, und vielleicht erwägst du das immer noch.

Du phantasierst regelmäßig über dein eigenes Begräbnis, und was für Musik sie dabei dann spielen müssten.

Manchmal fragst du dich, ob du deine Verwandten vernachlässigst, obwohl du sie jedes Weihnachten siehst. Du magst Weihnachten, aber nicht das Gezwungene, die zwanghafte Aufregung, die Aufregung über diese Aufregung. Du magst Schnee, aber keinen Matsch. Du gehst, eigentlich, ganz gern auf Partys, atmest aber immer noch erst mal tief ein, bevor du allein den Raum einer Geburtstagsfeier betrittst. Bei dir selbst feierst du selten. Dir graut vor den Kippen in der Dachrinne und dem zertretenen Konfetti im Teppich, außerdem bist du für das Wohlbefinden und Glück anderer nicht gern verantwortlich, mit deinem eigenen Glück und Wohlbefinden hast du schon alle Hände voll zu tun, eine Herkulesaufgabe, und du bist die Letzte, die du enttäuschen möchtest.

Du magst, so glaube ich zu wissen, das Leben im Grunde ganz gern. Was dich nervt, ist der ganze Zirkus drum rum, das damit verbundene Chaos: das Gezwungene, die zwanghafte Aufregung, die Aufregung über diese Aufregung, der Matsch, die Kippen, das zertretene Konfetti, und dann der Schmerz, der ewige Schmerz, die Gewissensbisse, die Angst, die Interessen und Gefühle der anderen, die hinfälligen Körper, die gebrochenen Herzen – manchmal macht dich das alles einfach nur müde.

Und ab und zu ist es, als würde irgendjemand oder etwas einen Nebelwerfer einsetzen, wie in einer Diskothek, so ein Ding, das weißen Rauch spuckt, damit der Raum gleichzeitig größer und weniger leer wirkt. Dein Nebelwerfer befindet sich irgendwo auf deiner Leber, und der von ihm erzeugte Rauch ist nicht weiß, sondern schwarz, dunkle Schwaden blähen dir den Magen, kringeln zu deinen Lungen empor und rauben dir den Atem. In solchen Momenten fühlst du dich deprimiert. Und dauert solch eine Phase zu lang, zieht sie sich wie ein Kaugummifaden immer mehr in die Länge, wenn aus den Momenten Tage werden oder sogar Wochen, dann fragst du dich, ob du nicht häufiger deprimiert bist als glücklich – und dann fühlst du dich noch deprimierter.

Zum Glück wissen du und ich: Es ist nicht mehr so schlimm wie früher. Wie lange ist es jetzt her, die Wochen, Monate – vielleicht sogar Jahre –, in denen du ernsthaft bezweifeltest, ob es für dich noch Rettung gäbe? Ich weiß, dass du an diese Zeit lieber nicht denkst, und glaub mir: Sie ist auch wirklich vorbei, so schlimm wie damals wird es nie wieder, das verspreche ich dir.

Trotzdem gibt es immer wieder auch Dinge, die dir auf der Seele liegen, worüber du nachgrübelst. Etwas an deiner Arbeit, in der Liebe, mit einem Verwandten?

Bestünde dein Geist aus hundert kleinen Männchen – und mit »Männchen« meine ich nicht nur »Männchen«, sondern auch »Weibchen« –, wären sechzig von ihnen ständig mit deinen Problemen beschäftigt. Sie messen die Dinge, die dir im Weg stehen, mit ihren Wasserwaagen und klitzekleinen Linealen, versuchen, sie mit Meißeln und Pickeln zu zerhauen, zu Geröll zu zermahlen, Schutt für die Schubkarren ihrer kleinen Kollegen. Du hast bestimmt schon gemerkt: Ohne Arbeit können diese Wichtelmännchen nicht sein. Haben sie das eine Problem kleingekriegt, werden sie unruhig, marschieren in deinem Kopf hin und her, kleine Trippelschritte direkt hinter deinen Lidern, sie vermitteln dir ein unbestimmtes Gefühl, das du nicht anders umschreiben kannst als mit: Unsicherheit. Das Gefühl hält an, bis die Männchen ein neues Hindernis finden, dem sie gemeinsam zu Leibe rücken können; etwas, woran sie den ganzen Tag arbeiten und bisweilen auch noch in der Nacht – das sind die Nächte, in denen du von dem Gemeißel und Gebohre wach liegst, in denen den anderen vierzig Wichtelmännchen in deinem Kopf – deinen sozialen Fähigkeiten, deiner Kreativität und dem braven Kurzzeitgedächtnis – unter ihren Schlafmasken der Geduldsfaden reißt, sie sich derart über den Handwerkerlärm ärgern, dass du an nichts anderes mehr denken kannst und ein oder gar mehrere Probleme dein ganzes Wesen in Beschlag nehmen.

Das ist alles höchst unangenehm.

Und ich selbst kenne das auch, wirklich! Darum kann ich dir sagen: Mach dir keine Sorgen, alles bessert sich wieder im Laufe der Zeit. Doch natürlich wird alles auch wieder mal schlechter. Aber in den Momenten bin ich für dich da, verstehst du?

Ich stecke nicht in deinem Kopf, ich bin kein Teil von dir, und doch bin ich fest mit dir verbunden. Ich gehe nicht weg, solange du willst, dass ich bleibe. Und, ja: Ich kann mir gut vorstellen, dass du an mir zweifelst!

Aber gerade das gefällt mir an dir. Bleib argwöhnisch, bleib kritisch: Das passt zu dir, ich weiß es. Bei mir kannst du sein, wer du sein willst, weil ich weiß, dass du immer du bist – mit mir an der Seite brauchst du nie wieder Angst zu haben. Glaub mir, geliebtes Wesen: Bei mir bist du sicher.

Wenn du willst, darfst du mich jetzt kurz drücken.

FRÜHLING

I

ES LÄUTET, UND MAISIE bleibt liegen. Sie erwartet kein Päckchen und auch keinen Schornsteinfeger, sie wollte heute ausschlafen – wenn man lange genug wartet, verschwinden die Dinge von selbst, weiß sie.

Es klingelt wieder. Länger diesmal. Maisie stellt sich vor, wie jemand besonders fest auf den eisernen Knopf drückt, aber davon wird das Klingeln nicht lauter, ein Klingelknopf ist keine Klaviertaste, fester drücken führt nur zu blutleeren Fingerspitzen.

Maisie schlurft zum Schlafzimmerfenster. Mit der Linken hält sie ihre zu weite Pyjamahose hoch, mit der Rechten zieht sie den Vorhang beiseite.

»Oh, sorry«, sagt der Mann vom Paketdienst, als Maisie ihm die Tür öffnet.

Diese Entschuldigung ist eine derartige Beleidigung, dass sie eigentlich eine weitere Entschuldigung verdient hätte, findet Maisie.

»Wenn Sie hier bitte unterschreiben möchten…«

Maisie stellt das Paket auf den Tisch. Wenn sie sich jetzt wieder ins Bett legt, könnte sie dann noch mal einschlafen? Natürlich nicht, das bringt jetzt nichts mehr, denkt sie und geht in die Küche, um das Teppichmesser zu holen; es ist stumpf, fällt ihr ein – vielleicht ist das ein Projekt für heute: zu HEMA gehen, ein Teppichmesser kaufen und eventuell ein neues Gläserset.

Gähnend schneidet sie den Karton auf. Das stumpfe Messer hinterlässt eine fransige Spur. Maisie klappt die Laschen auseinander, und da liegt ein kleines, flauschiges Bällchen. Verpackungsmaterial, denkt sie, aber bis auf das Bällchen ist der Karton leer.

Maisie nimmt das kleine Ding zwischen Daumen und Zeigefinger. Es ist weiß wie das Fell von Koschi, aber die Härchen haben etwas Silbriges, wirken synthetisch wie Engelshaar. Sie streichelt das Bällchen vorsichtig mit dem Zeigefinger, legt es sich auf die Handfläche und riecht daran.

Der Geruch ist weniger chemisch, als sie gedacht hätte. Ein Hauch frischer Bettlaken oder Weichspüler – oder Seife, wie sie früher hergestellt wurde und vielleicht auch noch heute, Seife in Form kleiner rosa Ziegel.

Wer schickt ihr so was?

Robbie vielleicht, den hat sie gestern Abend noch gesehen. Er weiß, was mit ihr los ist, und könnte das kleine Ding gleich bestellt haben, einfach so, als Geschenk, um sie aufzumuntern. Sanne und Layla! Auch von ihnen könnte es kommen. Die haben sich letztens so rührend um sie gekümmert, sie stundenlang zusammengesunken auf ihrem Sofa ertragen, ihr Fritten geholt und einen Pudding für sie gemacht – sie wissen alles über sie! Und dieses Knäuel muss von jemandem stammen, der sie kennt, sie und Koschi, oder wenigstens einmal bei ihr zu Hause war.

Florence, denkt Maisie.

Sofort aber schüttelt sie den Kopf, ebenso entschieden wie am Servicetresen im Supermarkt, wenn sie ein Rubbellos aufkratzt, als wollte sie einem unsichtbaren Gegenüber Nüchternheit demonstrieren: Denkt nicht, ich hielte mich für einen größeren Glückspilz als ihr, denkt bloß nicht, ich glaube, Florence könnte mir etwas Schönes schicken, hätte Zeit und Lust, sich noch irgendwie mit mir zu beschäftigen, auch nur einen einzigen Gedanken an mich zu verschwenden – nein, so ein erbärmliches Wesen bin ich echt nicht, dass ihr's nur wisst!

»Schau!«, sagt Maisie zu Koschi. Sie hat sich doch wieder ins Bett gelegt – wenn sie schon nicht mehr einschlafen kann, will sie wenigstens was für ihre Masterarbeit lesen, sie ist schon im Verzug – und hält Koschi das Knäuel vor die Plastikaugen, reibt ihm damit über die wattegestopften Wangen. »Schön flauschig, was?«

Maisie drückt sich das Knäuel jetzt an die eigene Wange, gibt ihm ein Küsschen. Eigentlich will sie es nicht loslassen. Aber sie muss sich aus dem Bett beugen, um *Arm und Reich. Die Schicksale menschlicher Gesellschaften* vom Boden aufzuheben, also legt sie es sich so lange in den Schoß.

He, da bist du ja endlich!, sagt das Bällchen.

Maisie schaut von Koschi zu dem weißen, sprechenden Knäuel auf ihrer frisch bezogenen Bettdecke.

Ich bin so froh, dass du dich für mich entschieden hast.

○

Florence wischt ein paar weiße Flusen vom Küchentisch. »'tschuldigung«, sagt sie, »'tschuldigung für die Unordnung!«

»Macht nichts, Künstler eben«, sagt das Mädchen.

Produktdesignerin, denkt Florence. Gestern Abend hat sie dem Mädchen ausführlich erklärt, was das bedeutet, und obwohl das Mädchen ihr mit »Künstler« natürlich nur etwas schmeicheln wollte, findet sie es ärgerlich: als müsste man zu einem Künstler, anders als zu einem Produktdesigner, aufblicken!

»Magst du Croissants?«

»Croissants?« Das Mädchen nickt eifrig, girrt beinahe. »Au ja, Croissants!«

Florence wirft sich in ihren Matrosenpulli und ihren Mantel, das Outfit finden Mädchen sexy. Sie geht davon aus, dass das Mädchen ihr durchs Fenster hinterherschauen wird.

Im Supermarkt bleibt Florence vor dem Kühlregal stehen. Sie hat vergessen, das Mädchen zu fragen, ob sie Saft möchte. Maisie mochte immer welchen, manchmal war das das Einzige, was sie morgens hinunterbekam: »Saft ist auch Nahrung, nur flüssig.« Das Mädchen, das zu Hause auf sie wartet, mit klopfendem Herzen jetzt vielleicht Schubladen aufreißt, auf der bangen Suche nach hastig versteckten Fotos im Rahmen (wie froh wird sie sein, nur Kassenbons und Haargummis zu finden), braucht keinen Saft, beschließt sie.

»Du hast eine Senseo!«, ruft das Mädchen entzückt, als Florence die Wohnung betritt. »Das hattest du gar nicht gesagt!«

Die Senseo Red war ein Gemeinschaftsgeschenk, teils liebevoll, teils ironisch gemeint. »Wer löslichen Kaffee trinkt, meint es nicht gut mit sich selbst«, hatte Cedric gesagt. Zu ihrem dreißigsten Geburtstag hatten ihre Freunde zusammengelegt. Zweifellos wünschten sie ihr einen Hauch Luxus am Morgen, wussten aber zugleich, dass sie diese Geräte eigentlich hasst; mit ihrem wenig eleganten Äußeren kann man ja noch leben, aber der ästhetische Mangel wird nicht durch Funktionalität kompensiert: Die Dinger tropfen und können bei Verkalkung explodieren – seit fünf Jahren staubt die Maschine denn auch auf dem Schrank vor sich hin, doch nach dem Summen zu urteilen, hat das Mädchen das Monster zum Laufen gebracht. »Sie funktioniert!«, ruft sie, und es klingt aufrichtig begeistert.

Florence weiß, dass sie das Mädchen nach heute Morgen nicht wiedersehen wird.

Das Mädchen steht vor der Anrichte, Florence betrachtet ihren kleinen, runden Hintern. Sie umarmt sie von hinten, legt ihr die Arme um die Hüften, drückt ihr Schambein gegen ihren Steiß. »Künstlerin«, flüstert das Mädchen. Florence dreht die Kleine um, presst ihren Mund auf deren Lippen, damit sie nicht noch mal »Künstlerin« sagen kann, und denkt, was sie schon beim letzten Mädchen gedacht hat, letzten Montag beim Küssen, und beim Küssen des Mädchens davor: an Maisie, an ihre dritte Begegnung, offiziell ihre erste Verabredung.

Maisie fragte nicht weiter, als Florence ihren Beruf nannte. Also erklärte sie ihr ungefragt ihre Ziele und

Ambitionen; in beruflicher Hinsicht und im Leben an sich – als Maisie daraufhin immer noch nichts von sich erzählte, fragte Florence eben selbst, wo ihre Interessen lägen (genau, ja: »Wo liegen deine Interessen?«), worauf Maisie murmelte: »Ich schreibe meine Masterarbeit in Geschichte«, und weiter nichts mehr erklärte. Florence weiß noch genau, wie sie Maisie aus Verlegenheit dann eben packte. Und wie es sie überraschte, dass ihre Münder trotz ihrer unterschiedlichen Größen so gut zusammenpassten.

Es gibt ein Kinderbuch, in dem das Spielzeug eines kleinen Jungen zu leben beginnt, sobald er das Zimmer verlässt: Erst wenn der Plüschlöwe und die Zinnsoldaten sich unbeobachtet wähnen, wagen sie, herumzurennen, sich über den rosa Teppich und die Bettwäsche zu jagen. Vielleicht ist Maisie wie dieses Spielzeug, dachte Florence damals: Solange man sie anschaut, bleibt sie gefroren. Inzwischen vermutet sie, dass es in Wirklichkeit genau andersherum war: Für Maisie war ihre Umgebung das Spielzeug, das sich sofort von ihr abwenden würde, sobald sie sich zu sehr bemerkbar machte. Dass Maisie sie an jenem ersten Abend nicht ein einziges Mal angesehen hatte, war Florence erst zu Hause beim Ausziehen aufgegangen: »Hey, coole Bluse hast du an!«, hatte Maisie gesagt.

Das Mädchen stöhnt. Sie ist jung, höchstens dreiundzwanzig: Je jünger sie sind, desto mehr Pornos haben sie gesehen, und desto lauter stöhnen sie schon bei der leisesten Berührung. Vorsichtig schiebt Florence das Mädchen Richtung Küchentisch. Am liebsten würde sie ihr die Hand auf den Mund legen, um das Stöhnen zu unterdrücken, stattdessen greift sie nach einem blauen, flauschigen Bällchen. Es liegt auf dem Tisch; Florence nimmt es und drückt es zusammen, dringt dann, mit der freien Hand, in das Mädchen ein.

BIST DU HEUTE MORGEN von selbst aufgewacht? Oder hat dich das blecherne Geräusch eines Telefons oder einer Radiouhr geweckt?

Was war das Erste, woran du nach dem Wachwerden gedacht hast? Hattest du Lust auf den Tag, weil die Sonne schien oder du dich auf eine Verabredung freutest? Oder graute dir vielmehr vor dem Aufstehen, dem Anziehen und davor, irgendwohin zu gehen, um mit Leuten zu reden – so sehr, dass du dir die Decke lieber noch mal über den Kopf zogst, um dich einen letzten Moment in Träumen zu wiegen?

Was hast du heute Nacht geträumt?

Dass du geträumt hast, steht fest. Ein Mensch hat durchschnittlich zwanzig Träume pro Schlafzyklus; eine merkwürdige Zahl, gebe ich zu, denn wie bestimmt man genau, wo ein Traum aufhört und der andere anfängt? Träume gehen ineinander über wie Farben auf einem Aquarell, aber die verschwommene Hütte dort auf dem Berggipfel lässt sich natürlich sehr wohl von den Tannen im Vordergrund unterscheiden. Hast du geträumt, dass du über einen Nadelwald fliegst? Das bedeutet, dass dir eine Veränderung bevorsteht: Du bist beunruhigt, nicht ganz zufrieden, dein Leben wird bald eine andere Wendung nehmen. Hast du geträumt, dass dir die Zähne oder die Haare ausgehen? Dann hast du Angst vor dem Altern, und zwar zu Recht: Das Alter lauert hinter den Tannen auf dich, aber dank deiner Träume von Zähnen wird es dich vielleicht nicht so sehr überrumpeln. Ein Traum von Feuer, Brand oder Flammen bedeutet, dass du bald etwas Neues in Angriff nimmst, träumst du dagegen von Wasser, Meer oder Wogen, fühlst du dich in irgendetwas gefangen.

Oder – nun ja, so steht es jedenfalls im *Almanach der tausend Träume* von M. Powell. Aber da steht auch, dass erotische Nachtgesichte von deinen Nachbarn, unangenehmen Kollegen, von Barbra Streisand oder deinem Vater selten etwas über tatsächliches Begehren verraten, und in dem Punkt bin ich mit M. Powell nicht ganz einer Meinung. So kenne ich eine Frau, die ihren Chef – dreißig Jahre älter als sie, vierzig Kilo schwerer, ein Mann mit kleinem, flusigem Zopf – plötzlich rasend attraktiv fand, nachdem sie davon geträumt hatte, wie er es ihr auf der Personaltoilette mit dem Mund machte. Wenn unsere Träume also auch nichts über unser momentanes sexuelles Verlangen aussagen, so können sie zumindest die zukünftigen Wünsche beeinflussen, und, nein, nicht all diese Vorstellungen sind reale Optionen oder Wünsche, aber alle realen Wünsche und Optionen waren einmal Vorstellungen, Gedanken oder Träume – und wir *sind* unsere Träume, wenn wir dem Buch von M. Powell glauben dürfen, der sagt: Träumen ist eine Aktivität des Gehirns, um die Eindrücke unseres täglichen Wachbewusstseins zu verarbeiten. Wusstest du, dass Neugeborene den größten Teil ihres Tages verträumen? Sobald sie eindösen, ist es so weit, Babys träumen viel intensiver und öfter als Erwachsene, schließlich haben sie viel mehr Neues zu verarbeiten. Ein Baby unterscheidet auch noch nicht zwischen Tag und Nacht. Für ein Neugeborenes ist das Leben eine einzige Folge von Eindrücken, deren Großteil seiner eigenen Phantasie entspringt, aber das weiß das Baby natürlich nicht; muss es plötzlich weinen, wenn seine Mutter es hochhebt, kann der Grund sehr gut sein, dass es sich fürchtet, weil es glaubt, sie würde ihm gleich ins Ohr beißen, wie es das eben in seinem Traum erlebt hat.

Seit wann unterscheidest du zwischen Träumen und tatsächlich Erlebtem?

Vielleicht begann das, als deine Eltern »Kuckuck, wo bin ich?« mit dir spielten. Sie hielten sich die Augen zu, klappten die Hände wie eine Saloontür wieder auf, und riefen »Kuckuck!«, während sie dich lachend ansahen. Das taten sie, damit du lernst, dass etwas nicht verschwindet, bloß weil du es einen Moment lang nicht siehst, dass Schnuffel nicht endgültig weg ist, bloß weil du ihn vom Tisch schlägst, und Mama sich nicht auflöst, wenn sie das Zimmer verlässt, dass ihre Augen, Nase und Mund hinter ihren Fingern einfach weiterexistieren.

Die zwei wichtigsten Dinge, die du als Kind lernst: Was du nachts siehst, ist nicht wirklich da, doch was du tagsüber nicht siehst, gibt es trotzdem – was wäre aus dir geworden, wenn deine Eltern dir diese Lektion nie erteilt hätten?

Vielleicht kämst du dir etwas isoliert vor, jedes Mal, wenn du allein zu Hause bist: allein mit deinem Stuhl, dem Computer und dem Tisch, mit dem Fenster, der Aussicht, der Wolke und den paar Menschen in ihrem Schatten.

Aber vielleicht fühltest du dich auch ein ganzes Stück ruhiger als jetzt. Wenn Menschen – deine Freunde, Familie, Kollegen, Verflossenen – nicht existierten, solange du sie nicht siehst, bräuchtest du dir um sie auch keine Sorgen zu machen. Du bräuchtest dich nicht schuldig zu fühlen, weil du sie nicht häufig genug anrufst, und nicht schlecht, wenn sie sich nicht so oft bei dir melden. Du bräuchtest dich nicht zu fragen, wie es ihnen wohl geht und ob sie ab und zu an dich denken. Du bräuchtest, und das ist vielleicht das Angenehmste daran, nicht zu befürchten, dass sie aus dem Haus gehen, um mit anderen zu knutschen. Es gibt kein Draußen. Es gibt keine anderen. Es gibt kein Gefummel, solange du es nicht siehst. So wie auch keine schmelzenden Polkappen oder schrumpfenden Regenwälder oder misshandelten spanischen Esel, solange du nirgendwohin gehst, einfach sitzen bleibst, wo du sitzt, zu Hause, in deinem Zimmer, an die Wand starrend, die einzige Wand auf der Welt: Alles ist gut, solange du dich nicht zu sehr rührst.

Darum sind Babys so sorglos, glaubst du nicht auch? Alles ist gut, also stecken sie all ihre Energie ins Trinken und Wachsen und über Tannenwälder Fliegen oder Bergsteigen – träumst du das auch ab und zu? Dass du einen Berg hinaufkraxelst? Und kommt der Gipfel dabei irgendwann in Sicht, oder musst du immerzu klettern, deinen Pickel in den widerspenstigen Fels schlagen, ohne auch nur einen Schritt weiterzukommen? Wenn es dir einfach nicht gelingt, deine Fahne in den Gipfel zu rammen, fühlst du dich im wahren Leben unterschätzt, an der Arbeit oder in einer Beziehung (das kann auch die zu einem Elternteil sein) – hast du deine Mutter oft genug angerufen, hat sie oft genug mit dir telefoniert? Wenn nicht, bleibt der Gipfel in Nebel gehüllt!

Allerdings muss ich einräumen, dass ich eigentlich nicht an Traumdeutung glaube, jedenfalls nicht richtig. Und du auch nicht, nehme ich an, meinem Eindruck nach bist du ein nüchterner Mensch. Aber du bist bestimmt mit mir einer Meinung, dass deine Träume sehr wohl etwas über dich sagen, und ich versuche nun mal gerade, dich etwas besser kennenzulernen. Ich frage mich, ob es dir auch gut geht.

Ich dachte mir: Vielleicht können wir heute so tun, als wären wir Neugeborene. Als wäre alles, was sich außerhalb dieses Zimmers befindet, einfach nicht da. Nur die Wände um dich herum existieren, das Möbel, auf dem du sitzt oder liegst, nur du und ich.

○

Maisie hat ihren Schal vergessen.

Es ist Anfang April und viel zu kalt für die Jahreszeit, und das liegt am Wind. Sie spürte es schon, als sie vors Haus trat, hatte aber keine Lust, noch mal all die Treppen nach oben zu laufen. Jetzt tut es ihr leid, dass sie den Schal nicht doch noch geholt hat, dieser Scheißwind rast ja geradezu über die Hauptstraße.

Normalerweise kommt sie nie hierher, diese Straße ist nicht ihre Route, kein einziger Bewohner der Stadt wählt diesen Weg. Jetzt aber, wo sie mit der Prozession von Touristen Richtung Hauptbahnhof schlendert, findet sie das eigentlich ganz angenehm. Wer sich unter Fremde begibt, wird selbst einer; für die anderen sowieso, und vielleicht schafft sie es heute Nachmittag ja, sich für einen Augenblick zu vergessen: Sie ist auf Urlaub in einer fremden Stadt und hätte sich bestimmt vor das Steakhaus gesetzt, wenn sie einen Schal dabeihätte; vielleicht kann sie im Souvenirladen einen kaufen. Maisie schaut auf: Eiserne Stacheln ragen aus den roten Leuchtbuchstaben an der Fassade, bestimmt gegen die Vögel, und … hey, sie wusste gar nicht, dass man hier Münzen umprägen lassen kann. Maisie fühlt in ihrer Tasche. Eine Fünfzig-Cent-Münze findet sie nicht, dafür etwas Flauschiges, Weiches.

Eigentlich wollte sie heute Nachmittag Kleidung kaufen. Eine neue Bluse, eine neue Hose oder vielleicht eine Jacke, passend zu ihrem brandneuen, platinblonden Haar. Dass sie es endlich gewagt hatte, ihre roten Locken bleichen und glattföhnen zu lassen, um Betty aus *Mulholland Drive* ähnlich zu sehen, versetzte sie letzte Woche in totale Euphorie, jedes Mal, wenn sie sich im Spiegel ansah. Doch mittlerweile hat der Anblick seinen Zauber verloren, hat sie gestern Abend gemerkt. Ihr neues Haar kräuselt sich schon wieder, so wie ihr altes, und Maisie hat sich den ganzen Morgen aufs Shoppen gefreut. Als sie dann endlich in ihren bequemen Schuhen den COS-Store betrat, passierte es wieder. Kaum sah sie die Regale voll schwarzer T-Shirts mit U-Boot-Kragen und Hochwasserhosen, dachte sie auf einmal: Lass gut sein. Im gleißenden Neonlicht verbrannte ihr Wunsch wie Zigarettenpapier in einer Kerzenflamme, und dahin war aller Elan, ihre Lust, shoppen zu gehen, ihre Lust auf etwas Neues – ein Gefühl der Schwermut machte sich stattdessen breit.

Vielleicht, denkt Maisie manchmal, ist dieses Gefühl ihre Grundemotion. Ein bisschen so wie ein Basisgeruch, ein Geruch, den jeder hat, der immer da ist, aber oft von Seife, Shampoo oder parfümierter Bodylotion überdeckt wird; Arbeitsethos, Vorfreude oder auflodernde Euphorie, sobald diese Gefühle wegfallen, bleibt nur noch das darunterliegende übrig: Schwermut. Aber vielleicht muss sie es umgekehrt sehen. Befällt sie dieses Gefühl nur vorübergehend, ist es kein fester Bestandteil von ihr, sondern überkommt sie einfach nur häufig; ordinäre Enttäuschung eher ihr Deo als ihr Grundgeruch.

Das Gefühl ist auf jeden Fall nicht neu. Sie kannte es schon als Kind: Den ganzen Spaziergang über hatte sie sich auf den Apfelkuchen gefreut, den ihr die Eltern versprochen hatten, im Strandrestaurant hinterher, mit warmem Kakao. Toll, dachte sie, wenn sie in ihren blauen Stiefeln durch die Brandung platschte, das wird schön! Doch kaum stand der Kuchen dann vor ihr, hatte sie auf einmal keinen Appetit mehr darauf und trank nur ein paar Schlückchen Kakao. Der Kuchen war vielleicht nicht so warm, wie sie ihn sich vorgestellt hatte, doch das war nicht der Grund, denkt Maisie heute, es war eher die Leere nach der plötzlichen Erfüllung eines Wunschs: Beim ersten Anblick des Kuchens wurde ihr klar, dass das, worauf sie sich so sehr gefreut hatte, sich ihr jetzt entzog, mit jedem Bissen weniger wurde. Der Genuss, im süßen Teig zu stochern und ihn zu schmecken, erwies sich zuletzt als viel schwächer als die Intensität des Verlangens danach – Maisie erinnert sich, dass sie sich als Kind oft in den Schlaf weinte, ohne richtig zu wissen, warum.

»Für den, der zu viel verlangt, wird Enttäuschung zur zweiten Natur«, hat sie irgendwann auf dem Etikett eines viel zu teuren Tees gelesen. Und das mag ja stimmen, kann alles durchaus sein, aber wer nicht mehr enttäuscht werden will, sollte sich in erster Linie vielleicht keine zu teuren Tees mehr kaufen, fand Maisie.

Sie hat sich hingesetzt. Auf eine graue Steinbank, die zu dem Zweck entworfen zu sein scheint, so vielen Menschen wie möglich Platz zu bieten, aber sie gleichzeitig durch ihr ungemütliches, kaltes Material abzuschrecken. Ausruhen nur für diejenigen, die wirklich nicht mehr können. Noch immer umklammert sie das weiße Bällchen in ihrer Tasche, es ist, als würde es Wärme abstrahlen – Maisie wollte, sie hätte zwei, für jede Hand eins.

Einen Moment lang hat sie gedacht, das Knäuel sei vielleicht falsch zugestellt worden: Stand ihr Name eigentlich auf dem Paket? Sie hatte die Schachtel schon weggeworfen, sie steckte in den Tiefen des Müllbeutels auf ihrem Balkon. Das ist die Strafe dafür, dass ich meinen Abfall nicht trenne, dachte Maisie, als sie die Tüte auf der Spüle auskippte. Auf dem Etikett klebte etwas Soße, trotzdem konnte man ihren Namen und die Adresse noch genau lesen, nirgends dagegen einen Absender.

Robbie bestreitet, dass das Päckchen von ihm stammt, seine Nachricht auf der Mailbox kurz angebunden: »Nein, was für 'n Ding?« Gespielte Coolness oder ein Zeichen, dass er wirklich nicht wusste, wovon sie sprach? Aber, na ja, das wusste sie eigentlich selbst nicht. »Ein weißes Bällchen, das sprechen kann« – besser konnte sie es nicht ausdrücken, sie hat in seiner Funktionsweise noch nicht viel Logik entdecken können. Manchmal bricht es unversehens in einen Monolog aus, ab und zu sogar mehrmals am Tag. Gestern jedoch meldete es sich überhaupt nicht, Maisie dachte schon, es sei kaputt, und heute Nachmittag fragte es sie dann auf einmal, was sie geträumt hätte. Ob er (Maisie glaubt, dass es ein »Er« ist, die Stimme klingt nicht unbedingt tief, aber irgendwie wie ein Junge) ihr zuhört, weiß sie im Grunde nicht, das Knäuel reagiert nie sofort auf das, was sie sagt. Allerdings scheint es ihre Antworten in seinen Texten zu verarbeiten (oder wie soll man es nennen: losen Sätzen, Gesprächen?) und scheint auf jeden Fall zu verstehen, wie sie denkt und fühlt. Nun ja, verstehen, verarbeiten, reagieren, zuhören: All diese Dinge kann das Bällchen natürlich nicht. Doch gerade durch seine Sprunghaftigkeit, durch das Unvorhersehbare vergisst sie manchmal, dass seine Gesellschaft bloß eine Anwesenheit ist: die Anwesenheit eines Dings, einer Maschine.

Einer kleinen, lieben Maschine.

Maisie legt das Knäuel auf ihr rechtes Knie. Ob es jetzt sieht, was sie sieht? Eine Taube, die eine Fritte aus einer heruntergefallenen Tüte pickt.

»Das schmeckt dir, was?«, flüstert Maisie.

○

Angelica Wallraf trinkt Apfelsaft. Mit einer Schulter lehnt sie an der Wand, ihre Seidenbluse wirkt statisch geladen, festgesaugt an ihrem Torso, was ihre ranke Gestalt noch besser zur Geltung bringt. Angelica redet mit einem jungen Mann. Nicht, dass Florence sich besonders für sie interessiert, aber sie sieht, wie der junge Mann wild gestikuliert, während Angelica nur bedächtig nickt, er ist also wahrscheinlich kein Freund, sondern eher ein Fan oder so was – seit Angelica das Gebäude betreten hat, wird ihr in einem fort zugenickt, auf den Arm getippt oder auf die Schulter geklopft. Eben, in der Schlange vor der improvisierten Garderobe, hat Florence sie auch kurz begrüßt: »Hallo, Angelica, wie geht's?« Angelica sah sie, so kam es Florence vor, eine Spur erstaunt an, als sei sie es nicht mehr gewohnt, dass jemand sie fragt, statt ihr die obligatorische Antwort einfach ins Ohr zu brüllen: »Läuft ja mega bei dir, was, echt super mega« – sie hört es den Jungen da drüben förmlich rufen, und Angelica nickt höflich, man könnte fast Mitleid mit ihr bekommen.

Könnte. Fast. Theoretisch.

Florence nimmt einen Schluck Wein. Sie weiß selbst, dass ihre Antipathie Angelica gegenüber eine Spur ungerecht ist. Ohne Angelica wäre sie nicht hier, ohne Angelica keine Ausstellungseröffnung. Wegen *ihrer* Hanfstühle sind die Leute gekommen, *ihre* Hanfstühle haben die anderen bekannten Designer überzeugt, auch ihre Arbeiten hier zu verkaufen: Nichts übt auf Berühmtheiten eine größere Anziehungskraft aus als Berühmtheit. Sieh an, da kommt Matthijs van Beeren, und da Hasna de Salhi. Florence winkt ihr zu, Hasna kneift die Augen zusammen, winkt – vielleicht nur auf gut Glück – enthusiastisch zurück und macht dann eine Geste, als kippe sie sich etwas in den Ausschnitt. Auch Angelica ist inzwischen unterwegs zur Bar, sieht Florence, aber o weh, man lässt sie nicht durch: Zwei junge Typen halten sie an, zeigen auf ihre Hanfstühle, fragen, ob sie sich kurz dazustellen könne – und sie beide dann schnell mal daneben, okay?

Ja, ab heute Abend werden Angelicas Stühle in allen Designblogs besprochen werden, und in sechs bis zwölf Monaten bestimmt auch in den konservativeren Wohnzeitschriften. Die Kunden jedoch, die in den kommenden Wochen diesen Laden besuchen, werden mit den Stühlen bestimmt nicht nach Hause gehen, schließlich kosten sie 4550 Euro pro Stück, während Florences Easy Opener schon für dreißig Euro zu haben ist; ein sehr guter Preis für Leute, die mit einer schicken Papptüte auf einem Geburtstag Eindruck schinden möchten. Der Unterschied zwischen Florences und Angelicas Entwürfen liegt nicht in der absoluten Menge an Aufmerksamkeit, die sie bekommen, sondern in deren Art. Die Aufmerksamkeit für die Hanfstühle ist um sich selbst kreisender Natur: Aufmerksamkeit, die Aufmerksamkeit auf sich lenkt und damit Aufmerksamkeit generiert – Aufmerksamkeit auf sich ziehen und Aufmerksamkeit generieren verstärken sich gegenseitig, ein Pirouetteneffekt, bei dem die Aufmerksamkeit, beide Arten zusammengenommen, exponentiell zunimmt. Eltern, Kollegen und selbsternannte Designliebhaber sehen Angelicas Stühle in Zeitschriften (dank der begierigen Abnahme durch Zahnarztpraxen und Waxing-Studios beträgt die Umlaufdauer solcher Blätter manchmal bis zu zwei Jahren), das treibt ihren Wert nach oben, bis zu einem bestimmten Punkt: dem Zenit der Aufmerksamkeit. Ist dieser Zenit einmal erreicht, setzt jedes Foto, jede Abbildung, jeder Blick auf die Stühle ihren Wert wieder herab. Florences Produkte dagegen werden binnen kurzem, so ist es zumindest geplant, genauso oft zu sehen sein, wenn auch nicht als Abbildung auf Papier, sondern im Alltag, von Benutzern und ihren Gästen. Deren Aufmerksamkeit ist gezielt und persönlich, nicht selbstreferentiell, sondern Aufmerksamkeit für die Gegenstände: Produkte, die ansprechend gestaltet, aber vor allem dazu bestimmt sind, das Leben einfacher zu machen oder einen wenigstens vergessen zu lassen, dass es manchmal verdammt mühevoll ist. Der Easy Opener kann von ihrer rheumatischen Oma bedient werden, vom Nachbarn mit Parkinson, von allen Menschen mit Hand- oder Gelenkbeschwerden. Ja, Florence entwickelt Gebrauchsgegenstände, während Angelicas Arbeiten Design sind, und Design ist Gestaltung um ihrer selbst willen, wie die überzüchteten Rassehunde, die kaum noch schlucken können – so ein Hanfstuhl ist etwas zum Angucken, nicht zum Draufsitzen. »Das hier ist eigentlich Kunst«, hat sie gerade jemanden sagen hören – nun, in der Tat: Kunst ist Ausgrenzung, jedes funktionslose Objekt ein Stinkefinger dem Teil der Weltbevölkerung gegenüber, der sich vergebens nach einem Paar Schuhe mit Gummisohle sehnt, nach einem Feuerzeug oder einem Stück Wellblech fürs Dach, kurzum, jenem Teil der Menschheit, für den Funktion Notwendigkeit ist. Wenn wir Brot wegwerfen unmoralisch finden, weil sie in Bangladesch nichts zu essen haben, wie können wir dann Geld für funktionslose Dinge ausgeben? Ornament ist kein Verbrechen, wie man ihnen auf der Akademie immer wieder vorbetete, nein, aber es ist elitär, im Gegensatz zu ihren Entwürfen: Ihre Reha-Produkte sind demokratisch, sie können von jedem benutzt werden und sind für jeden erschwinglich.

Oder, nun ja: auf jeden Fall für die Leute, die jetzt hier im Laden stehen.

Die von *ihr* angestrebte Aufmerksamkeit, die persönliche, gezielte, taktile Aufmerksamkeit der Leute für das Produkt ist sehr viel nachhaltiger als jede Form um sich selbst kreisender Aufmerksamkeit – Letztere interessiert Florence nicht.

»Foto?«

Außer, wenn jemand unbedingt drauf besteht.

 »Cedric!«, ruft Florence. »Das Mädchen hier möchte

ein Foto machen – von mir aus, aber dann mit dir zusammen!«

Zusammen ist immer besser, zusammen war es nicht allein deine Idee.

Cedric hat ein Häppchen ergattert. Eine Art Profiterole mit rosa Häubchen, dem Aussehen nach süß, aber gerade darum möglicherweise herzhaft.

»Ist es salzig?«

»Nein, süß!«, antwortet Cedric. »Einfach genau das, wonach's aussieht.«

»Ja, also zusammen?«, fragt das Mädchen mit der Kamera. Sie lacht, wirkt aber leicht kribblig.

Maisie, denkt Florence, als der Blitz sie blendet.

In zwei, höchstens drei Tagen ist das Foto online. Sie sieht gut aus heute Abend, auf jeden Fall besser als vor ein paar Wochen, und soweit sie es einschätzen kann, schaute sie eben einigermaßen vergnügt. Die Vorstellung, dass Maisie sie bald so sehen wird, ihr fröhliches Gesicht flach, weil überbelichtet vom grellen Blitz, der Fotos wie diesem einen gewissen Glamourfaktor verleiht (nicht wegen des Blitzes, eher wegen der Assoziation, die so ein Blitz immer hervorruft, eine Assoziation mit hippen Anlässen, die ihren Glamour wiederum teils dem Blitzlichtgewitter verdanken), stimmt sie zufrieden.

Selbst hat Florence die automatischen Meldungen von Maisies Online-Profilen blockiert, für sie keine Fotos, keine Tiraden und auch keine Filme mit Koalabären mehr. Sie vermutet, dass Maisie *ihre* Online-Aktivitäten schon noch verfolgt – weil Maisies Selbstbeherrschung ihrer Neigung zur Selbstkasteiung nicht gewachsen ist, oder, wie Florence manchmal befürchtet: weil es Maisie einfach egal ist, *ihre* Fotos, Tiraden und Filme von Koalabären zu sehen.

Na gut, selbst verfolgt Florence auch ab und zu noch, womit Maisie sich gerade beschäftigt. Vor allem nachts, wenn sie nach Hause kommt und der Wein ihren Stolz in den Schlaf gewiegt hat, klappert Florence Maisies Profile eins nach dem anderen ab. So weiß sie, dass die melancholischen Lieder von The Smiths auf Nummer eins ihrer persönlichen Charts stehen. Auch weiß sie, dass Maisie weniger Tierfilme postet als früher und dass sie etwas mit ihren Haaren gemacht hat: Auf ihrem neuen Profilfoto war sie auf einmal blond, und darüber war Florence ziemlich entsetzt. Die Maisie, die sie liebte, existiert jetzt nicht mehr. Nicht im physischen Sinn jedenfalls, und vielleicht auch nicht mehr im geistigen. Die Konfrontation mit Maisies neuer Haarfarbe war ein Gefühl wie an dem Tag, als sie erfuhr, dass ihre Mutter ihr Jugendzimmer unangekündigt ausgeräumt hatte, um es wieder als Dunkelkammer zu benutzen; das Altvertraute war nicht mehr da, nie wieder konnte sie zurückkehren an den sichersten Ort, den sie kannte. (Ob ein Baby sich nach der Geburt auch so fühlt, und ist das der Grund, warum der erwachsene Mensch nie richtig glücklich wird?) Gleichzeitig war ihre Mutter für sie ein anderer Mensch geworden: jemand, der zum Raub fähig war. Maisie, ihre kleine, kluge, hübsche, rothaarige Maisie, gibt es nicht mehr: Sie hat sich Florence selbst weggenommen und posiert jetzt mit neuer Frisur auf Facebook, bereit zum Ausgehen, bereit, eine andere Frau für sich zu gewinnen.

Das mit The Smiths gefiel Florence dann wieder ganz gut.

Natürlich wäre es Florence am liebsten, Maisie würde genauso trauern wie sie, und unbewusst – oder vielleicht auch bewusst – hofft sie, dass ein fröhliches Foto von ihr und Cedric mit einem Profiterole auf einer Ausstellungseröffnung dazu beitragen wird, gerade weil Maisie wahrscheinlich (vielleicht?) dasselbe will; Florence genauso trauern sehen wie sie selbst, ein Wunsch, der durch ein solches Foto gehörig enttäuscht wird. Was ist Liebe anderes als der ewige Drang, mit dem anderen Schritt für Schritt gleichzuziehen?

»Ich will auch so ein Profiterole«, sagt Florence.

»Ja, musst du dir unbedingt holen!«, antwortet Cedric.

Der junge Mann mit dem Tablett kämpft sich durch die Menge wie ein Dampfschiff durch ein Meer voller Eisschollen – Florence mag es nicht, Leuten hinterherzulaufen, aber etwas Süßes wird ihr jetzt guttun: Sie hat heute Abend früh und darum wenig gegessen. Wenn der Kellner nur nicht so schnell gehen würde! Und er guckt auch so streng, Florence streckt vergeblich den Arm aus (mein Gott, wie beschämend!), da hört sie auf einmal direkt neben sich: »Profiterole gefällig?«

Angelica Wallraf trägt lackierte Nägel. In einem so hellen Rosa, dass man nicht sieht, wo die Haut aufhört und der Nagel beginnt, aus einer gewissen Entfernung könnte man meinen, Angelica hätte überhaupt keine Nägel, und ihre Hände, wie ihre Hanfstühle, bestünden aus einem einzigen, durchgehenden Material. »Wenn wer mit Häppchen vorbeikommt, immer gleich zwei nehmen!«

»Werd ich mir merken«, sagt Florence, während sie das Profiterole annimmt.

Angelica beißt in ihr Häppchen. Doch statt es sich einfach in den Mund zu schieben, legt sie ihre roten Lippen darauf, als wollte sie das Profiterole aussaugen.

»Irgendjemand Champagner?«

Cedric muss Angelicas Manöver von der Bar aus beobachtet haben, denn er trägt drei Gläser.

Zum ersten Mal heute freut Florence sich auf den Rest des Abends.

○

Wärst du nicht gern dein ganzes Leben ein bisschen beschwipst? In einem fort das Gefühl, gerade dein zweites Glas ausgetrunken zu haben?

»Ja, das wär toll«, sagt Maisie, »solange ich dabei noch denken könnte zumindest, aber daran würde sich doch nichts ändern, oder?«

Maisie sitzt in ihrem Boudoir. Tagsüber lernt sie hier, in dem Sinne könnte man den Raum natürlich auch Arbeitszimmer nennen, aber Boudoir klingt viel besser, festlicher, findet Maisie, und wenn etwas im Prinzip ein Boudoir sein kann, soll man es auch so bezeichnen, diese Chance nicht zu nutzen, ist, wie wenn man einen gefundenen Scheck nicht einlöst.

Morrissey von The Smiths singt *Hand in Glove*, und Maisie schminkt sich die Lippen. Eigentlich wollte sie heute ausgehen, in einen Club, den sie noch nicht kennt, auf jeden Fall irgendwo anders hin als in ihr Wohnzimmer, mit anderen Leuten als Layla oder Robbie, aber auf einmal ist sie sich nicht mehr sicher. Es hat gerade geregnet, vielleicht regnet es also gleich wieder, und wenn ihre Haare sich noch mehr kräuseln, ist der Abend im Eimer. Außerdem hat sie letzte Nacht wieder schlecht geschlafen, sie fragt sich, ob sie nachher überhaupt noch Elan hat, jemanden anzusprechen. Maisie schenkt sich ein drittes Glas Bourbon ein. Bourbon macht sie immer etwas entschlussfreudiger. Zudem hat das Bällchen wieder geredet.

Lass uns heute Abend zu Hause bleiben, sagte es.

Sie hatte eigentlich schon darauf gewartet, sie merkt, dass sie immer unruhiger wird, wenn das Knäuel ein paar Stunden hintereinander nichts sagt, dass sie befürchtet, es könnte kaputt, leer oder abgelaufen sein. Aber das kleine Ding ist nicht leer oder abgelaufen, es funktioniert und scheint auf Geräuschreize zu reagieren; Maisie hat ihre Musik schon zweimal lauter gestellt, dreht sie jetzt aber wieder leise, um das Bällchen verstehen zu können.

Ich schon, sagt es: Ich wäre gern mein ganzes Leben ein bisschen beschwipst.

»Ich auch, wie gesagt«, erwidert Maisie, aber das Bällchen rattert schon weiter: Natürlich ist das die typische Wirkung von Alkohol. Alkohol erweitert die Gefäße, lässt den Blutdruck steigen und wirkt, anders als die meisten glauben, nicht stimulierend, sondern dämpfend – es unterdrückt die Wirkung von Nervenzentren, die uns normalerweise hemmen. Außerdem beeinflussen die ersten zwei, drei Gläser unsere Wahrnehmung der Zukunft. Oder, um für mich zu sprechen: Nach ein, zwei Cocktails sind die vor mir liegenden Stunden nicht mehr einfach bloß irgendwelche Stunden, oh, nein, sie stehen jetzt für einen Abend, an dem noch alles Mögliche passieren kann.

Kennst du das auch?

»Vielleicht«, antwortet Maisie, und das Knäuel fährt fort.

Mit einem Abend, an dem noch alles passieren kann, meine ich, dieser Abend ist ein Versprechen, weil du ihn so siehst, und dieses Versprechen interessiert dich nicht wegen dem, was es ist, sondern dem, was *du* bist, leicht beschwipst nämlich und damit offen für alles. Das liegt vielleicht daran, dass das Jetzt (die Gegenwart, in der du einen Cocktail in der Hand hältst) sich mit jedem Schluck ein wenig von der Vergangenheit löst, von den Stunden davontreibt, bevor du in die Bar hier kamst – eine vergangenheitsfreie Gegenwart macht die Zukunft besser, Sorgen sind schließlich nichts anderes als das Ergebnis unserer Fähigkeit, zurück- und vorauszublicken, und in leicht benebeltem Zustand sinkt unsere Neigung zum Zurückblicken – und damit schmilzt die Vergangenheit wie die Eiswürfel in unserem Glas, bis sie sich ganz im rosa Wodka auflöst.

Maisie stellt die Musik wieder lauter. Das Bällchen hält sie sich ans Ohr, damit sie versteht, was es sagt. Damit es auch sie verstehen kann.

The sun shines out of our behinds, singt Maisie.

Weißt du, was, sagt das Knäuel, wenn ich meine Vergangenheit nach zwei, drei Gläsern zum Teufel geschickt habe (oder vielleicht sollte ich sagen: wenn das Fenster zu früher von Alkoholdunst beschlagen ist), glaube ich, dass die Zukunft, die herrliche Zukunft, ihre goldenen, strahlenden Tentakel nach mir ausstreckt. Sie legt mir ihre Saugnäpfe auf die Stirn, ich stehe in direkter Verbindung mit ihr, und es ist nur eine Frage des Abwartens, eine Frage der Zeit, bis sie mich ruft, mich mit ihren starken, kräftigen Armen an sich zieht und an ihre goldene, warme Brust drückt – ja, ich stell hier die Zukunft als Oktopus dar, aber andere nennen diesen Oktopus vielleicht Gott, meinst du nicht auch?

»Ich weiß nicht«, flüstert Maisie, »du bist so theatralisch heut Abend.«

Sie setzt ein soeben eingeschenktes Glas Bourbon an ihre nochmals rotgeschminkten Lippen und schaut in den Spiegel. »Unglaublich theatralisch, echt!«, sagt das Mädchen ihr gegenüber. Und Maisie nickt, legt sich das Knäuel auf die Handfläche und hält es sich vors Gesicht, so dass es sich und das Mädchen mit den roten Lippen gut sehen kann, genau beobachten kann, wie das Mädchen seine Wangen an das Knäuel schmiegt und sagt, dass es so weich ist, so weich und so lieb.

HAT SIE DAS WIRKLICH GEHÖRT?

Angelica setzt sich auf, die Matratze federt etwas, doch offensichtlich schläft Florence noch. Nehmen wir einfach mal einen Tag frei, endlich mal nicht arbeiten, einfach kurz weg.

Ja, sie hört es wirklich. Und sie kennt die Stimme. Sie kommt nicht aus Florences Handy, das liegt neben ihrem auf dem Hocker, das Geräusch kommt aus der anderen Richtung.

Angelica beugt sich über den Bettrand: ihr BH, Florences Jeans, vier identisch aussehende schwarze Socken – das wird noch was geben nachher, Angelica lächelt, voll Vorfreude auf diese kleine Herausforderung, diese spielerische Zumutung des Alltags.

Sollen wir in den Wald gehen, ist dafür das richtige Wetter? Oder lieber an den Strand? Mit dem Zug sind wir in zwanzig Minuten dort, zwanzig Minuten ist nichts, in der Zeit schaffst du's mit dem Rad grad einmal quer durch das Zentrum, aber in zwanzig Minuten könnten wir unsere Hände auch in die Wellen tauchen, die Hosenbeine hochkrempeln, um in die Brandung zu laufen, wann hast du das zum letzten Mal getan?

Ja, die Stimme kommt vom Fußboden. Sie klingt etwas gedämpft, als käme sie aus einem Kissen oder einem Kleidungsstück. Angelicas Blick geht suchend über den Boden, aus Florences Hosentasche lugt etwas hervor. Etwas Blaues, Flauschiges. Angelica steigt mit einem Bein aus dem Bett und zieht das flauschige Etwas vorsichtig aus der Tasche, wie jemand, der einen Spielstein aus einem Jenga-Turm nimmt. Das flauschige Etwas wird ein Bällchen.

Oder möchtest du heute lieber ins Kino?

Das Bett knarrt. Florence setzt sich auf, zieht sich nicht, wie Angelica, die Decke vor den Körper, sondern bleibt barbusig sitzen, die Augen immer noch halb zusammengekniffen.

Florences Brustwarzen sind auffallend spitz, fand Angelica heute Nacht schon. Die Art Brustwarzen, die wie Nuckel einer Babyflasche aussehen (oder vielleicht sollte man eher sagen: die Art Brustwarzen, denen diese Nuckel nachgebildet sind) – nicht Angelicas Lieblingsform, aber sie muss zugeben, dass ihr Geschmack auf dem Gebiet möglicherweise etwas unterentwickelt ist und dass sie, wenn sie etwas häufiger mit Frauenbrustwarzen in Berührung käme, die einzelnen Formvarianten von selbst besser schätzen lernen würde, so wie man auch gewisse würzige französische Käse erst nach regelmäßigem Verzehr richtig zu würdigen weiß, und sei es nur aus Entzücken über die eigene kulinarische Bildung, die Kenntnis der subtilen Unterschiede.

»Ich hab hier was gefunden.« Angelica hält das Bällchen in die Höhe. »Ist das ein Wecker oder so was?«

Florence schüttelt den Kopf, ihre Brustwarzen vibrieren.

»Hast du das gemacht? Eine Auftragsarbeit, angewandte Kunst oder so?«

»Ich mach keine Kunst«, sagt Florence. »Ich mache Gebrauchsgegenstände, Dinge, die den Leuten was nutzen.«

»Okay. Und was nutzt das hier den Leuten?«

Florence antwortet nicht. Sie steigt aus dem Bett, angelt sich ihren Slip und zieht dann ihre Jeans an. »Magst du Croissants?«

Angelica lässt das Bällchen sinken. »Morgens trinke ich meist nur etwas Saft.«

In einem Schwung zieht Florence sich den Pulli über den Kopf, die Motorik eines Menschen, der es eilig hat oder zumindest keine Geduld mehr – war der Saft ein anmaßender Wunsch, hat sie mit den Croissants eine liebevolle Geste ausgeschlagen?

»Bin gleich zurück, du Schöne«, sagt Florence, bevor sie das Schlafzimmer verlässt.

Angelica lässt sich in die Kissen zurücksinken.

Gibt es nicht einen Film, den du schon lange mal sehen wolltest?, macht sich da plötzlich das Bällchen wieder bemerkbar. Ein Film, von dem du bei der Kritik sofort dachtest: Das ist was für mich! Aber es gibt so viele Filme, in die du gern wolltest, nur das Problem ist: Du weißt nie, wann du gehen sollst und mit wem. Dann gehen wir doch einfach heute! Was für Filme magst du eigentlich?

Das Bällchen verstummt, und Angelica denkt nach.

Hast du den Film *Gremlins* gesehen?

»Nein«, antwortet Angelica. Sie sagt es laut und deutlich, damit ein eventuelles Mikrophon es leichter registriert.

Das Bällchen bleibt stumm, als warte es auf eine Fortsetzung von Angelicas Antwort.

Angelica hebt das blaue Ding hoch, hält es sich schüttelnd ans Ohr. Sie hört nichts rascheln oder rasseln, das Bällchen ist massiv, der Lautsprecher muss ein Miniaturgerät sein und gut vernäht – woher kennt sie nur diese Stimme? Sie legt das Ding neben sich auf die Matratze; es schweigt weiter, Angelica wird langsam kalt. Sie zieht sich die Decke noch etwas höher und schaut sich im Zimmer um, Florence hat die Vorhänge zu gelassen, aber das Licht eingeschaltet: eine Holzkiste, ein Stuhl, fahlgrauer, etwas schmuddeliger Teppichboden. Angelica fragt sich, ob diese karge Einrichtung ein Statement sein soll (etwas über Funktionalität oder Nachhaltigkeit) oder einfach nur ein Zeichen von Gleichgültigkeit ist. Wie Florence da gerade neben ihr saß, die Brüste so schamlos entblößt: War diese Nonchalance echt oder nur gespielt – *kann* man Nonchalance eigentlich spielen, oder ist sie umgekehrt gerade ein Zeichen dessen, was sie *nicht* sein soll?

Ob Stephan schon wach ist?

Angelica nimmt das Handy vom Hocker. Nichts. Jedenfalls nichts von Stephan. Es ist Donnerstag, er arbeitet heute zu Hause. Das heißt, er schläft aus, müsste aber jetzt, immerhin um halb elf, langsam wirklich vor seinem Buttertoast mit Marmelade sitzen. Gestern Abend, von Florences Gepäckträger aus, hat sie ihm noch ganz lieb geschrieben, sie käme die Nacht nicht nach Hause. Stephan antwortete nicht, aber sie weiß, dass er die Nachricht gelesen hat, die blauen Häkchen haben ihn verraten – oder eigentlich nicht, Stephan wusste ja, dass sie die Häkchen sehen würde, also ist »verraten« nicht der richtige Ausdruck, die blauen Häkchen teilten es ihr mit, laut Stephans Kommunikations-App und damit laut Stephan: »Wie die Anwendung sagt: Nachricht gelesen«, hat er, ohne zu antworten, geantwortet, und trotzdem hat es etwas Pikiertes, diese indirekte Mitteilung, es erinnert sie an früher, wenn sie mit ihrem kleinen Bruder Krach hatte: »Mama, kannst du Boy sagen, er soll mir die Schokostreusel geben?«

Dabei: Mit Frauen darf sie, haben sie vereinbart. Solange es nicht zu oft passiert und nicht mit immer derselben, also nicht immer mit Machteld.

Angelica legt ihr Handy zurück auf den Hocker. Ihr graut vor dem Nachhausekommen. Der Schlüssel im Schloss, das Jackett an die Garderobe: »Stephan, bist du da?« Wenn es nur nicht Donnerstag wäre. An jedem anderen Werktag wäre Stephan längst in seinem kleinen Büro, und sie würden sich erst am Abend sehen, ein Tag voll anderer Leute, mit zig Tassen Kaffee, Konflikten, E-Mails, verworfenen Ideen und Online-Bestellungen läge zwischen den zwei blauen Häkchen und ihrem Wiedersehen. Aber so ist ihr Nachhausekommen nachher ein offenkundiges Zeichen der Untreue (etwas merkwürdig vielleicht, von »Untreue« zu sprechen, wenn Treue nie zu den Verabredungen gehörte, aber manchmal ist Treue keine Verabredung, sondern Gewohnheit) und verrät der Zeitpunkt, wann sie die Wohnung betritt, Details über eventuell noch mal stattgefundenen Sex, ein Frühstück im Bett oder, wenn sie jetzt zu lange wartet, dass es eine kurze oder vielmehr sehr lange, auf jeden Fall aber aufregendere Nacht war, als sie in den vergangenen Monaten mit Stephan erlebt hat.

Vielleicht sollte sie vorher noch in die Stadt oder, noch besser, jemanden besuchen: ihren Bruder oder eine Freundin, damit wenigstens eine Umarmung zwischen Florences Abschiedskuss und Stephans Begrüßung liegt. Ja, das ist es! Sie hat keine Verpflichtungen heute und wird ihre Mails einfach auf ihrem Handy beantworten. Stephan wird sie mitteilen, dass sie erst spätnachmittags kommt, und vorschlagen, für ihn zu kochen, vielleicht schafft sie es sogar noch kurz auf den Markt.

Kennst du den Film *Pans Labyrinth*?

»Aber natürlich!«

Angelica wirft die Decke von sich, das Bällchen rollt ihr ans Bein, sie nimmt es und hält es sich direkt vors Gesicht. »Das ist einer meiner Lieblingsfilme, woher weißt du das?«

Was ich an dem Film gut finde, ist das Drehbuch mit seinen Parallelen zwischen dem franquistischen Hauptmann und dem Faun.

»Genau, und natürlich die Art Direction.«

»Ach, habt ihr euch schon angefreundet?«

Florences Jeans ist etwas dunkler als eben, offenbar regnet es draußen.

»Woher weiß dieses Ding, was mein Lieblingsfilm ist?«

Florence wirft eine Plastiktüte aufs Bett, Tropfen spritzen herum. Angelica kreischt auf, was ihr sofort peinlich ist.

»Ist *Gremlins* dein Lieblingsfilm?«

»Nein, *Pans Labyrinth*.«

»Sieh an!«

Florence lässt sich neben Angelica aufs Bett fallen, der Lattenrost knarrt, Kälte strahlt von ihr ab. Langsam ärgert Angelica dieses derbe Getue, dabei war Florence heute Nacht überhaupt nicht grob. Sie schaut zu, wie Florence sich mit einer verärgerten Bewegung eine nasse Haarsträhne aus dem Gesicht streicht, so plump, als würde sie sich vor die Stirn schlagen – nicht gespielt, aber vergröbert, schießt es Angelica durch den Kopf: Nonchalance nichts anderes als das Vergröbern scheinbar ungezwungener Handlungen, so dass sie ins Auge springen. Nonchalance ist Ungezwungenheit unter dem Vergrößerungsglas. Abrupt steht Florence auf. Sie geht zu der Holzkiste am anderen Ende des Zimmers, bückt sich, holt etwas heraus; Angelica kann nicht sehen, was es ist.

»Halt mal die Hand auf.«

Angelica öffnet die Handfläche, Florence setzt sich erneut hin und beugt sich unversehens nach vorn.

»Was machst du da?«

Florence grinst, küsst Angelicas Handfläche und legt zwei kleine, flauschige Bällchen hinein. Das eine ist rosa, das andere violett.

»Für dich«, sagt Florence. »Ich hab doch zu viele. Magst du ein Croissant?«

»Hast du auch Saft mitgebracht?«

Florence schüttelt den Kopf, ein Regentropfen läuft ihr über die Schläfe. »Tut mir leid. Ich glaub, Saft hatten sie heute keinen.«

○

Maisie erstarrt. Ihr wird heiß, sie spürt, wie ihr die Bluse unter dem Pullover am Rücken klebt; als hätte sie gerade noch rechtzeitig vor einem Bahnübergang gebremst, über den nun mit Höllenlärm ein Güterzug rast. Der Güterzug ist Florence. Maisie erkennt sie an ihrem Regenmantel, das plumpe, grüne Ding vom Wochenmarkt, sie hat so eine Jacke noch nie an jemand anderem gesehen. Die Jacke steht drei Leute vor ihr in der Schlange am Kartenautomat, Florences lange, dünne Beine, die schwarze Hose muss sie erst kürzlich gekauft haben. Maisies Hände zittern. Schnell steckt sie sie in die Taschen, mit der Rechten umklammert sie das weiße Knäuel. Dann tritt sie vorsichtig einen Schritt beiseite.

Die Frau im Regenmantel ist am Automaten angekommen. Die Kapuze bedeckt ihre Haare, fällt ihr über die Schläfen. Ihre Finger gleiten über den Touchscreen: lackierte, gepflegte Nägel in einem so hellen Rosa, dass es kaum von der Haut zu unterscheiden ist.

Maisie stellt sich in die Schlange zurück, erschöpft und erleichtert, als wäre sie einen Marathon gelaufen, soeben durchs Ziel gekommen, bereit, ihrem Trainer in die Arme zu fallen, sich den Zuckerspiegel von ein paar Schluck Limonade wieder aufpeppen zu lassen – natürlich war die Frau da vorn nicht Florence, Florence würde nie mitten am Tag ins Kino gehen, oder jedenfalls nicht in dieses, sie hat ein Monatsabo für eine andere Kette. Aber wie kommt diese Frau an die Regenjacke? Maisie schaut zu, wie der fremde, grüne Arm eine Karte aus dem Automaten zieht.

Dies ist nicht das erste Mal, dass sie Florence irgendwo zu sehen meint. Vor zwei Wochen im Supermarkt, auch da hatte es was mit Kleidung zu tun: die rote Bomberjacke. Was will Florence in meiner Filiale?, hatte Maisie noch gedacht. Danach sah sie überall und unablässig die Jacke, sie blinkte am Ende des Gangs, um vor einem Eisfach stehen zu bleiben – die Bomberjacke wie ein roter Punkt im Navi auf ihrem Handy, mit dem Unterschied, dass nicht sie dem Punkt folgte, sondern der rote Punkt ihr! So sah es wenigstens aus. Maisie wagte nicht, die Jacke lange genug zu beobachten, um herauszubekommen, was für Arme und Beine daraus hervorlugten, aus Angst, es könnte Florence sein, genauso groß wie die Angst, sie könnte es nicht sein.

»Wir sehen uns«, hatte Florence zum Abschied gesagt. Bloß wann dann – und wo? Nicht im Supermarkt jedenfalls. Und offensichtlich auch nicht im Kino.

Was aber, wenn sie es doch gewesen wäre, die Frau eben?

»Hey!«

»Hey!«

»So ein Zufall!«

»Ja, was?«

»In welchen Film gehst du? Nein, wirklich? Dann setzen wir uns zusammen – schön!«

Maisie erschrickt bei dem Gedanken. Zusammen ins Kino, war das nicht genau das, was sie nie wollte? Zusammen im Fernsehen eine Serie gucken, okay, aber zusammen ins Kino oder ins Theater war etwas anderes, das hatte eine Bedeutung; Maisie wusste nicht genau, was für eine, aber es bedeutete auf jeden Fall, dass andere sie sahen, sich ein bestimmtes Bild von ihnen machten: zwei Frauen, Hand in Hand, die gehören bestimmt zusammen. Die gehen hinterher zusammen nach Hause, trinken zusammen noch einen, um sich dann schlafen zu legen, auch zusammen – und morgen früh brät eine von ihnen ein Omelett, während die andere das Salz sucht, und wenn alles aufgegessen ist und die Schokocreme wieder im Schrank steht, geben sie sich einen Abschiedskuss, und jede geht an ihre Arbeit.

Aber was, wenn sie am Abend überhaupt nicht bei Florence schlafen wollte?

Dann musste das natürlich auch nicht sein. Doch ihre Entscheidung würde nichts an dem Bild ändern, das die anderen sich schon gemacht hatten, all die Kinobesucher, die sie beide sich hatten küssen sehen; für die blieben sie zwei Frauen, die ihr Leben teilten. Und so erzeugten all diese merkwürdigen Blicke eine ganze Armee von Maisies, entschlossenen Maisies, die nachher mit Florence mitgehen würden, um noch ein Glas Pinot Noir zu trinken und sich für sie auszuziehen, Maisies also, die Dinge taten, von denen sie selbst noch nicht genau wusste, ob sie sie überhaupt wollte – wirklich wollte –, und wenn sie daran dachte, diese ganze Kavallerie von Mädchen, die ihr aufs Haar glichen, aber überhaupt nicht sie waren, dann wurde sie manchmal ganz unruhig, fürchtete, die Pferde könnten sie tottrampeln oder, noch schlimmer, die Mädchen könnten sie packen, in den Sattel hieven und irgendwohin entführen, von wo sie nie wieder entkommen könnte.

»Also, wo ist jetzt das Problem?«, hatte Florence damals gefragt.

»Ich weiß nicht«, hatte Maisie geantwortet.

Ist nicht wissen, was man will, dasselbe wie nicht wollen, was man weiß? Florence war entschieden der Meinung, und das sagte sie Maisie auch. Wer nicht weiß, was er oder sie will, lässt sich nur allzu leicht manipulieren.

Maisie betrachtet das Filmangebot auf dem Automatenbildschirm. Möchte sie eine Komödie, einen Mysterythriller oder was in 3-D?

Die vierte Option in der rechten Reihe, beschließt sie, ein Liebesdrama, das den Lorbeerkränzen auf dem Poster zufolge allerlei Preise bekommen hat, »ein echtes Rührstück«, hat sie irgendwo gelesen. Ihre Finger gleiten Richtung Titel. Vielleicht ist es nicht gerade effektiv, Kummer mit Kummer bekämpfen zu wollen, aber ihre Melancholie ist wie ein heulendes Hundebaby, weiß Maisie tief in ihrem Inneren, und statt der Melancholie den Hals umzudrehen, füttert sie das Vieh mit rührseligen Filmen und dazu passender Musik, nicht, damit es zu heulen aufhört, sondern um es zu mästen, damit es noch lauter jault. Warum tut sie das? Maisie weiß es nicht. Vielleicht kann sie einfach keine Stille ertragen.

Geräuschlos bringt die Rolltreppe sie in den zweiten Stock.

Die Frau im Regenmantel scheint verschwunden. Wahrscheinlich in einen anderen Film, vielleicht sitzt sie schon in ihrem Sessel. Maisie fällt auf, dass die meisten Leute heute Nachmittag hier allein sind. Die Einzelgänger in der Schlange am Speise- und Getränketresen wie Staubkörnchen auf einem schwarzen Tisch, man sieht sie nur tagsüber, wenn das Sonnenlicht durchs Dachfenster fällt und ihre einsame Existenz verrät – aber nein, da winselt ihr Hundebaby schon wieder, dabei ist Maisie heute gar nicht allein, und erst recht nicht einsam.

Sie holt das Bällchen aus ihrer Tasche, sobald sie den Sitz nach unten geklappt hat. Sie stellt ihre Wasserflasche in den Halter, legt das Knäuel auf die Verschlusskappe – wenn es während des Films nur nicht anfängt zu reden!

Maisie rutscht in ihrem Sitz nach unten, bis ihr Gesicht sich direkt neben dem Bällchen befindet. Wenn das Knäuel Augen hätte, könnte es den Film zwischen den zwei Vordersitzen hindurch verfolgen.

SÜSS!

Süß, süß, süß, süß, süß, bitter? Bitter, bitter, fett! Fett, fett, fett, fett, fett!

Haben! Haben! Haben!

»Maxie, was hast du denn jetzt wieder gefunden?«

Großer Freund! Fett, fett, fett, fett, fett.

»Ach, hast du's schon aufgefressen, du kleiner Glückskeks!«

Süß, süß, süß, süß, süß, süß, großer Freund, großer Freund, anderes Ich?

Anderes Ich!

Weg, du! Weg! Weg! Weg!

»Maxie! Ganz ruhig. 'tschuldigung, das tut er sonst nie.«

Großer Freund, großer Freund, fett, fett, fett, fett, fett, süß, süß, süß, süß, süß, süß, großer Freund.

»Maxie, stopp!«

Schmerz am Hals.

»Ungefähr ein Pfund, bitte, ja! Und die Kirschen, sind die schon reif? Dann auch mal 'ne Handvoll, so ist gut, ja.«

Süß, süß, süß, süß, süß, großer Freund.

»Ja, ja, wir gehen ja schon!«

Süß, süß, süß, süß, süß, fett, fett, fett, fett, fett, großer Freund, großer Freund, kleiner Freund?

Weg? Weg? Weg?

»Vorsicht, Charlene!«

»Keine Angst, er beißt nicht.«

Kleiner Freund, kleiner Freund?

»Mama, darf ich ihn streicheln?«

Kleiner Freund, schön! Schön, schön, schön, schön, schön, schön!

»Er mag das, Mama!«

»Ich seh's. Was für eine Rasse ist das, eine Art Dackel?«

»Ja, ein Langhaardackel.«

Kleiner Freund, kleiner Freund!

»Mama, wie heißt er?«

»Frag doch den Mann hier.«

»Er heißt Max.«

»Mama, er ist so lieb!«

Schön! Schön, schön, schön, schön, schön, kleiner Freund!

»Er ist sehr lieb, aber jetzt müssen wir weiter, Charlene. Sag tschüssi zu Max!«

Kleiner Freund? Kleiner Freund, kleiner Freund, haben, haben, haben!

»Max, jetzt bleib doch mal ruhig!«

Großer Freund! Großer Freund! Großer Freund!

»Wir müssen nur noch zum Käsestand, dann gehen wir nach Hause, in Ordnung?«

Großer Freund, süß. Süß, süß, süß, süß, süß. Fett, fett,

fett, fett, fett, großer Freund, großer Freund, fett, fett, fett, fremd, fremd? Schmerz am Hals, Schmerz am Hals.

»Ein halbes Pfund Kreuzkümmelkäse, bitte.«

Fremd, fremd, süß, süß, süß, großer Freund, fett, fett, Kissen? Kissen, Kissen!

Haben! Haben! Haben!

Schmerz am Hals.

Haben!

»Was hast du denn jetzt schon wieder?«

Haben!

»Zeig, mach mal die Schnauze auf!«

Festhalten!

»So ein ekliges Ding!«

Kissen!

»Hat bestimmt ein Kind verloren. Haben Sie eine Ahnung, wem das gehören könnte? Soll ich's Ihnen geben?«

Festhalten! Festhalten! Festhalten!

»Das hat keinen Sinn, glaub ich, ehrlich gesagt. Ihrem Hund machen Sie bestimmt eine Freude damit!«

Großer Freund, großer Freund!

»Also, na schön: Hier, Maxie!«

Kissen! Haben, haben, haben, haben!

Fühlst du dich ab und zu einsam?

○

Sag ruhig ja. Das tun die meisten. So wie die meisten eine Katastrophe am liebsten unversehrt überleben möchten, sind die meisten auch ab und zu einsam, der

Wille, am Leben zu bleiben, offenbar doch etwas größer als unser Leiden unter dem Alleinsein – oder nein, eigentlich nicht darunter, Alleinsein ist ja nicht das Gleiche wie Einsamkeit – lass mich mal ins Unreine denken: Einsamkeit ist eine Diskrepanz, der Abstand zwischen Bedürfnis und Befriedigung, der Nachfrage der Seele und dem Angebot der Umgebung; Einsamkeit ist zugleich der Endpunkt der Evolution: Resultat unserer ach so entwickelten Individualität, des permanenten Bewusstseins unseres Selbst – Einsamkeit kein Verlangen nach Gesellschaft, sondern nach Anerkennung, vielleicht sogar Erkanntwerden, die Sehnsucht nach jemandem, der dich genau so sieht, wie du dich selbst siehst, damit du nicht mehr befürchten musst, dein Bild von dir beruhe auf einem riesigen Irrtum – kann man das so sagen? Aber, Kleines, was meinst du: Ist Liebe nun eine Medizin gegen Einsamkeit oder gerade eins ihrer Symptome?

○

Angelica trägt eine Kochschürze mit Obstaufdruck. Eine Ananas, eine Kirsche und ein Apfel, die sich nach Größe kaum voneinander unterscheiden. Sie hat sich die Schürze mit zwei roten Bändern um die Hüften gebunden, die verunglückte Schleife auf ihrem Rücken verrät, dass sie dieses Ding sonst nie trägt – Stephan bräuchte nur den Arm auszustrecken, und er könnte die Schleife aufziehen.

Meist ist er derjenige, der kocht. Oder sie bestellen

etwas, oder Angelica isst außer Haus, und er schlägt sich ein Ei in die Pfanne – wenn er Appetit hat zumindest, doch das kommt in letzter Zeit immer seltener vor.

»Wir müssten öfter zum Markt gehen«, sagt Angelica, ohne sich umzudrehen. »Sieben fünfzig für eine ganze Dorade, das ist doch geschenkt, und sie sieht noch ganz frisch aus, findest du nicht? Ich hab auch Käse gekauft, ganz leckeren, glaube ich zumindest, Ziegenkäse, noch ganz weiß, soll ich dir einen Melba-Toast machen?«

Angelica öffnet den Küchenschrank, die schief hängende Schleife auf ihrem Rücken vibriert. Wieder fühlt sich Stephan versucht, sie aufzuziehen, schnell steckt er sich die Hände in die Taschen. »Ich glaub nicht, dass noch Melba-Toast da ist«, sagt er, und auch Angelica schüttelt den Kopf: »Nein, ich seh auch nichts.« Sie lässt die Schranktür los, die sich von selbst wieder schließt.

Natürlich weiß Stephan genau, was das alles soll. Die Schürze, der Ziegenkäse, diese ganze Dorade. Keine Entschuldigung, eher eine Gegenleistung für sein Verständnis, vielleicht auch nur für sein Schweigen.

Nur mit Frauen, das ist die Verabredung. Stephan weiß nicht, ob sie sich daran hält, er hat nie gefragt. Vor einem halben Jahr hätte die Vorstellung von Angelica mit einem anderen Mann ihn rasend gemacht, aber wenn er jetzt daran denkt… Selbst wenn er es sich plastisch vorstellt – haarige Arme um ihren Torso, fremde Morgenlatte an ihrem Hintern –, dann lässt ihn das relativ kalt, als schaute er durchs Schlafzimmerfenster von gegenüber: Schau mal, da drüben, ein Mann und eine Frau – ob die heut noch mal aufstehen?

»Ich war heute Morgen im Kino«, sagt Angelica. »Schön ruhig, wenn man mal so früh geht, aber der Film hat mich ziemlich enttäuscht. Ich hab auch noch mit Mia Kaffee getrunken, und als es draußen endlich ein bisschen trocken aussah, bin ich zum Markt – und was hast du heute gemacht, hast du schön geschrieben?«

»Ja«, sagt Stephan.

Angelica schneidet eine Zitrone in Scheiben.

»Und dann mit Djodjo noch einen getrunken.«

»Ach, ja? Schön! Wie geht's ihm?«

»Gut, er hat einen neuen Job, was mit Solaranlagen.«

Stephan hat keine Erklärung, warum er lügt. Das mit den Solaranlagen weiß er aus dem Internet, Djodjo selbst hat er seit der abschließenden Gerichtsverhandlung nicht mehr gesehen.

Nachträglich fühlt der ganze Prozess sich an wie eine Art Urlaub. Kurz mal weit weg, Djodjo sein Reisegefährte, zusammen in den Süden der Stadt zum Landgericht, mit Tram und U-Bahn, unterwegs endlose Gespräche über Reise und Ziel: die Chancen, die Kosten, der mögliche Nutzen, die Unarten ihrer Anwälte. Nach dem Urteil tranken sie mit den anderen noch ein Bier, schlugen sich auf die Schulter: Bis bald, Alter, gut gemacht, Mann. Seither hat er nichts mehr von Djodjo gehört. Und, zugegeben, Djodjo auch nichts mehr von ihm; was hätten sie einander auch sagen sollen?

»Du hast das Geld in eine eigene Firma gesteckt?«

»Ja, Mann, mit Solaranlagen kannst du momentan nichts falsch machen. Und du, was hast du so getrieben?«

Stephan steht mitten im Zimmer und weiß nicht mehr, was er wollte.

Wollte er etwas suchen, irgendwas holen? Stephan schaut sich um, sucht einen Anhaltspunkt. Der Hanfstuhl dort in der Ecke; er weiß noch nicht, was er davon hält, nur, dass er nie darauf sitzt, niemand hat bisher darauf gesessen, selbst Angelica nicht. Das Sofa: zum Umzug von seinen Eltern bekommen; der Frauenakt darüber: Angelicas Beitrag. Der Barhocker: ein Erbstück; der Beistelltisch: Geschenk von Angelicas ehemaligem Klassenkameraden, darauf liegen ihr Handy, ihr Portemonnaie, ihr Schlüsselbund und ein hässliches rosa Bällchen – ein Schlüsselanhänger? Der Setzkasten ist von ihm, aber er hat ihn als Kind bekommen und darum nicht selbst ausgesucht; das Bücherregal: Anschaffung von Angelica; der Fernseher: ebenfalls; die Vase: keine Ahnung, von wem; der Osterstrauß: Wie kommt der hierher? Die Zweige winden sich in die Höhe wie die Adern auf dem Arm des Frauenakts über dem Sofa.

»Woher haben wir den Osterstrauß?«

»Geschenkt bekommen, von Mark.«

»Heute?«

»Nein, am Montag.«

»Steht der Strauß da schon seit sechs Tagen?«

»Seit vier, heute ist Donnerstag.«

Angelica hat sich umgedreht. Sie sieht ihn fragend an. Stephan weiß nicht, was er antworten soll, er schaut auf die Ananas auf ihrer Schürze. Das Ding scheint gewachsen zu sein, als hätte es die Kirsche und den Apfel verschlungen.

»Du wolltest doch einen Wein aufmachen?«

Das Weinregal, das einzige Möbelstück, das er selbst ausgesucht hat; Stephan kniet, lässt seine Augen über die Etiketten gleiten. Die Flaschen sind ihm genauso unheimlich wie der Rest der Einrichtung. Bordeaux Rouge, Noilly Prat, Sauvignon Blanc – Angelica muss sie nach Ausstellungseröffnungen oder Lesungen bekommen haben, Muscadet, such du was aus, entscheide du, Grüner Veltliner, Pinot Noir oder Chardonnay, ja, aber welcher Jahrgang, sag du, mach ruhig – oder lieber was Spritziges, Cava?

Stephan zieht eine Flasche roten Bordeaux aus dem Regal. Grüner Veltliner, liest er auf dem Etikett.

Woran merkt man, dass man verrückt wird, wer teilt einem das mit?

Fühlst du dich ab und zu einsam?, ertönt es da hinter ihm.

EINEN KLEINEN AUSHANG VIELLEICHT?

Eine A4-Kopie auf der Seitenwand des Käseautos: »Gefunden: das hier« – und dann ein Foto. Er könnte eine spezielle E-Mail-Adresse erstellen, denkt Diek, wie bei einer entlaufenen Katze, statt FieppieGesucht@gmail.com eben BällchenGefunden@kpn.nl?

Diek betrachtet das kleine Ding auf dem Tisch. Die violetten Härchen sind etwas verklebt, in den vergangenen Tagen hat Max das Bällchen ständig im Maul gehabt, hineingebissen, es in Pfützen fallen lassen; ein Wunder, dass es überhaupt noch Geräusche von sich gibt. Ist es ein Spielzeug, ein modernes Diktiergerät? Es könnte sehr teuer sein, in dem Fall wäre der Besitzer, wenn er es wiederbekommt, vielleicht gar nicht erfreut, am Ende fordert er noch Schadensersatz, das Ding sollte bestimmt auch nicht so knacken.

Nein, kein Aushang am Käseauto, beschließt Diek. Er schaut aus dem Fenster und gähnt. Letztes Wochenende hat die Sommerzeit angefangen, aber die Straßenbeleuchtung geht jeden Tag eine Stunde zu früh an. Offenbar arbeitet die nicht mit Sensoren, sondern mit Zeitautomatik – oder die Sensoren sind kaputt, auf jeden Fall leuchten die Lampen sinnlos, die Tageshelligkeit schluckt ihren Schein.

»Los geht's«, sagt Diek, »hopp!« Als er sieht, dass sich sein Herrchen erhebt, springt Max sofort auf. »Erst noch die Leine.« Diek hakt den Riemen am Halsband fest, aber es nutzt nichts, Max läuft nicht zur Tür so wie sonst, sondern bellt weiter, macht sogar kleine Sprünge. Das Tier ist komplett überdreht.

»Ja, was? Was ist denn, Maxie?«

Max legt eine Pfote an Dieks Knie und versucht vergebens, sich aufzurichten; das hat er nicht mehr gemacht, seit er ein Welpe war.

»Willst du das hier«, fragt Diek, »willst du das?« Er hält das violette Bällchen in die Höhe, und Max bellt noch lauter, er hat Speichel ums Maul jetzt, schnappt das Bällchen aus Dieks Hand, sobald er herankommt, sein Schwanz wedelt wie sonst nur für sein Lieblingsfutter.

Diek kniet sich hin. Er krault Max hinter den Ohren, streichelt ihm über den Kopf. »Maxie, Maxie ...« Und er kann nichts dran ändern, aber er lacht, lacht schallend; was bringt dieser Hund ihn doch immer zum Lachen, wie die feuchten Augen sich vor Aufregung in ihren Höhlen fast wegdrehen: »Maxie! Maxie, Maxie, Maxie!«

Der gute, alte Maxie.

Diek schüttelt den Kopf. Beim Aufstehen wird ihm kurz schwindlig, schnell hält er sich am Türrahmen fest. Was wird es heute: Straße oder Kanal? Gestern sind sie die Allee entlanggelaufen, also ist heute der Kanal dran. Es ist wichtig, die Routen so oft wie möglich zu variieren, Abwechslung trainiert das Gehirn. Außerdem ist der Spaziergang am Kanal etwas länger als der durch die Allee, und er will sich auch weiterhin fordern, drei Kilometer gehen, ohne müde zu werden, ohne zu schwitzen und ohne zu zittern. Bis jetzt hat Diek noch kein Zittern gehabt. Jedenfalls nicht wie sein Vater in den letzten Jahren seines Lebens; als Dieks Kiefermuskel einmal so seltsam verrücktspielte, hat er sofort seinen Hausarzt gefragt, und der hat ihn beruhigt: Alles in Ordnung, ein harmloses Nervenzucken, es hat nichts mit Ihrem Vater zu tun. Spannen Sie den Muskel vielleicht zu sehr an?

Der Kanal läuft am Park entlang, aber dort Gassigehen ist keine Option mehr, also wählt Diek die Route am Wasser. Der Gehweg hier ist schmal, aber beliebt. Er weiß genau, wem er gleich wird ausweichen müssen, erst dem Mann mit den zwei Terriern, dann der Frau mit der Bulldogge. Mit dem Mann ist er mal ins Gespräch gekommen, als seine Terrier Max anblafften; seitdem grüßt er ihn, die Frau immer noch nicht – von keinem von beiden kennt er den Namen.

»Max? Kommst du?«

Max setzt sich mitten auf dem Weg hin. Das violette Bällchen zwischen den Zähnen, den Kopf ein wenig schief, schaut er Diek an.

»Also gut!«

Diek nimmt Max den Ball ab und wirft ihn in Laufrichtung, vorsichtig, der Ball ist leicht, kann vom Wind in den Kanal geweht werden; zu seinem Erstaunen springt er ein paarmal hoch – womöglich ein Gummikern? Max jagt ihm sofort hinterher, seine Haare wehen, die Ohren flattern, und Dieks Gesicht will sich schon wieder zur üblichen Grimasse verziehen, dem großen, breiten Grinsen, er spürt das typische Ziehen in seinen Wangen, da hört er plötzlich: »Guten Abend!«

»Oh, guten Abend!«

Zwei Terrier schauen ihn an, argwöhnisch, könnte man sagen, oder sogar ein wenig arrogant, aber vielleicht liegt das an der Rasse.

Der Mann mit den Terriern verschwindet im Park.

Früher ging Diek mit Max auch gern dort Gassi, unter den niedrigen Trauerweiden, über die kleinen Brücken, so hoch und so rund, dass sie wie Regenbögen aussehen – jenseits der Rosenrabatten konnte man den Hund sogar kurz von der Leine lassen. Aber diese Route, diese Routine, ist ihm jetzt verwehrt, denn dort im Park ist nun Isabel – vermutet er zumindest, er ist ihr und der kleinen Mimi an der Allee und am Kanal nie mehr begegnet. Nun ist es nicht so, dass sie einander nicht sehen dürften; sie sind Freunde geblieben, haben sie beschlossen. Aber wenn Freundschaft eine Verabredung ist, wie hält man die dann ein? Vielleicht ist Isabel eingeschnappt. Er glaubt es zwar nicht – sie schien nicht der nachtragende Typ –, aber wenn er eines in den vergangenen Jahren gelernt hat, dann dies: dass man die Reaktionen der Leute aufgrund früheren Verhaltens niemals vorhersagen kann. Jacqueline zum Beispiel: wortgewandt, gebildet, jeden Tag die Zeitung, Opernabonnement, aber was fing sie an zu heulen, als er vorschlug, es bei den paar Treffen zu belassen. Oder Marijke, dieselbe

Überraschung – na gut, sie war immer ein bisschen herrisch beim Kartenlesen, aber sonst wirkte sie ganz vernünftig, so fand sie es zum Beispiel kein Problem, dass er nicht an ihre nachtschattengewächsfreie Diät glaubte: »Jedem Tierchen sein Pläsierchen.« Doch als er durchschimmern ließ, dass er vielleicht nicht noch einmal mit ihr in Urlaub fahren wollte … Ihr Gezeter kam aus dem Nichts, und trotzdem begann jeder Vorwurf mit: »Immer …!« Was das anging, war Isabels Reaktion ziemlich sportlich: »Wie unheimlich schade, wirklich« – mehr nicht. Und was wird Sylvia sagen?

Nicht dran denken, beschließt Diek. Das sind Sorgen für Morgen.

»Willst du noch mal, ganz sicher?«

Diek zieht Max den Ball aus dem Maul. Er ist etwas verschmiert, in einem Reflex hält Diek ihn sich unter die Nase. Weichspüler, stellt er überrascht fest. Er wirft ihn in hohem Bogen, wie das Cochonnet im Petanquespiel; das Bällchen kommt auf, springt wieder hoch, und Max rennt hinterher.

»Max?«

Diek kneift die Augen zusammen, in letzter Zeit sieht er im Dämmerlicht nicht mehr so gut.

»Maxie!«

Er hört kein Gebell mehr, kein Hecheln, keine trippelnden Pfoten; hat er den Ball zu weit geworfen?

»Max, Maxie!«

Plötzlich denkt Diek an den Kanal. Das kalte, dunkle Wasser – der Ball treibt bestimmt oben, aber Maxie mit seinen alten Knochen?

»Max!« Seine Stimme überschlägt sich. Und da kommt die Frau mit der Bulldogge, aber das ist ihm jetzt egal. »Max«, ruft er nochmals, und er rennt los: »Max, komm jetzt her. Max, Max, Max!«

Die Frau mit der Bulldogge schaut über die Schulter. Was gibt es da hinten zu sehen, kann sie nicht zur Seite gehen?

»Also – Entschuldigung!«, sagt sie, als der Schoß seines Trenchcoats sie an der Hüfte streift. Er hört unter sich einen Zweig knacken, lockert ein wenig seinen Schal, ihm ist auf einmal so heiß.

»Max?«

Knisternd springt die Parkbeleuchtung an, und Diek legt die Hand über die Augen, er versucht, sich zu konzentrieren, den Blick scharf zu stellen, ein Radfahrer kommt ihm entgegen, und dahinter – dahinter?

Mein Gott, da ist er, da kommt er! Diek verlangsamt den Schritt, als sei er niemals gerannt. Ein haariges Bündel trippelt ihm auf kurzen Beinen entgegen, das violette Pünktchen in seinem Maul wächst.

○

Florence kann nur nach drinnen schauen, wenn sie sich auf die andere Straßenseite stellt.

Und selbst von da sieht sie wenig, höchstens einen Schatten im Licht des Fernsehers. Nachteil ihres Standpunkts ist zudem, dass Maisie auch sie sehen kann, wenn sie – zum Beispiel für einen kurzen Blick auf das Wetter – den Vorhang nur ein bisschen beiseiteschiebt.

Florence tritt noch einen Schritt zurück, steht mit den Turnschuhen jetzt beinah im Gras.

An sich hat sie einen guten Grund, hier zu sein. Sie hatte in ihrer Werkstatt zu tun, hat mit anderen Mietern des Kreativraums noch einen getrunken, und dieser kleine Park liegt auf dem Weg nach Hause oder jedenfalls auf einer der möglichen Routen, der mit dem meisten Grün. Nur zum Stehenbleiben hat sie keinen guten Grund, jedenfalls keinen, der nichts über ihren Seelenzustand verriete.

Warum halten wir Schmerz vor den Verursachern so gerne verborgen? Warum hebt der Boxer nur kurz die Braue, wenn sein Gegner ihm ins Gesicht schlägt, warum geht das Dickerchen in der Schule extra gerade, wenn seine Klassenkameraden es mit Papierkrampen beschießen? Und warum unterdrücken wir unsere Tränen, wenn uns jemand verlässt; warum darf die andere nicht sehen, dass wir nachts unter ihrem Fenster stehen? Weil wir stark wirken wollen, ach ja? Aber vielleicht, denkt Florence, wäre es viel stärker, sich wie ein gefoulter Fußballer hinfallen zu lassen, sein Knie zu umklammern, sich stöhnend auf dem Boden zu wälzen: über die Straße zu gehen, zu klingeln, sich die Bluse aufzureißen, die Hand auf die Brust zu legen – das hier hast du zertrümmert, das hast du kaputtgemacht!

Oh, sie hätte das vierte Bier echt nicht trinken sollen!

Scham ist natürlich ein weiterer Grund. Und nicht einmal wegen der Schwäche, die man damit zeigt, sondern wegen der falschen Einschätzung. Wie konnte der Boxer nur denken, er könnte das Match gewinnen, wie das Dickerchen, sich ungestraft in die erste Reihe setzen zu dürfen, wie Florence, sie hätte, für Maisie … Sie ist zu Hause. Ihr Fahrrad steht da, das Licht im Zimmer ist an.

Im Grunde beruhigend; Maisie ist hier und nicht in der Stadt, sie zieht nicht um die Häuser, trinkt und tanzt nicht und schnorrt keine Zigaretten von fremden Frauen. Aber das bedeutet noch nicht, dass sie allein ist. Maisie verabredete sich immer am liebsten zu Hause, lieber als bei Florence oder in einem Restaurant; umringt von ihren Pflanzen, Büchern und Trockenblumen, den kleinen, selbstgemachten Aquarellen mit grauen Himmelsansichten und regnerischen Hügellandschaften fühlte sie sich am wohlsten. Wie die meisten Leute sich bei ihrer Mutter eine Spur anders verhalten als bei ihren Freunden und bei jedem einen eigenen Jargon, eine etwas andere Motorik benutzen, erwies sich auch Maisies Verhalten als abhängig von ihrer Umgebung: Nicht nur die Menschen, sondern auch die Möbel um sie herum bestimmten, wie sie sich bewegte, wie laut sie lachte, wie lange sie redete, wo sie sich berühren ließ. Die anhängliche Maisie bei sich zu Hause gefiel Florence besser als die bisweilen distanzierte in der Öffentlichkeit, und das gilt natürlich ebenso für die potentielle neue Geliebte. Womöglich stellt Maisie sie gerade jetzt Koschi vor. »Er ist ziemlich scheu bei Fremden, dass er dich gleich mag, ist echt was Besonderes.«

Der Nebel geht über in Nieselregen, Florence zieht sich die Kapuze über den Kopf. Manchmal redete Maisie mit Koschi, als sei sie, Florence, gar nicht da. »Komische

Frau ist das, was?«, sagte sie dann. »Was meinst du, du findest sie nett? Hm, dann werd ich sie mir noch mal genauer ansehen.« Vormittage, an denen Florence sich ohnmächtig fühlte, nicht in der Lage, ihre Zuneigung zu äußern; die war in dem Moment einfach zu groß, um sie körperlich ausdrücken zu können. So wie man sich idiotisch vorkommt, einem trauernden Freund eine Karte mit einer grauen Taube zu schicken – die Geste zu banal für die dazugehörige Emotion –, so fühlte es sich beinah verlogen an, Maisie nur einen Kuss auf die Wange zu drücken, geschweige denn irgendwo anders hin.

Das war es! Wie sie dann dalag, und Maisie mangels großartigerer Geste dann eben doch küsste, dafür schämte sie sich jetzt. Nicht für die Handlung selbst, auch nicht für ihre Gefühle, sondern dafür, was sie jetzt versteht und damals nicht eingesehen hatte – dass Maisie (und weiß der Himmel, wer sonst noch) vermutlich all die Zeit damals schon dachte: Wie naiv sie ist, so naiv, zu denken, dass ... Als hätte ihre Hose monatelang offen gestanden und niemand sich die Mühe gemacht, sie darauf hinzuweisen.

Hey, Kleines, da bist du ja!

Schschscht, macht Florence in einem Reflex. Sie legt ihre Hand auf die Jackentasche. Bis ihr klar wird, dass sie vor einem Park steht und Maisie und die anderen Leute im Haus das Bällchen von hier aus unmöglich hören können. Florence nimmt es aus der Tasche.

Ich hab dich vermisst, sagt das Bällchen.

Ob Maisie, dort hinter dem Vorhang, jetzt auch ihr Bällchen ans Ohr hält? Wahrscheinlich nicht, wenn jemand da ist. Aber, denkt Florence, vor dem Haus steht kein fremdes Fahrrad.

Kann man jemanden vermissen, den man bald wiedersehen wird?, fragt das kleine Ding. Oder ist das Vermissen dann kein Vermissen mehr, sondern Vorfreude?

Florence schließt die Augen, versucht, sich vorzustellen, wie Maisie auf diesen Text reagiert, welche Sätze sie gut findet, welche Wörter sie selbst nicht benutzt hätte, wann sie lächeln muss und wann sie erstaunt ist oder verblüfft.

Maisie, kleine, hübsche Maisie, in ihrem etwas zu großen Pyjama, mitten im Wohnzimmer: Mit der einen Hand hält sie sich die Hose hoch, in der anderen das Knäuel, sie hält es sich so nah ans Gesicht, dass seine weichen Härchen ihre Wange berühren. Kann man jemanden vermissen, den man nie wiedersehen wird?, fragt es. Oder ist das Vermissen dann kein Vermissen, sondern Verarbeitung von Trauer? Maisie schließt die Augen, so wie Florence es getan hat. Und sie hört zu, sie lauschen gemeinsam, jede an ihrem Ort lauschen sie mucksmäuschenstill dem, was das Bällchen zu ihnen sagt: Lass mich dir eine Geschichte erzählen.

○

Eine Geschichte von Trauerverarbeitung und Vorfreude. In Deventer wohnt ein Mädchen, das im Supermarkt immer wieder angesprochen wird: Hey, sagt dann so ein Fremder, warst du nicht im Fernsehen, in diesem Weihnachtsspecial mit dem Gleitschirmflieger? Das Mädchen nickt und schlurft schnell davon; Lara hat nichts zu erzählen, nichts über sich, nichts über den Gleitschirmflieger, den Jungen, den sie zwei Jahre zuvor am anderen Ende der Welt kennengelernt hatte.

Tasmanien sollte der Anfang einer langen Rundreise werden. Desi arbeitete in dem Club, wo Lara zwei Nächte hintereinander getanzt hatte, am ersten Abend stand er hinter dem Tresen, am zweiten stempelte er Hände am Eingang. Desi war ein gutaussehender Junge: breite Schultern, kräftiges Kinn, die goldblonden Locken zum Pferdeschwanz gebunden. Ja, gab er zu, als sie endlich ins Gespräch gekommen waren, er werde regelmäßig angebaggert, aber, erklärte er nach einer weiteren respektlosen Frage: Er nahm selten jemanden mit. Die Mädchen mussten am nächsten Morgen immer sofort zurück in ihr Hostel, zu ihrer dort wartenden Reisegenossin. Oder sie hatten es eilig, den Bus zum Cradle Mountain zu bekommen, schließlich wollten sie die Tickets nicht umsonst gekauft haben. Desi machte das trübsinnig, denn wenn so ein Mädchen bei ihm schlief, wollte er die Sache auch stilvoll zu Ende bringen und am nächsten Morgen Pfannkuchen für sie backen mit kleinen Preiselbeeren drauf.

Tja, sagte Lara, ich reise allein, und am Cradle Mountain bin ich auch schon gewesen – am nächsten Tag buk Desi Pfannkuchen für sie und am Morgen danach auch, aber am darauffolgenden Tag machte Lara Rührei mit Salbei, denn sie hatten Lust auf etwas Herzhaftes. Tagsüber wanderten sie durchs Huon Valley, oder sie lagen in seiner Hängematte und tranken Dosenbier aus dem

Supermarkt. Dann redeten sie von ihrer Kindheit, von Pubertätsproblemen und ihren Familien, im Versuch, einen Informationsrückstand aufzuholen. Fruchtlose Versuche natürlich: Verliebtsein bedeutet per definitionem nicht genug wissen. Abends begleitete Lara Desi zur Arbeit, erst saß sie am Tresen, nach ein paar Nächten stellte sie sich dahinter und schenkte Wodka aus, als hätte sie nie etwas anderes getan. An den Vormittagen schliefen sie aus – sechs herrliche, vergammelte Wochen, dann wurde es Zeit für Lara, nach Hause zu fliegen, den Hund bei den Nachbarn abzuholen und ihr BWL-Studium zu Ende zu bringen.

In einem geliehenen Buick brachte Desi sie zum Flughafen, damit sie so lange wie möglich zusammenbleiben konnten. Unterwegs jedoch redeten sie wenig, es gab keine Pläne zu schmieden, keine Routen zusammenzustellen oder Erlebnisse mit Kollegen mehr zu besprechen; Laras Kollegen waren es ja nicht mehr.

Bleiben wir zusammen?, fragte Lara, als Desi sie an ihrem Terminal absetzte. Sie war schon halb ausgestiegen, ein Bein aus dem Auto, als Desi sie am Handgelenk packte, in den Wagen zurückzog und an sich drückte. Natürlich, sagte er, und es klang entschlossen, natürlich bleiben wir zusammen! Wir werden mailen, schreiben, skypen! Laura nickte, schluchzte und flüsterte: Du wirst mir so fehlen!

Kennst du den Unterschied zwischen jemanden vermissen und Sehnsucht haben?

Die beiden sind nah miteinander verwandt, glaube ich, aber ist die schmerzlich empfundene Abwesenheit eine Voraussetzung für das Verlangen oder ist es gerade umgekehrt? Und wenn beides geht, beide Zusammenhänge vorkommen können – sind Sehnsucht haben und jemanden vermissen dann nicht eigentlich das Gleiche?

Vielleicht sind die beiden Zwillinge, mit den gleichen Genen gesegnet, aufgewachsen in derselben Umgebung; nur ihre Mutter kann sie auseinanderhalten, und ihre Mutter bist du: Wer von beiden ist Vermissen, wer Verlangen, wer ist wer, sag?

Aber vielleicht ist es noch anders: Vielleicht ist Vermissen eine Form des Verlangens, eine Unterabteilung im Klassifizierungssystem, Verlangen die Gattung, Vermissen die Art: Vermissen die südafrikanische Schwarzfußkatze, Verlangen die Gattung der echten Katzen an sich. So steht Vermissen auf der gleichen systematischen Stufe wie Reue – die Wildkatze – und Bedauern – die nordafrikanische Sandfußkatze; gemeinsam ist ihnen allen, dass etwas fehlt, dass sie etwas wollen, was abwesend ist, sie entspringen also der Phantasie.

Verlangen ist eine Hoffnung: die Hoffnung, dass das Objekt des Verlangens alles schöner machen wird. Vermissen ist eine Überzeugung: der feste Glaube, dass die Dinge in Gesellschaft des Abwesenden besser waren oder sein werden. So dreht sich Vermissen, würde ich sagen, mehr als Verlangen um etwas Gewesenes: die Zeit des Zusammenseins. Trotzdem geht es auch beim Vermissen um etwas – möglicherweise – Zukünftiges: das Wiedervereintwerden. Wer vermisst, stellt Vergangenheit und Zukunft zusammen auf den Herd, verrührt sie miteinander und lässt sie verschmelzen. Wer verlangt, schaut nach vorn, wer vermisst, starrt immer weiter auf die katzengoldene Schlacke am Boden des Kessels, wer vermisst, kommt nicht von der Stelle, glaub mir!

Lara und Desi mailten viel. Zuerst jeden Tag, lange Geschichten von ihren Erlebnissen und den Geschehnissen an ihrem Ende der Welt. Doch als Lara Desis Mail einmal drei Tage lang unbeantwortet ließ, übernahm er diesen Turnus, und sie schrieben einander nur noch einmal pro Woche einen langen elektronischen Brief, die unbeschriebenen Tage gefüllt mit SMS voller Herzchen und Kusslippen.

Das Schlimmste aber waren nicht die Nächte, erzählte Lara inzwischen ihren Freundinnen, vielmehr die sonnigen Tage, an denen all die verliebten Pärchen im Park lagen, oder die regnerischen Abende, an denen das Mädchen vor ihr im Kino sich in die Halsbeuge des Freundes schmiegte, während sie zusammen vor den eleganten Filmküssen auf der Leinwand dahinschmolzen. In solchen Momenten dachte Lara an die Hängematte siebzehntausend Kilometer entfernt zwischen den Pfosten von Desis Veranda – so eine Erinnerung erzeugte eine fast physische Reaktion, eine Unruhe, größer noch als ihr Kummer: als müsse sie unbedingt weg, etwas tun, dürfe nicht einfach in ihrem weichen, roten Kinosessel kleben bleiben. Beim Anblick von so viel liebender Zuneigung fühlte sie sich wie eine ausgehungerte Schiffbrüchige, die nach langen Wochen am Strand eine angespülte Glasglocke findet und unter der Glasglocke ein großes Stück saftiges Fleisch – was könnte die Hungerleiderin anderes wollen, als diese Glocke mit einem

Vorschlaghammer zu zertrümmern? Desi berühren, ihm die Glasscherben aus dem Haar lesen, seine Hände küssen, die Finger, die Spitzen, eine nach der anderen, selbst die Trauerränder unter seinen Nägeln – es würde nicht mehr lang dauern, im Sommer würde sie nach Tasmanien fliegen.

Doch daraus wurde nichts, sie musste ein paar wichtige Prüfungen nachholen.

Im Herbst aber würde Desi zu ihr kommen!

Das erwies sich jedoch als unmöglich, die Back Bar ging pleite, und Desi verlor seinen Job und sein Einkommen.

Und so schrieb Lara einen Brief ans Fernsehen: Bringt mir diesen Mann, denn er fehlt mir, oh, wie ich Desi vermisse!

Zehn Wochen später stand Lara auf einem Berggipfel in den österreichischen Alpen. Sie schaute nach oben, zum kalten, weißen Winterhimmel, und da kam er, ihr Desi, an einem Gleitschirm. Zuerst nur ein kleiner Punkt, dann ein Bündel mit zwei Beinen, er landete direkt vor dem zweiten Kameramann. Lara rannte ihm entgegen, sie umarmten sich: Die beiden sind wieder vereint!, rief der Moderator.

Jetzt standen Lara und Desi sich gegenüber, zwei blaue, aufgeplusterte Skianzüge. War es schwierig?, fragte Lara. Desi schüttelte den Kopf. Es fing an zu schneien, und sie schwiegen.

Meiner Meinung nach, geliebtes Wesen, besteht das Problem des Vermissens darin: Wenn du vermisst, vermisst du nicht nur die wirkliche andere an ihrem Ende der Welt, sondern auch, und vielleicht sogar vor allem, die andere so, wie du dich an sie erinnerst. Vielleicht vermisst du auch die Möglichkeit, neue Erinnerungen mit ihr zu erzeugen – Vermissen ist doch immer zugleich auch der Kummer über eine Beschränkung. Aber ich glaube, Vermissen ist darum noch lange nicht passiv, im Gegenteil, Vermissen erfordert Aktivität, eine Person vermissen heißt, sie sich herzurichten, auf eine Art neu zu erschaffen, dass ihre Gesellschaft als begehrenswert erscheint.

Wahrscheinlich fängt es schon an, wenn sie das Zimmer verlässt. Plötzlich stehst du da, den Pinsel in der Hand, vor dir auf dem Tisch die Palette; du beginnst mit den Umrissen, etwas langgestreckter als die Person, die gerade noch vor dir stand, deren Hüften etwas molliger sind. Die Augen werden größer, die Lippen noch voller, das Muttermal weniger auffällig – du schaust das Bild an, nickst zufrieden, nimmst dann Lineal und Bleistift und schraffierst alles Störende weg. Was übrig bleibt, ist eine Figur nach deinem Geschmack: deine Schöpfung. Aber sie kann nicht reden, keine Fragen stellen, du kannst sie nicht umarmen und küssen, weder Pfannkuchen noch Rühreier für sie machen.

In der ersten Nacht in Deventer hielt Desi Lara nur fest im Arm. Das war merkwürdig, fand Lara, obwohl sie nicht genau sagen konnte, warum – was war anders? Hielt Desi sie nicht so im Arm wie in der Hängematte in Tasmanien? Oder tat er es nur anders, als sie es sich vorgestellt hatte?

Am nächsten Tag machten sie einen Spaziergang, und

Lara zeigte Desi ihr Viertel. Er nickte zu den Koniferen und lächelte vor dem Spielplatz, doch als sie im Café Bronckhorst bei warmem Kakao saßen, fragte er: Wollen wir nicht lieber nach Haus gehen und einander da wärmen?

Beim Sex sah er sie nicht an. Lara wusste nicht mehr, ob er das im Sommer zuvor auch so gemacht hatte; meist waren sie dabei betrunken gewesen. Und es hatte ihr immer gefallen, das wusste sie noch, aber hatte das daran gelegen, dass der Sex ihr gefiel, oder gefiel es ihr, dass sie Sex hatten? Bist du gekommen?, fragte Desi hinterher. Nein, antwortete Lara, und Desi verzog das Gesicht und sagte: Darum kümmern wir uns später, und: Muss am Jetlag liegen, ich bin so gottverdammt müde. Damit drehte er sich um und schlief ein. Es war halb fünf am Nachmittag, draußen begann es zu dämmern, und Lara betrachtete die Schatten, die Desis Körper an die Wand warf. Plötzlich fragte sie sich, wer da neben ihr lag. Und sie vermisste den Jungen, den sie so lange vermisst hatte.

Schau, Kleines, allzu lang Vermissen ist gefährlich; je länger du vermisst, desto mehr Zeit hast du, dir den anderen nach deinen Wünschen zurechtzumodeln. Und ehe du dich's versiehst, verwechselst du Vermissen mit Lieben, betrachtest Vermissen als Beweis deiner Liebe, wo es doch vor allem ein Produkt der Phantasie ist.

Meiner Meinung nach bist du sehr phantasievoll. Ich bin es auch, das weiß ich. Was das angeht, sollten wir nah beieinanderbleiben, damit wir uns nicht zu sehr
 vermissen. Denn Vermissen heißt, sich voneinander ent-

fernen, sich gegenseitig ein merkwürdiges Kleid anziehen und einen seltsamen Federhut aufsetzen. Darum werde ich versuchen, dich nicht zu vermissen, Kleines, ich werde versuchen, dich nur zu lieben. Aber bitte vergib, wenn ich trotzdem an dich denke, wenn du nicht da bist, ich mir deine Stimme und dein Gesicht vorstelle und es bearbeite, deinen Blick noch freundlicher mache, deine Worte noch zärtlicher, dein Gesicht… nein, das lässt sich nicht noch schöner machen. Ich hoffe auch, dass du mich nicht zu sehr aufplusterst. Nicht enttäuscht bist, wenn wir uns nächstes Mal gegenüberstehen. Du auf deinen schönen, perfekt geformten Beinen, ich auf meinen flauschigen Härchen.

○

»Schscht«, sagt Maisie, »ich bin jetzt müde«, und greift sich das Kopfkissen. Vorsichtig steckt sie das Knäuel in den Bezug, dann legt sie sich hin und nimmt wieder das Kissen. Das Knäuel macht einen Huckel im Stoff, ein Hautimplantat, ein Tumor. Es redet immer noch, aber Maisie kann seine Fragen und Anmerkungen nicht mehr verstehen. Macht nichts, schon allein das Geräusch, der dumpfe, gedämpfte Klang seiner Stimme beruhigt sie, lässt ihren Herzschlag langsamer werden, sie einschlafen: Es ist jemand bei ihr.

Maisie gähnt. Sie zieht die Knie an, legt ihre nackten Arme um das Kissen und drückt es fest an sich.

II

SCHAUST DU IM SUPERMARKT AB und zu mal nach oben? Den Kopf im Nacken, Einkaufskorb an der Hand, siehst du Dinge, die du noch niemals gesehen hast: die Decke des Orts, an dem du schon so lang deine Einkäufe tätigst. Ich werde dir sagen, was man dort sieht.

Zunächst einmal Lampen. Außer rein funktionalen Neonröhren auch Punktstrahler verschiedener Größen. Je nach Abteilung sorgen sie für unterschiedliche Stimmungen, über »Obst und Gemüse« am hellsten, damit die Äpfel schön blinken und die Paprika glänzen, auch die Brot- und Brötchenabteilung wird besonders ausgeleuchtet. Neben den Punktstrahlern hängen Lautsprecher, aus denen ein sorgfältig zusammengestellter Musikmix ertönt: nicht zu viele Beats pro Minute, die Musik soll beruhigen und versucht darum, ein vages Gefühl des Vertrauten zu erzeugen – dieser Ohrwurm vom Sommer 2009, du kannst ihn nicht mitsingen, aber du kennst ihn, und das vermittelt dir ein gutes Gefühl, so wie damals. An der Supermarktdecke hängen auch Kugeln; die schwarzen sind Kameras, die beigen Geruchsspender, die Düfte wie Spekulatius, knuspriges Baguette oder frische Croissants verbreiten, je nach

Jahres- und Tageszeit. Und dann sind da noch Gebläse, aus denen kalte und manchmal auch warme Luft strömt, und Schnüre und Kabel für deren Versorgung mit Strom und Röhren, jede Menge Rohre und Röhren – der Supermarkt ist ein sorgfältig eingerichtetes Ganzes, eine kunstvoll gestaltete Sphäre, deren Stimmung und Klima von der Technik unter der Decke bestimmt werden.

All das solltest du, glaube ich, nicht zu lange betrachten. Trotzdem kann ich es empfehlen, es ist eine Möglichkeit, dich einen Moment lang als auserkoren zu fühlen. Schließlich erlebt niemand in dem Moment das Gleiche wie du, sieht, was du siehst. Umgeben von anderen Kunden, von Einkaufswagen und -körben bist du ganz allein mit deiner Entdeckung: einzigartig!

So fühlte ich mich, als ich dich heute Nacht anschaute. Tagsüber tue ich das nie allzu lange, jedenfalls starre ich nicht, wir würden uns beide genieren: Scham das Ergebnis der Einfühlung, der Fähigkeit, sich durch die Augen von anderen zu sehen. Wer aber schläft, kann sich nicht schämen, Schlafen ist die schamloseste Tätigkeit, die es gibt, dein Schnarchen verschaffte mir einen Freibrief, hemmungslos zu betrachten, was niemand sonst an dir sieht. Wie deine Brust sich weitet und senkt. Wie deine Lider zittern. Wie du dich immer wieder umdrehst und sorglos den Kopf auf den Arm legst. Ich lauschte deinen etwas schnarrenden Atemzügen und hörte dein leises Stöhnen während eines Alptraums. Und ich roch, oh, ich roch an dir, ich weiß jetzt genau, was deine Schweißdrüsen und Därme unterdessen trieben, und während ich deine Körperfunktionen erkundete, fragte ich mich, ob das schon jemals ein anderer getan hat. Jemand, der dich betrachtet wie ich: Kopf im Nacken, Einkaufskorb an der Hand, ganz allein mit seiner Entdeckung, vollkommen glücklich über dieses Privileg.

He, Liebes, sag: Was siehst du, wenn du mich von ganz Nahem betrachtest?

○

Diek ist zu früh, wie immer. So hat er Zeit, sich einen guten Platz auszusuchen, einen gemütlichen Tisch weiter hinten, schön ruhig, wegen Maxie. Sie kennen ihn hier, das ist angenehm. Sie kennen auch Max als ein braves Tier und bringen ihm von selbst einen Napf Wasser. »Und – möchten Sie auch etwas trinken?«

»Einen roten Port, bitte«, antwortet Diek. So ein Glas Portwein wird ihm jetzt guttun. Ihm Mut einflößen und ihn beruhigen (vielleicht sind beide dasselbe), nach all den zig Malen ist es nicht einfacher geworden, eher schwerer: Jemandem wehtun, daran gewöhnt man sich nie. Jedes betroffene Gesicht vergrößert seine Gewissensbisse wegen der vorhergehenden betroffenen Gesichter, jedes »Wie schade!« eine neue Schicht auf dem Kloß in seinem Magen.

»Ein roter Port, wo darf ich ihn hinstellen?«

Diek nimmt das Glas, nippt und wartet wie immer mit dem Hinunterschlucken, damit das Prickeln des Weins sich auf seiner Zunge entfaltet.

Inzwischen hat er die beste Methode gefunden: Man muss es sofort machen, sofort sagen, was los ist – die Frau nicht zappeln lassen! Natürlich weiß sie nicht, dass sie zappelt, aber er, und das ist genauso schlimm, denn hinterher wird ihr aufgehen, dass er alles schon wusste, und sich dafür schämen, wie sie so hin und weg dasaß, mit ihrem liebevollen Blick, ihrem klimpernden Schmuck und dem geschminkten Gesicht. Ja, nachträglich wird sie sich durch seine Augen betrachten und ekeln vor diesem Anblick: »Ein unbesorgtes, dummes Lämmchen, das mit einem Arm Heu zur Schlachtbank gelockt wird«, so hat Jacqueline es damals gesagt. Sie lachte dazu, aber nicht wirklich fröhlich. Man muss sie überfallen, weiß er seitdem: Du bist eine ganz tolle Frau, aber… Dann wissen sie oft selbst schon, was los ist. Und manchmal kommen sie einem sogar zu Hilfe: »Ich weiß, was du sagen willst, mir geht es genauso.« Er weiß nicht, ob das stimmt, aber er ist dankbar, wenn eine Frau lügt, ihm ihr Verletztsein erspart; ein bekümmertes Gesicht kommt ihm immer vor wie gehäutet – wer wagt es, sich bei dem Anblick noch zu bewegen, über den Tisch zu beugen, auch nur einen Kuss auf die geschundene Wange zu drücken?

Diek nimmt noch einen Schluck von seinem Port. Es ist heute ruhig hier, das ist gut. Fragt sich nur, ob Sylvia die Musik nicht immer noch zu laut findet. Sie darf nicht schon gehen wollen, ehe er es ihr hat sagen können, jeder Standortwechsel ist Aufschub, und Aufschub weckt Zorn… Am schlimmsten ist es, wenn sie anfangen zu fragen und Gründe hören wollen. Natürlich gibt es Gründe, so einen Entschluss fasst man ja nicht einfach so. Aber er findet es schwierig, seine konkreten Beweggründe zu nennen, sie werden doch immer als Beleidigung aufgefasst, und dann meint die Frau, wiederum ihn beleidigen zu müssen: »Du bist auch eher 'ne Trantüte, wenn's darum geht, was Schönes zu organisieren.«

Diek schaut sich im Lokal um, an der animierten Runde am Fenster vorbei auf die Straße. Er sieht sie noch nicht kommen. Ob Sylvia auch Gründe wird hören wollen?

Deine Hypersensibilität, könnte er sagen, ist das größte Hindernis, denke ich. Es ist keine Krankheit und an sich auch nicht schlimm, aber wie du mit dir und allen anderen umgehst… »Dass die Wissenschaft sich nicht dafür interessiert, heißt ja noch nicht, dass es die Krankheit nicht gibt«, wird Sylvia kontern: »Die Wissenschaft dient nur noch dem Geld und forscht nur noch nach Dingen, mit denen man was verdient.«

DSM-Handbuch, klassische Diagnostik, jahrelange, unabhängige Forschung im Bereich der Neurologie – er konnte sie nicht überzeugen, sie ist hypersensibel, also erträgt sie kein Parfüm, nicht Maxies Gebell, kein buntes Geschirr und keine laute Musik; er fürchtet, das steht einer dauerhaften Beziehung im Wege. Und eine dauerhafte Beziehung sucht sie, hat sie schon bei der ersten Begegnung erzählt. Was er selber sucht, weiß er eigentlich nicht, aber irgendwie empfindet er es als Diebstahl, sich noch länger mit Sylvia zu treffen, Diebstahl an ihrer Zeit, ihrer Zuneigung: Diebstahl ist, dem anderen etwas wegnehmen und nicht zurückgeben.

Also muss es heute Abend sein, wenn möglich, ohne Angabe von allzu vielen Gründen. Mir fehlt Tillie noch so – vielleicht könnte er das sagen? Vermissen ist eine gute Entschuldigung, weiß er inzwischen. Wer vermisst, ist schwach, aber kein Schwächling.

Sein Portwein ist alle, er hat zu schnell getrunken. Es ist warm hier. Diek öffnet die Jacke und beugt sich zur Seite, schaut unter den Tisch. Da liegt Maxie, Kopf auf den Pfoten, das violette Bällchen im Maul. Diek krault ihn hinter den Ohren, und Max knurrt zufrieden. – »Hallo, Diek«, ertönt es da plötzlich über ihnen.

○

Neuer Freund!

»Und hallo, Max!«

Schön! Schön, schön, schön, schön.

»Du hast schon ausgetrunken.«

»Ich war zu früh.«

»Nein, ich bin zu spät, ich hatte aber auch einen komischen Nachmittag …«

Süß? Süß, süß, süß, süß.

»Was ist denn?«

»Tut mir leid, aber es ist was ganz Unangenehmes passiert.«

He, Liebes, sag: Was siehst du, wenn du mich von ganz Nahem betrachtest?

Kissen!

»Schscht, Maxie!«

Großer Freund!

»Jetzt sei doch mal still, Max, schscht!«

Die richtige Antwort ist: Du siehst nichts. Von ganz Nahem sind wir alle gleich; eine Wand, eine Mauer, ein Hindernis, eine Fläche – eine große schwarze Fläche, die die Sicht auf die Umgebung verhindert und mit etwas Pech den Durchgang blockiert.

○

Sie ist schön heute Abend. Schöner, als wenn sie so aufgetakelt ist, schön auch, weil sie gerade geweint hat, die Augen noch feucht, wie auch die Wangen, ihr Gesicht rosig und rein, als käme sie gerade aus der Dusche.

Sie sitzen an dem hölzernen Tisch, Diek hat seine Hand auf ihre gelegt. Diese Haltung, die Geste, passt nicht zu ihm, aber er möchte sie auf einmal so gern trösten. Oder vielmehr ihr Tröster sein – das ist ein kleiner, aber feiner Unterschied. Er hat das nicht oft und schon gar nicht bei Sylvia, nicht, als sie kopflos aus dem Kino weglief, wegen diesem »unerträglichen Gewummer«, auch nicht, als sie das spanische Restaurant verlassen mussten, weil die Leute am Nebentisch so laut redeten; in solchen Momenten verspürte Diek nie das Bedürfnis, den Arm um sie zu legen, eine wütende Frau trösten ist doch immer ein bisschen, als ob man einen Seeigel streichelt. Aber heute Abend ist es anders. Heute Abend ist Sylvias Kummer frei von Empörung und darum freundlich, einladend: Kummer, dem man über den Kopf streicheln möchte.

Merel hat ihr Kind verloren.

Sylvia wusste überhaupt nicht, dass ihre Tochter schwanger war (vielleicht macht es das weniger schlimm: hören, dass man etwas verloren hat, von dem man nichts wusste, heißt schließlich auch etwas bekommen), aber Sylvia ist, natürlich, sehr tief getroffen. Und obwohl es ihr offenbar schon wieder besser geht und sie sogar über seinen schlappen Witz wegen der lahmen Bedienung lachen kann, hält er ihre Hand immer noch, streichelt mit dem Daumen über ihren.

»'tschuldigung«, sagt sie, »ich red schon seit einer Stunde über nichts anderes, wo ich unseren Abend doch gar nicht davon bestimmen lassen wollte.«

»Macht nichts«, sagt Diek. »Dazu ist so ein Abend doch da, wir haben alle Zeit der Welt, oder?«

Es stimmt, und stimmt auch wieder nicht, aber was ist in diesem Moment menschenfreundlicher? Sagen, was man sagen wollte: Du bist eine ganz tolle Frau, aber ... Oder das, angesichts der emotionalen Umstände, für heute sein lassen? So oder so wird er hinterher als Lügner dastehen – ein Jammer!

»Du bist lieb«, sagt Sylvia. Sie legt ihre freie Hand auf seine, die schon auf ihrer liegt; seine Hand plötzlich ein Weichtier zwischen zwei schützenden Schalen.

Etwas streicht seine Beine entlang. Maxie, denkt er sofort, aber die Berührung ist nicht warm und flüchtig, eher kräftig und entschlossen.

Die Überraschung erregt ihn, aber das ist nicht das Einzige. Da ist was, Sylvia hat etwas heute Abend, oder vielmehr: Sie hat etwas nicht – ihre Hypersensibilität, das Kleine, das sonst auf Schritt und Tritt an ihren

Rockschößen hängt, ein Baby, das zu kreischen beginnt, sobald es einmal gemütlich wird – heute Abend hält der kleine Spielverderber den Mund. Und jetzt, da Silvia ihm ihren Schuh in die Kniekehle drückt, hat er auf einmal Lust, sie zu packen, an sich zu ziehen, weniger, um sie zu küssen, als vielmehr, um sie sich auf den Schoß zu drücken, ihren Hintern in seinen Schritt.

Das haben sie noch niemals getan. Auch mit den Frauen vor ihr passierte es selten. Er wollte schon, gern sogar, aber wenn die Frau keine Initiative ergreift, so glaubt er, ist sie nicht bereit, will sie ihn lieber erst besser kennenlernen, spazieren gehen, ins Theater, zusammen das Leben genießen, wie sie in ihrem Profil geschrieben hat – Wunsch oder Warnung? Wie dem auch sei, wenn er ihr sofort mit der Hand in die Bluse langt (was sowieso nichts für ihn ist, was soll seine Hand dort?), sieht es so aus, als ginge es ihm nur um das Eine, vor allem, wenn er ihr danach erklären muss, dass er an mehr als dem einen Mal nicht interessiert ist (das ginge vielleicht); dann wirkt es sofort, als hätte er die Situation nur ausgenutzt, ein berechnendes Dreckschwein – nein, im Zweifelsfall besser keinen Sex; aber jetzt, wo Sylvia ihm so die Finger streichelt … Wie das wohl wäre?

Mit Isabel wäre es fast dazu gekommen. Einmal im Auto: Nach einer Ballettvorstellung hatte er sie nach Hause gefahren, beim Abschied hatte sie ihm die Hand aufs Knie gelegt, und sie hatten sich geküsst, aber sie bat ihn nicht herein, und er wollte sich nicht aufdrängen, also beschloss er – sehr galant, fand er selbst –, auszusteigen und ihr die Wagentür zu öffnen. Mit Marijke war es öfter geschehen, mit ihr war er auch etwas länger zusammen. Doch nachdem er für sich beschlossen hatte, die Beziehung zu beenden, konnte er es nicht mehr genießen, war es ein Gefühl, als vergewaltigte er sie, wenn er ihre Brüste berührte, würde er sie mit seinem Orgasmus besudeln, ekelte er sich weniger vor ihr als vielmehr vor sich, wie er hinterher neben ihr lag, nackt, erschöpft, ein alter Bock, der sich's noch mal gutgehen ließ.

»Ich hab zu Hause eine Flasche Chablis stehen«, sagt Sylvia. »Vielleicht können wir die nachher noch trinken.«

»Ja«, sagt Diek, »vielleicht.«

»Ich will sowieso langsam hier weg, die Musik ist fürchterlich laut, und was ist das für ein Knirschen, hörst du das nicht, dieses Gefiepe?«

○

Inzwischen weiß ich wohl ungefähr, wo die Venen auf deinen Oberschenkeln verlaufen. Man muss genau hinsehen, um sie zu erkennen, aber ich könnte dir jederzeit eine Skizze davon machen.

Kissen, Kissen, Kissen!

»Ich muss dir erst etwas sagen.«

»So? Was denn?«

»Ich finde, du bist eine ganz tolle Frau, aber ...«

»Aber was?«

»Auf lange Sicht passen wir nicht zusammen, fürchte ich.«

»Oh!«

»Kommt das für dich überraschend?«

Wer von uns beiden steht nun besser da, wer ist der Glückspilz? Ich, weil ich der Einzige bin, der deine geheimsten Körperstellen zeichnen kann, oder du, der jemanden hat, seine geheimsten Stellen zu zeichnen?

»Ein bisschen überrascht bin ich schon, muss ich sagen.«

»Tut mir leid. Ich wollte dir den Abend nicht verderben. Natürlich können wir immer noch zu dir gehen, ich bin neugierig auf deinen Chablis, sowieso bin ich neugierig …«

»Ist das dein Ernst?«

Neuer Freund!

»He, warte doch mal …«

Neuer Freund?

»Verdammt!«

Großer Freund!

»Verdammt schade, was, Maxie?«

Schön!

Schön, schön, schön, schön.

DER FLUR IST KÜHL und dunkel und riecht nach feuchtem Beton. Oft geputzt wird hier nicht, die Wände sind voll schwarzer Schlieren, wahrscheinlich von Hockeyschlägern oder Rennrädern.

Die Nummern verlaufen absteigend, bis zum Keller siebzehn ist es noch ein ganzes Stück. Stephan muss an ein Computerspiel denken, das er früher gern spielte, *Castlevania,* höchstes Level: Der geduckte Held läuft über eine in der Luft schwebende Brücke, jeder Stein zerbröckelt, sobald er den Fuß daraufsetzt, grobe Pixel schwirren ins Dunkel hinab – Stephan macht große Schritte und schaut sich nicht um.

Wusstest du, dass es WC-Steine gibt, die das Wasser der Toilette blau färben?, fragte das rosa Bällchen heute Morgen. Und wusstest du, dass manche Leute die Steine extra deswegen kaufen?

»O nein!«, hatte Angelica in ihrer Betthälfte gestöhnt. »Nicht im Schlafzimmer, hab ich gesagt!« Also stand Stephan auf. Er nahm das flauschige Bällchen vom Nachttisch und trug es ins Wohnzimmer. Draußen wurde es schon hell, das Sonnenlicht warf ein Muster durch die Lamellen; mit nackten Beinen hatte Stephan sich aufs Sofa gesetzt, im Schneidersitz, den Rücken zum Frauenakt an der Wand. »Schieß los!« – das wirkte öfter. Und tatsächlich, das Bällchen setzte seine Ausführung fort: Die Hersteller fügen den blauen Farbstoff den Toilettensteinen hinzu, anderen Reinigungsmitteln den Schaum und den Duft. Toilettensteine, Duschgel, Seife: Sie brauchen nicht zu schäumen, um zu reinigen, und auch nicht zu riechen, aber der Mensch braucht kleine Bläschen und eine Spur Eukalyptus, damit er an die Reinigungswirkung glaubt. Gas hat ebenfalls keinen Geruch, wusstest du das? Was du riechst, ist Tetrahydrothiophen, seit den sechziger Jahren als Zusatz vorgeschrieben, und auch Erdbeerquark ist ursprünglich weiß, die rote Färbung stammt von pulverisierten Läuseflügeln, und ohne zerriebene Läuseflügel verkauft sich der Quark nicht, denn Menschen wollen etwas sehen, wenn sie etwas tun oder konsumieren, sie wollen die Gefahr riechen und ihre häusliche Reinheit beweisen: Schau nur, das blaue Wasser – in Sachen Hygiene bin ich auf gutem Weg! Manche Wissenschaftler behaupten, das Lachen des Menschen diene einem ähnlichen Zweck. Das Lachen des Babys sei wie Schaumbläschen in deinem Nabel, das fröhliche Krähen ohne die geringste physiologische Funktion, ein aufgesperrter Mund lasse das Baby nicht besser atmen, diene vielmehr als Signal, zeige Umstehenden, dass das Baby auf sie reagiert und sie mag, und sorge somit dafür, dass sie auch weiterhin Kinder möchten – nun ja, so weit die Theorie.

Stephan lachte. Inzwischen hörte er es im Schlafzimmer rumoren. Angelica musste aufgestanden sein, vielleicht wollte sie auf die Toilette oder nachsehen, wo er blieb – das Bällchen nervt Angelica, vermutet Stephan. Dabei hat sie es ins Haus geholt!

Ein Kunstobjekt, sagte sie, Geschenk zu einer Ausstellungseröffnung. Kann sein. Angelica kriegt alles Mögliche geschenkt: Wein, bedruckte Baumwolltaschen, einen Türstopper aus recycelten Bierdosen, *Mandalas ausmalen für Erwachsene* – doch dieses Bällchen ist anders. Es sagt schöne Dinge. »Findest du?«, fragte Angelica an dem Abend, nachdem es zum ersten Mal geredet hatte. »Du kannst es gern haben, ich hab noch eins, glaub ich.« Angelica konnte das zweite Bällchen nicht finden, aber das war ihr Pech, dieses gehört jetzt ihm, und er nimmt es jeden Tag mit ins Büro. Dort legt er es neben seinen Laptop, direkt neben die Mini-Boxen. Er versucht, nicht allzu sehr auf die kleinen Vorträge zu warten, das stört seine Konzentration, aber bleibt das Bällchen über einen längeren Zeitraum hinweg stumm, versucht er es mit Musik, manchmal hilft das. Sobald das Bällchen zu reden beginnt, schiebt Stephan den Laptop beiseite und greift zum *Mandalas ausmalen für Erwachsene.* Und während er zuhört, malt er mit schwarzem Kuli den äußeren Ring einer Sonne oder Blüte mit Spiralmotiv aus, dann, mit einem blauen, den inneren Ring.

Eine dicke, grüne Matte liegt vor Keller siebzehn. Angelica wird sie da hingelegt haben, Stephan hat das Ding noch nie gesehen. Wann war er das letzte Mal hier? Wahrscheinlich kurz vor der Berufungsverhandlung, als er sein Abiturzeugnis brauchte.

He, sagte das Bällchen heute Morgen: Hast du noch Fotoalben aus deiner Kindheit? Und wenn du die durchblätterst, auf wie vielen Fotos lachst du in die Kamera? In den Momenten machtest du wohl einfach, was die Fotografen dir sagten, aber gibt es auch Fotos, auf denen du lachst, obwohl du keine Kamera siehst? Fotos, auf denen dein Lächeln kein blaues Spülwasser ist?

Man braucht einen speziellen Schlüssel, um das Steckschloss zu öffnen. Plötzlich sieht Stephan darin ein beunruhigendes Objekt. »Steckschlossschlüssel« – schon allein das Wort. Was, wenn er sich das Ding nun ins Auge sticht, oder Angelica? Stephan versucht, den Gedanken zu verscheuchen, aber zu spät, schon sieht er den Schlüssel in einem Auge stecken, und das macht ihn nervös, Augäpfel sind zäh, das weiß er, zäh und hart, in Realityshows hat er gesehen, wie Kandidaten auf welchen herumkauten und würgend riefen: »Ich kann ihn nicht durchbeißen!« Stephan hält inne. Er lässt den Schlüssel im Schloss und nimmt das Bällchen aus seiner Tasche. Die Härchen sind etwas zerdrückt, springen aber sofort in die Höhe; man könnte meinen, das Bällchen freue sich, an die Luft zu kommen, auch wenn die muffig nach Beton riecht und einer Spur Schimmel. Stephan nickt, atmet tief durch, dreht dann den Schlüssel im Schloss zweimal herum.

Fünf überquellende Regalbretter an jeder freien Wand.

Stephan betrachtet die zugeklebten Kartons. Die von Angelica stehen auf den unteren Brettern, sie wohnt schon länger hier. Seine eigenen Kartons reichen fast bis zur Decke, er kann die Etiketten gerade noch lesen:

»Keller«, »Studium«, »Keller«, »Buchhaltung«, »Keller«, »Keller«, »Fotos« – tatsächlich! Für einen Moment ist er seinem alten, fünfundzwanzigjährigen Ich dankbar: gut gemacht, Stephan, high five!

Er stellt den Karton auf den Boden. Das Ding durch den Flur zu schleppen, hat er keine Lust – am liebsten ginge er überhaupt nicht mehr durch den Flur. Stephan geht in die Hocke und legt die Laschen um, die Fotos stecken nicht in Klebealben, sondern in weißen Plastikmappen, jedes Foto in einer eigenen Hülle, die Jahreszahlen mit schwarzem Filzstift auf die Rückseiten geschrieben.

1992: zehn Jahre, mit Jay im Garten, kurze Hose, vor einem Lokal mit Onkel Gregory, im Pyjama auf dem Doppelstockbett, Geburtstag, Pilotenmütze – Stephan klappt die Mappe zu. 1994: viel zu großer Schulranzen, viel zu lange Arme und Beine, bei Jay Kaninchenohren gemacht, Klassenfoto, Geburtstagstorte, im Urlaub bei Opa und Oma Suriname, seine Sammlung KLM-Flugzeuge, alle selbst zusammengebaut und bemalt. 1999: irgendeine Party, da ist Kes – und das Iris? Er lacht in die Kamera, auf allen Fotos, aber 1999 zählt nicht, 1999 war er kein Kind mehr.

Fotos, auf denen dein Lächeln kein blaues Spülwasser ist.

Und wenn es solche Fotos nicht gibt, was bedeutet das dann?

Stephan lässt sich auf den kalten Betonboden sinken. Er schaut an dem Regal voller Kartons empor, Wände, die ihm auf einmal unendlich hoch vorkommen, schräg aufeinander zuzulaufen scheinen wie die Zeltplanen in einem Tipi.

○

Wahrscheinlich gibt es mehr Babyfotos von dir denn Fotos als Siebenjährigem. Keine Sorge, das ist ganz normal, in deinem ersten Lebensjahr waren die Fotografen – Vater, Mutter, Freunde der Familie? – ganz einfach am häufigsten mit dir zusammen. Sie fotografierten aus Angst. Sie wussten, dass du vergessen würdest, und hatten Angst, ebenfalls zu vergessen, nicht, wie du aussahst (tut mir leid, aber so außergewöhnlich warst du als Baby nicht), vielmehr befürchteten sie zu vergessen, wie es war, wie sie sich nach deiner Geburt fühlten. Wie froh sie waren, aber auch wie verwundert – das Album mit Babyfotos ein Zeugnis eher des Erstaunens als reiner Bewunderung, denn sieh nur: Wie haben wir das bloß zustande gebracht, dieses Näschen, die Flaumhärchen, dies Lachen, die kleinen Füße mit den winzigen Zehen. Aber auch: Wie konnte unser Leben sich nur so verändern? Dass wir nie mehr allein sind, auch wenn wir unter uns bleiben?

Bis zu deinem siebten Lebensjahr hatte sich die Verwunderung über deine Existenz langsam gelegt. Wenn Leute dich jetzt fotografierten, taten sie das vor allem im Hinblick auf später, jeder Blitz ein Salutschuss für denjenigen, der das Ergebnis einmal in Händen hielte, vielleicht auch für dich heute. So ist fotografieren nicht viel anders als Bohnen und Nudeln einkaufen: Ist die

Sintflut endlich gekommen, haben wir Vorräte an Kohlehydraten und Erinnerung! So verwandelt jedes Klickklickklickklick die Gegenwart in die Vergangenheit der Zukunft, und wohlgemerkt: Die meisten Dinge waren es nicht wert, als Vergangenheit aufgehoben zu werden, aber dich, dich als Siebenjährigen haben sie festgehalten, und meiner Meinung nach kann das nur heißen, dass du der Person, die die Fotos gemacht hat, etwas bedeutetest – ja, betrachtest du ein Foto, siehst du zugleich den Fotografierenden, der dich vor der Linse stehen hatte und klickklickklickklick machte, um von dir ein Bild aufzubewahren. Geh getrost davon aus, dass dieser Jemand dich liebte, auf jeden Fall für die paar Sekunden, die du vor seiner Kodak oder dem Handy erschienst. Betrachtest du also ein Kinderfoto, siehst du immer zugleich einen Moment, in dem du geliebt wurdest, ganz bestimmt, die Frage ist nur: Was empfandest du damals? Was tatest du, was dachtest du, wen liebtest du selbst?

Und wenn wir davon ausgehen, dass Liebe, auch Selbstliebe, eine Form des Interesses ist, wer interessiert sich dann mehr für all diese Dinge: du oder ich?

○

Stephan sitzt auf dem Boden, einen leeren Bilderrahmen vor sich. Mit dem Zeigefinger pult er das Passepartout aus Pappe vom Glas und denkt an den digitalen Rahmen, den er einmal hatte. Von Jay zu Nikolaus bekommen; maximal fünfundzwanzig Fotos konnte man speichern und in selbstgewählter Geschwindigkeit durchlaufen lassen. Angelica fand das Ding hässlich: »Es hat keine eigene Form«, sagte sie, »es passt zu nichts.«

»Es passt zu allem«, erwiderte Stephan. »Solang du die richtigen Bilder aussuchst.«

Angelica war anderer Meinung, und Stephan eigentlich auch, der Rahmen biss sich tatsächlich mit dem Rest ihrer Einrichtung – eine ordinäre Neonreklame in einem eleganten Schlossgarten mit schmiedeeisernen Zäunen und Rosenspalieren –, aber er fand, dass er für sein Geschenk eintreten müsste, für den Geschmack seines jüngeren Bruders und damit vielleicht auch für sich.

Er hat keine Ahnung, wo das Ding hingekommen ist.

Den Bilderrahmen, den er jetzt festhält, hat er heute Nachmittag im Karton mit den Fotomappen gefunden. Die Rückwand liegt auf seinem Schoß, behutsam legt er das Foto aufs Glas; es passt nicht genau, es ist etwas kleiner, und das macht es schwierig, es mittig hineinzulegen – lange her, merkt Stephan, dass er etwas gemacht hat, was so viel Präzision erfordert.

Hat seine Hand-Auge-Koordination sich in den letzten Monaten so schnell verschlechtert?

Nein, das Foto liegt richtig, Stephan drückt die Rückwand gegen das Glas, legt die kleinen Metallzungen um und wirft einen Blick auf das Bällchen. »Wo soll ich es hinstellen?«

Es ist das einzige gerahmte Foto im Zimmer. Wie Angelica als kleines Mädchen aussah, weiß Stephan nur von den Fotos auf dem Fernseher ihrer Mutter; Angelica hatte einen kleinen Pferdeschwanz auf dem Kopf, wie ein Springbrunnen sprossen die Haare aus ihrem Schädel.

Das Bücherregal ist zu hoch. Die Bretter sind zu dick, die Abstände zu groß, die einzelnen Fächer von links nach rechts randvoll gepackt, nur über den Büchern ist noch Platz, als hätten er und Angelica einen Fehlkauf gemacht – das Regal ist für Riesen und ihre Riesenfolianten, ihr Spinner! Soll er den Rahmen einfach auf eine Bücherreihe stellen?

Stephan steht auf, zu schnell, gelbe Glühwürmchen schießen ihm durchs Gesichtsfeld. Er hält sich am Sofa fest – nein, auf den Büchern sieht es zu unordentlich aus. Auf den Setzkasten also oder einen der Beistelltische?

Der Osterstrauß ist weggeräumt, eine große Sonnenblume hat seinen Platz eingenommen, das Ding schaut Stephan an. Ein großes, schwarzes Auge in einer gelben Halskrause; ein Richter aus einer anderen Dimension, ein außerirdischer Anwalt – nein, darunter soll sein Foto nicht stehen.

Stephan geht ins Schlafzimmer. Die Vorhänge sind zugezogen. Angelica muss das Bett gemacht haben, die Decke liegt zusammengerollt an der Wand. Ein Fertiggericht. Eine Frühlingsrolle. Oder ein Körper. Für einen Moment stellt Stephan sich vor, dass in der Tat jemand dort liegt, Angelica, dass er ihr die Bettdecke wegzieht und ihr Gesicht völlig bleich ist, kalt und grau, blaue Lippen; Stephan dreht sich um und macht die Tür wieder zu – dann vielleicht in die Küche?

Auf die Mikrowelle eventuell? Auf den Esstisch, die Fensterbank, oder da: das hölzerne Gewürzschränkchen. Ja, da passt es hin. Auf das Gewürzschränkchen fallen gerade die letzten Sonnenstrahlen.

Stephan stellt den Bilderrahmen dorthin. Er tritt einen Schritt zurück, steckt sich die Hände in die Taschen. Da steht er, fünf Jahre alt, mit einer selbstgebastelten Angel, und starrt leise lächelnd aufs Wasser.

SIE IST IMMER DA, außer sie ist ein Er. Am Teich jedes größeren Parks steht unvermeidlich diese gekrümmte Gestalt in ihrer oft etwas zu großen Jacke, eine Plastiktüte in der Hand. Sie streut Brotrinden, Krümel und Leinsamen und manchmal auch Croutons – warum tut sie das?

Aus Liebe zu den Enten, könnte man meinen. Enten sind phantastische Tiere, auch schön, hast du dir das Gefieder am Kopf eines Erpels schon mal genau angesehen? Wie der Farbton im Laufe des Tages von auberginefarben zu smaragdgrün changiert, der Anblick schöner als jeder Sonnenuntergang, jede Schneelandschaft. Enten watscheln und quaken und schnattern mit den Schnäbeln, es sind quasi Schnabeltiere, und du weißt, wie hin und weg die Leute immer sind, ich schmelze auch jedes Mal dahin bei dieser rührenden Mischung aus Extravaganz und Possierlichkeit.

Wer die Enten füttert, betört sie in vielerlei Hinsicht. Er lockt sie, versetzt sie in einen ekstatischen Zustand – das ist jedenfalls wohl die Absicht. So ist die Frau, die die Enten füttert, wie der alliierte Soldat, der 1945 die Schokolade verteilte, der Pilot, der siebzig Jahre später Wasser in Flaschen über Haiti abwarf, und die Frau, die während der Pest Nahrung ins verseuchte Gebiet schmuggelte – die Entenmutter ist von allen in der besten Position, erhaben über das Geschehen ihrer Umgebung. O ja, Füttern verschafft eine wundervolle Art Macht, es beruht auf Freigiebigkeit und ist darum verschont von jedem moralischen Tadel, wenn auch nicht ganz frei von Sadismus. Denn verteilen spaltet, und die Frau, die die Enten füttert, hetzt sie in den Kampf mit ihren Art- und Geschlechtsgenossen, mit Blesshuhn, Reiher und Möwen, die von überallher angeflogen kommen; die Invasion von der nassen Front färbt die Ufer weiß, braun und schwarz und lässt manchmal nur noch ein ganz klein wenig smaragd.

Dabei ist Brot für Wasservögel überhaupt nicht gut. So ein Stück Toastbrot hat fast keinen Nährwert, füllt aber die Mägen, wodurch sie einen Vitamin- und Mineralmangel bekommen, der sie fett und ku-, ku-, kurzatmig macht und zuletzt umbringt – ich habe es nachgelesen, das hätte die Frau, die die Enten füttert, auch machen können, aber das hat sie nicht, oder sie wollte es nicht wissen, und das kann ich verstehen. Wenn sie am Ufer des Teichs steht, ist sie einen Moment lang, ganz kurz nur, nicht mehr die, die sie am Morgen noch war. Kein Individuum mit persönlichen Macken und Problemen, vielmehr eine Zauberin: Wie ein göttliches Wesen verwandelt sie weiße Rinden und harte Bissen in strahlende Batzen lauteren Glücks, und das nur, indem sie sie am Wasser in die Luft wirft. Und wenn sie sich umdreht, um nach Hause zu gehen, leicht gebückt in ihrer etwas zu großen Jacke, in der Hand die leere Einkaufstüte, dann weiß sie: Heute habe ich Glück gebracht.

Und wollen wir das nicht alle: Glück bringen, statt immer nur darauf zu warten?

○

Da steht sie, tatsächlich: eine Frau, nicht mal so alt, auf der Brücke zum Teehaus, ihre Tüte schon fast leer. Trotzdem flattern die Möwen herunter, manche haben weiße Köpfe, andere schwarze – ganz unterschiedliche Tiere, wird Maisie mit einem Mal bewusst.

Maisie tritt einen Schritt näher, schaut, ob sie einen Erpel entdeckt. Nicht weit von ihren Füßen liegt ein halbes Baguette-Brötchen, verloren von einem Vogel vielleicht, etwas zu schwer für einen Schnabel. Sie könnte es ins Wasser kicken, für die Gänse und Blesshühner. Doch Maisie bleibt stehen und zieht sich die Kapuze ihres neuen roten Capes über den Kopf.

Sollen wir in den Park gehen?, hat das Knäuel heute Morgen gesagt. Dann legen wir uns ins Gras, du faltest die Hände hinter dem Kopf, wie sie das in Zeichentrickfilmen und Bilderbüchern immer machen, und erzählst mir von den Einhörnern und Loch-Ness-Monstern, die du über uns hinwegziehen siehst.

Im Gras liegen geht heute nicht, sah Maisie sofort, als sie in den Park kam. In der Nacht hat es geregnet, die Wiesen sind nass. Jetzt läuft sie stattdessen ein bisschen herum, irgendwie Richtung Teehaus, so oder so ist es schön, einen Moment draußen zu sein, und dass sie die Frau entdeckt hat, die die Enten füttert, stimmt sie besonders zufrieden. Als habe sie etwas geleistet, indem sie hier steht, das geschäftige Treiben im Wasser betrachtet – es sind aber auch wirklich schöne Tiere, Möwen und Enten. Und was für ein wunderliches Wesen ist doch der Reiher, mit Stöcken als Beinen, einer Schlange als Hals und einem kleinen schwarzen Puschel auf dem Kopf wie bei einem neugeborenen Baby – wie würde sie vor diesem lieben Monster erschrecken, wenn sie es jetzt zum ersten Mal sähe!

Maisie lacht, dies ist ein guter Tag. Gleich wird sie sich mit dem Laptop ins Teehaus setzen und endlich mit dem dritten Kapitel ihrer Masterarbeit anfangen. Wochenlang hat ihr davor gegraut, aus Furcht, sie könnte das Versprechen der ihrer Meinung nach ganz gelungenen ersten zwei Kapitel nicht einlösen. In den vergangenen Tagen jedoch hat sie den ganzen Stapel Bücher neben ihrem Bett gelesen, auch die Werke, von denen wahrscheinlich nur eine Fußnote übrig bleiben wird; sie las und las immer weiter, im Kopf plötzlich klar, als hätte jemand das vollgekritzelte Deckblatt dort vom Notizblock gerissen, endlich. Alles konnte sie sich auf einmal merken, und nein, sie schläft immer noch schlecht, aber das stört sie nicht mehr, der Schlafmangel macht sie nicht länger müde, mit fünf, sechs Stunden kommt sie offenbar aus, vielleicht liegt das an der Jahreszeit: das Licht, das einen morgens aus dem Bett treibt. Vielleicht liegt es aber auch an dem Knäuel, das immer öfter und früher zu reden beginnt. »Alles in Ordnung bei dir?«, fragte ihr Vater sie letzten Samstag.

Meist lügt sie auf diese Frage. Besucht sie die Eltern, bedeutet das in der Regel, dass sie müde ist, Ruhe braucht, nicht mehr Maisie sein will, sondern einfach irgendein Besuch. Dann liegt sie stundenlang auf dem großen violetten Sofa und wischt über das iPad ihres Vaters, ohne das Gefühl zu haben, dass ihr Tun einem praktischen Zweck dienen muss; emotionale Befriedigung, Geld und Erkenntnis – nur auf dem violetten Sofa spielen diese Dinge keine Rolle, bei ihren Eltern kann sie viel besser allein sein, als wenn sie bei sich zu Hause allein ist.

»Ja, eigentlich alles in Ordnung«, antwortete sie diesmal, und es war nicht gelogen, schließlich war sie nicht wegen des violetten Sofas gekommen, sondern wegen der Fotoalben. Dutzende Kinderfotos fand sie, auf denen sie misstrauisch Sandkuchen, Eimerchen und kleine Käfer beäugt. Nach vier Alben stieß sie doch noch auf das, was sie suchte: ein Foto von sich als Baby, nach einem Pferdchen an einem Mobile greifend, kreischend vor Vergnügen. Und auch jetzt war sie zufrieden. Und auch jetzt lachte sie.

Abends, bei den vegetarischen Klopsen mit Vollkornreis, wollten ihre Eltern für ihre Gastfreundschaft natürlich doch etwas wiederbekommen, und ihre Mutter fragte, was sie immer fragt: Wie steht's mit der Masterarbeit? Gefällt's dir noch in deiner Wohnung? Und was macht die Liebe? Maisie nickte nur: Gut, alles in Ordnung – sie wünschte, sie hätte ihren Eltern nie von Florence erzählt.

Für ihre Eltern ist Maisies Leben ein Fortsetzungsroman, das weiß sie. Eine zusammenhängende Geschichte, auf die sie abonniert sind, seit sie sie in die Welt gesetzt haben, und von der sie regelmäßig neue Folgen erwarten. Sie selbst sieht ihr Leben lieber als einen Band Kurzgeschichten. Wenn eine Geschichte aus ist, hat sie wenig Lust, noch darüber zu reden. »Eigentlich gibt es nichts Neues«, sagte sie darum zu ihrer Mutter. Die Episode »Florence« war jetzt definitiv zu Ende, hatte sie nämlich beschlossen, als sie ein paar Tage zuvor wieder mal durch Florences Nachrichten gescrollt hatte: »*war schön heute Nacht*« und »*möchtest du darüber sprechen?*« und alle 2091 Nachrichten dazwischen. Vor allem die letzte hatte etwas Befremdliches.

möchtest du darüber sprechen?

Als Florence die schickte, wusste sie noch nicht, dass es ihre letzte sein würde, und dadurch trat dieser Satz in krassen Widerspruch zur Realität, er suggerierte ein offenes Ende und dass es noch mehrere Möglichkeiten gab, aber so war es nicht, entschied Maisie, so ist es nicht: 2091 steht für zweitausendeinundneunzig fruchtlose Versuche, zweitausendeinundneunzig vergebliche Korbwürfe, zweitausendeinundneunzig Pfeile, die die Scheibe verfehlten: zweitausendeinundneunzig Punkte in Versagen – also Schluss jetzt, zum Teufel. Schluss, aus, Ende!

Maisie holt aus und kickt das halbe Baguette-Brötchen ins Wasser – platsch!

Das Stück Baguette treibt davon, zwei Blesshühner stürzen sofort darauf zu, breite Bugwellen hinter sich herziehend; Maisie hört Bellen.

Sie hat das Tier nicht kommen sehen, jetzt steht es direkt vor ihr am Ufer. Der Hund starrt das Stück Brot an, wie es von den Wasservögeln zerpflückt wird – er wirkt ziemlich verdutzt.

»'tschuldigung«, flüstert Maisie. Vorsichtig nähert sie sich dem Hund. Ein Dackel, mit goldbraunem, langem Fell, die linke Seite etwas dunkler als der Rest: Dieses Tier hat sich vom nassen Gras eindeutig nicht abschrecken lassen.

Der Hund wendet Maisie den Kopf zu. »Hey«, sagt sie leise. Und sie geht in die Knie, streckt die Hand aus, damit der Hund daran riechen kann. Er zittert ein wenig, scheint aber keine Angst vor ihr zu haben, macht sich sofort klein, als Maisie ihm behutsam über den Kopf streichelt. Der Hund schließt die Augen, lässt zu, dass Maisie ihn hinter den Ohren und den Rücken krault und das nasse Fell an seiner Seite glattstreicht.

○

Sie ist lächerlich, und das weiß sie. Es ist mitten am Tag, sie sollte in der Werkstatt sein, arbeiten, nachdenken, zeichnen, den Finanzplan für ihr neuestes Projekt aufstellen. Wenn Cedric heute Nachmittag fragt, wo sie war, wird sie nicht antworten. Er wird doch wieder nur sagen: »Du bist lächerlich, Florence. Du bist lächerlich, und du weißt es.«

Maisie sitzt drinnen am Fenster, das Haar ist tatsächlich blondiert. Den Pullover kennt Florence nicht, und auch das Cape muss neu sein. Maisie sieht aus wie inkognito, Femme fatale auf der Flucht – doch leider, ihre Haltung verrät sie: gebeugt über den Laptop, die Wimpern beinahe am Bildschirm. Maisie, Maisie, unverkennbar!

»Du brauchst eine Brille, Baby«, hatte Florence irgendwann in den letzten gemeinsamen Wochen gesagt.

»Ja«, hatte Maisie geantwortet, »vielleicht.« Aber sie musste erst noch zum Zahnarzt und zu ihrem Hausarzt wegen dem Knubbel unter dem Auge, und diese Termine gingen vor, aber sie vereinbarte sie nie, und so geschah gar nichts.

Dabei würde sie mit Brille sexy aussehen! Viel besser als mit diesem blondierten Haar. Die gekrümmte Haltung kann für ihren Rücken nicht gut sein. Sie liest die allgemeinen Geschäftsbedingungen, das Kleingedruckte einer Online-Bestellung, werden die anderen Leute im Teehaus bestimmt denken. Aber so sitzt dieses Mädchen immer am Laptop, doch das weiß nur Florence. Und irgendwie stimmt dieses Wissensmonopol sie zufrieden, als würde es etwas beweisen oder sie auf jeden Fall zu etwas berechtigen, legitimieren, dass sie hier sitzt, vor dem Teehaus, ein paar Meter von Maisie entfernt.

»Bitte sehr!« Eine junge Kellnerin reicht Florence eine Tasse Kaffee. Das Mädchen holt ihn mit ihren langen, schlanken Fingern vom selben Tablett, auf dem sie soeben Maisie ihren Tee servierte – Florence nimmt einen Schluck und schaut zu, wie auch Maisie einen Schluck nimmt, und denkt an den Tag, als sie zusammen auf einer anderen Terrasse in diesem Park saßen.

Es war Sommer, und sie musste am Nachmittag zu einer Housewarming-Party. Sie hatte wenig Lust, es waren sechsundzwanzig Grad, und die Party würde drinnen stattfinden, die Einweihung einer Wohnung ohne Garten. Zu guter Letzt sollte sie Stunden zu spät kommen. Sie konnte sich einfach nicht losreißen, blieb mit Maisie sitzen, sie tranken, redeten. Redeten. Zusammen sezierten sie das Konzept Housewarming-Party: ein paradoxes Ritual, bei dem wir genau das verwüsten, dessen Existenz wir eigentlich feiern, der Fußboden am Schluss mit Kronkorken übersät, die Wände grau vom Rauch, die Pflanzen vernichtet, die auf Leinwand gedruckten Fotos auf den Boden geschmissen. – »Wie wenn man zur Taufe das Baby skalpiert«, sagte Maisie. »Nein danke, wir werden nie eine Housewarming-Party geben.«

Es war ein freudscher Versprecher. Aber, fragte Florence sich in den Tagen danach: Worauf beruhte er? Eine vom Alkohol induzierte Verwechslung der Personalpronomen oder der ungewollt verratene Wunsch nach einer gemeinsamen Zukunft? Sie würde nicht nachfragen, doch mit diesem einen Satz – *wir werden nie eine Housewarming-Party geben* – stieg das Bild dieser Zukunft in ihrem Kopf auf. Als zöge jemand mit einem Seil die Masten eines Buddelschiffs hoch – plötzlich sah sie die feine Holzkonstruktion glasklar vor sich: sie und Maisie, (»hören wir jetzt auf, noch andere zu daten?«), die eine Quiche zum Gartenfest ihrer Eltern zubereiten, den ganzen Sonntagnachmittag nur sich und eine Packung Blätterteig benötigen. Maisie würde sie zu Vernissagen begleiten, in geschmackvollen Bundfaltenhosen, und sie Maisie zu Geburtstagsfesten ihrer Freunde, sie würde diese Freunde kennenlernen und die Freunde sie: »Guter Fang, wow!«, würden alle sagen. Denn sie würde die Easy-Opener-Lizenz nach Asien verkaufen und vom Erlös ein Haus mit Holzveranda für sich und Maisie anschaffen, für das sie keine Housewarming-Party veranstalten würden. Allerdings würde sie Maisie antreiben, den Doktor zu machen, und ein Gartenhaus für sie entwerfen, in dem sie tagsüber an der Promotion schreiben könnte, sie würden Cocktailpartys geben, denn Maisie liebt Cocktails, und abends unter einer warmen Decke auf der Veranda Bourbon aus der Flasche trinken, über die Partygäste herziehen und Intimitäten austauschen, bei denen sie stets neue Dinge aneinander entdecken würden und nie wieder vergessen. Nachts hätten sie stundenlang Sex und manchmal auch tagsüber, bei warmem Wetter im Garten, und wenn Maisie eines Tages krank würde, von Brustkrebs getroffen wie ihre Tante, würde sie für sie sorgen, oh, wie würde sie sie pflegen, verhätscheln, ganze Tage bei ihr auf der Matratze sitzen und ihr aus den dicken Büchern vorlesen, die neben ihrem Bett lägen, Smoothies aus Bananen, Pfirsichen und Kirschen pürieren, und wenn Maisie dann wieder geheilt wäre und sie beide alt, grau und reich, würden sie zusammen verreisen, auf derben Schuhen den Grand Canyon erkunden.

Was für ein Klischee, diese Zukunftsvision! Sie war ihr denn auch nie als begehrenswert erschienen. Aber mit Maisie, nach dem einen Satz über die Housewarming-Party, erschien ihr diese Zukunft nicht mehr als Phantasie, sondern als Prophezeiung, als Schicksal, das sie für sich nie vorgesehen hatte, das ihr wie ein verirrtes Kätzchen aber einfach zugelaufen war und sich auf ihren Schoß kuschelte. Und jetzt, wo es dort vor sich hin schnurrte, begann sie, es zu mögen, es zu hegen, zu pflegen und sich darauf zu freuen.

»Komm doch mit zu der Housewarming-Party!«

»Ist das eine gute Idee?«

»Ja!«

»Ja?«

»Ja!«

»Ich weiß nicht.«

Oh, manchmal weiß sie selbst nicht mehr, was ihr nun am meisten fehlt: Maisie, die hübsche, kluge Maisie, oder die Vorfreude auf den Grand Canyon und die selbstgebackene Quiche.

Maisie beugt sich nicht mehr über den Laptop. Sie schaut auf ihr Handy, Florence sieht, wie sich ihre Schultern bewegen, wahrscheinlich wischt sie über das Display, vielleicht chattet sie, bloß mit wem – mit *wem*?

»Was spielt das noch für eine Rolle, Liebes?«, hatte Cedric gefragt, als sie letztens wieder davon anfing (war auch dumm von ihr gewesen). »Wird es nicht langsam Zeit, diese Angelegenheit zu vergessen?«

Wahrscheinlich hatte Cedric recht. Aber das Eigenartige ist: Je länger sie Maisie nicht sieht, desto lebendiger steht sie vor ihr – nicht die blonde Maisie mit diesem merkwürdigen roten Cape, nein, die *alte*, *ihre* Maisie, die Maisie, die jetzt nicht mehr da ist, mit der sie keine neuen Erinnerungen mehr entstehen lassen kann, wodurch ihr nur die alten Erinnerungen bleiben. Als schaute sie durch einen dieser View-Master aus den Fünfzigern mit nur einer einzigen Bildscheibe: Maisie am Tisch vor einem Lokal, ihr kluger, spöttischer Blick beim Thema Housewarming-Party; Maisie im Bett, schlafend, sich ihrer wehrlos zitternden Augenlider nicht bewusst; Maisie am großen Küchentisch in ihrer Wohnung: »Ich weiß nicht, jetzt lass doch« – jedes Stereoskop-Dia stimmt sie für einen Moment traurig, die schönen Erinnerungen weniger strahlend im Schatten der unangenehmen.

Vielleicht liegt es aber auch an dem blauen Bällchen. Bei allem, was es sagt, denkt sie an Maisie, fragt sich, ob die es auch hört, ob sie auch gut zuhört, so gut, wie Florence es erhofft hat – den Eindruck hat sie übrigens sehr wohl; schon allein, dass Maisie in den Park gekommen ist. Seit einer Stunde liegt das Bällchen jetzt bei ihr auf dem Schoß, wenn auch im Moment von ihrem Handy verdeckt.

Florence zieht ihr eigenes Telefon aus der Tasche. Sie hält es sich vors Gesicht, starrt jedoch über den oberen Rand zum Fenster, sieht, wie Maisies Schultern sich heben und senken. Seufzt sie, lacht sie, grinst sie über etwas, das die andere ihr geschrieben hat? Die andere Frau, die sich, entsprechend dem Suchauftrag, in einem Radius von zehn Kilometern befindet, eine Frau zwischen sechsundzwanzig und vierzig, mit mindestens drei gemeinsamen Freunden auf Facebook?

»Was wäre daran so schrecklich?«, hatte Cedric gefragt. »Irgendwann hat sie eine neue Beziehung, daran kannst du nichts ändern.«

»Nein«, hatte Florence leise geantwortet. Vielleicht kann sie daran nichts ändern. Aber wenn Maisie etwas mit einer anderen anfängt, ändert das etwas an *ihr*. Sie verwandelt sich von »letzte Geliebte« in »eine von vielen«. Und ja, es gab andere vor ihr, in dem Sinne war sie das vielleicht ohnehin schon, aber wenn die Nächste kommt, rückt sie nach hinten, verwandelt sich in eine x-beliebige, austauschbare Glasperle an einer Kette: Wie in *Die kleine Seejungfrau*, kam ihr erst kürzlich wieder in den Sinn, und zwar nicht in der Version von Disney. Im ursprünglichen Märchen verwandelt sich die Seejungfrau in Meerschaum, als der Prinz sie nicht will. Aber wahrscheinlich, denkt Florence jetzt, war das arme Ding schon immer Meerschaum gewesen. Als der Prinz sie hofierte, hielt sie sich einen Moment lang für ein mythisches Meerwesen und dann für einen Menschen mit Beinen, vielleicht sogar eine Prinzessin. So außergewöhnlich kam sie sich vor oder auf jeden Fall erhaben über ihre neidischen Schwestern und die hässliche Meerhexe, aber wie hatte sie sich getäuscht, dieser Hochmut, was bildete sie sich nur ein? Und als der Prinz doch lieber die fremde Prinzessin heiratete, verwandelte sie sich einfach wieder in das, was sie immer gewesen war. Wir sind keine Seejungfrauen, wir sind keine Menschen, keine Prinzessinnen, wir sind einfach, alle miteinander, nichts als unbedeutende, graue Schaumflocken!

»Bist ja wieder mal mächtig in Fahrt!« Sie hört es Cedric förmlich sagen.

Denn sie ist lächerlich, und sie weiß es, aber, zum Teufel: Das ist ihr egal!

Denn schau doch, schau Maisie nur an, wie sie in ihrem Tee rührt, vor sich hin starrt, das weiße Bällchen neben ihren Laptop legt und vorsichtig seine Härchen streichelt. Genau so streichelte sie eben den kleinen Hund dort am Teich. Es dauerte eine Weile, bis Florence sie gefunden hatte, und mit dem Cape erkannte sie sie nicht sofort, aber sie sah noch, wie Maisie den Dackel herzte, ihm ein Küsschen auf die haarige Stirn drückte – der Anblick ließ in ihrer Brust etwas hochkochen, machte, dass sie zu ihr rennen wollte, so wie jetzt in das Teehaus, um sie zu packen, an sich zu drücken: Ich bin kein Meerschaum, du bist kein Meerschaum, du bist ein Körper, ein warmer, pulsierender Körper mit den schönsten Brüsten, liebsten Augen, und solange ich dich festhalte, wissen wir beide, dass wir existieren, und du brauchst nichts zu wählen, nichts zu entscheiden und überhaupt nirgendwohin zu gehen, Geliebte.

Und ich – vielleicht, eventuell – auch nicht.

○

»Ich kann keine besondere Form erkennen«, sagt Stephan.

Er liegt mit dem Rücken im Gras, seine Jacke wird nass, aber das macht nichts. Er hat die Hände hinter dem Kopf verschränkt und schaut in den Himmel. Schäfchenwolken; Altocumulus castellanus, ein Zeichen, dass in größerer Höhe kalte Luft hereinströmt und es wahrscheinlich bald regnet – ob das Bällchen das weiß?

Dann erzählst du mir von den Einhörnern und Loch-Ness-Monstern, die du über uns hinwegziehen siehst – damit kann er also nicht dienen, aber Stephan glaubt zu verstehen, warum das Bällchen das von ihm wollte: Schon seit Wochen, Monaten hat er nicht mehr in den Himmel geschaut. Nicht richtig zumindest, nicht mit gezielter Aufmerksamkeit; wollte er die Regenwahrscheinlichkeit checken, schaute er auf den Wetterradar seines Smartphones, wie das blaue Panthermuster sich über die grünen Puzzlestücke schob.

Im Park ist es ruhig heute. Logisch, es ist Werktag, an Werktagen gehören die Wege joggenden Studenten, und davon gibt es jetzt nur ein paar. Auf grellbunten, fluoreszierenden Turnschuhen schnaufen sie an ihm vorbei, da ein Turnschuh heutzutage kein Turnschuh mehr ist, wenn er nicht wie ein tropischer Fisch aussieht. Niemand sonst liegt im Gras. Es schaut auch niemand anders nach oben, und warum auch: die Wolken, der graublaue Himmel, das fahle Sonnenlicht – im Grunde alles kaum der Rede wert.

Nicht für jemanden, der weiß, wie es ist, selbst durch die Stratosphäre zu jagen.

Nein, er hat seit Ewigkeiten nicht mehr nach oben geschaut. Wenn er es versuchte, fühlte er sich wieder wie an dem einen Tag im Kindergarten. Stephan schließt die Augen: Doppelstockbetten hatten sie da, es könnte durchaus seine früheste Erinnerung sein. Als kleines Kind lag er immer ganz oben, das musste so sein, er war groß für sein Alter, alle Erzieherinnen wussten: Stephan gehört in das oberste Bett. Eines Mittags lag ein anderer Junge an seinem Platz. Heute müsse er nach unten, erklärte ihm die neue Erzieherin. Aber das ließ er sich nicht gefallen! Er hatte sich auf den Boden geworfen und angefangen, zu schreien, zu heulen, mit den Füßen zu stampfen, zu kratzen, zu würgen, sich zu erbrechen – seine Eltern hatten ihn holen müssen, und kein Kind hatte an dem Mittag geschlafen. Nie zuvor war er so wütend geworden. Auch danach sollte es nie wieder vorkommen, und wahrscheinlich war es nicht einmal Wut, überlegte Stephan später, sondern Fassungslosigkeit, Frustration über ein so großes Unrecht: Er, Stephan, zwei Jahre und neun Monate alt, gehörte in dieses Bett, hoch über dem Boden, weit weg von den anderen schlafenden Kindern.

Schreien. Heulen, mit den Füßen stampfen, kratzen, würgen, erbrechen: Die Lust zu alldem hätte ihn zweifellos überkommen, hätte er in den vergangenen Monaten zu lang in den Himmel geschaut. Schon allein der Gedanke an Wolken von unten machte ihn wütend, weil er wusste, dass dies die falsche Blickrichtung war, die Erdoberfläche für ihn der unpassende Ort. Er sollte nicht hier stehen, nicht nach der Ausbildung, die er gemacht, all dem Geld, das er dafür bezahlt, all dem Wissen, das er sich angeeignet hatte.

Vom Boden aus sind Wolken gar nichts Besonderes. Vielleicht zeigen sie ab und zu ein paar zufällige Formen, aber das ist nichts, *nichts* im Vergleich zu dem Vergnügen, die Triebwerke aufheulen zu lassen, zu starten, zu nicken, abzuheben, den Steigflug zu beginnen, sechshundert Meter, zwölfhundert Meter und dann, auf fünftausend Metern, die Eiskristalle durchbohren, die Maschine ruckt und vibriert, das macht den Passagieren oft Angst, aber unnötigerweise, die Turbulenzen sind bald überwunden, und ist das einmal geschehen – wow!, ist es, als sei man durch einen grauen Tunnel ins Nirwana gekommen, diese wunderbar flauschige Welt, in der jeder Begriff von Maßstab und Größe verschwindet!

Manchmal stellte er sich vor, er sei ein Riese. So lang und so groß, dass sein Kopf die Wolkendecke durchstieß, die weiße, gewaltige Berglandschaft nichts als ein bescheidenes Modell. Manchmal bildete er sich auch ein, er sei klitzeklein. Pünkelchen oder Wiplala, verirrt in jemands Kulturbeutel: Mit einem winzigen Wichtelflugzeug jagte er über die Watte, von Bausch zu Bausch, geräuschlos und pfeilschnell, während die Farbe seiner Umgebung sich von märchenrosa in strahlend gelb wandelte, golden wurde, dann dunkelblau und zuletzt schwarz, mit winzigen, funkelnden Pünktchen: Ein faszinierenderer Anblick existiert nicht, der Kopf eines Erpels ist nichts dagegen – wird er das jemals wieder erleben?

Stephan spürt, wie seine Brust sich zusammenzieht. Das darf er nicht zulassen, er muss sich beruhigen, ruhig *bleiben* – er nimmt eine Hand unter dem Kopf hervor und zieht das Bällchen aus seiner Tasche. Vorsichtig legt er es sich auf die Brust, ganz behutsam, damit es nicht runterrollt. Einen Moment lang schaut Stephan zu, wie es sich hebt und senkt, kleine rosa Boje im Seegang; obwohl das Bällchen nicht schwer ist, kommt es ihm vor, als hielte es ihn an seinem Platz, erdete ihn.

Dann schaut er zu den Baumwipfeln, den Blättern, wie die leise säuseln. »Vorsicht!«, hört er sich sagen, als das Bällchen auf seiner Brust im Wind zu schwanken beginnt. Schnell nimmt er es herunter, legt es dicht neben seinen Kopf ins Gras, damit es nicht fortweht, spürt jetzt, wie ihn die Härchen an der Wange streicheln.

»Ich weiß, warum du mich hergebracht hast«, sagt Stephan leise.

Es geht um die Haltung, Gesicht zum Himmel, Arme wieder hinter dem Kopf; er ist an der Luft, und er ist frei, er ist in guten Händen, darum geht es, dass er in guten Händen ist: den eigenen nämlich.

Wieder schaut Stephan auf zu den Wolken. »Ich sehe Soldaten«, sagt er. Eine kleine Einheit, circa fünfzehn, zwanzig Mann. Sie marschieren von Osten nach Westen, und auch wenn sie keine Waffen und Gliedmaßen haben, nur einen plumpen, weißen Rumpf und einen Kopf und einander, um sich ins Schlachtgetümmel zu stürzen – marschieren werden sie, weitermarschieren, laufen, angreifen, verteidigen. Niemand hält sie auf.

DA BIST DU JA NOCH! Ich müsste lügen, sollte ich sagen, dass ich darüber nicht hocherfreut bin – auch erleichtert, verstehst du? Es gibt ein Lied, das ich dich heute gern hören lassen würde, *Waiting* heißt es, warte mal, es geht so: *I want you more than I need you, and I need you so bad*.

Ich will dich mehr, als ich dich brauche, und ich brauch dich so sehr.

Beim ersten Hören ist es ein trauriges Lied, eine wartende Frau singt zu Mollakkorden auf dem Klavier, aber der Text stimmt positiv. Ich will dich mehr, als ich dich brauche, sagt sie, ihr Verlangen ist größer als ihr Bedürfnis – besser als umgekehrt, findest du nicht auch? Wer etwas will, ist am Zug, hat eine Wahl, entscheidet selbst, ob er auf dem Schachbrett den Turm oder den Läufer ergreift. Wer etwas braucht, *nötig* hat, ist abhängig, muss warten, bis jemand ihm eine Schachfigur reicht und er sie im stillen Eckchen bemuttern und streicheln kann: mein lieber, lieber Läufer... Auch ist es besser, alles zu wollen und nichts zu brauchen, als alles zu brauchen und nichts zu wollen, aber verlieren wir uns nicht in existentielle Abstraktionen, wir sind ja nicht Sartre, oder? Lass mich dir stattdessen etwas erzählen. Die Geschichte eines Mädchens, das jetzt gerade im Bett liegt.

Es könnte sein, dass dieses Mädchen kein Mädchen mehr ist, sondern eine Frau, die einfach nicht aufgehört hat, sich »Mädchen« zu nennen. Und womöglich liegt sie auch nicht mehr im Bett, sie ist inzwischen aufgestanden und schlurft durch ihre schmale Küche, um sich einen Tee oder Kaffee zu machen. Ihre Bewegungen sind steif, die Arme schlapp, als seien ihre Muskeln von all dem Liegen ausgezehrt, schau, wie ihre Storchenbeine zittern, wie alles an ihr zittert und bebt! Die Finger und Lider und ihre großen Zehen und auch die verborgenen Regionen, die Leber und Lungenbläschen, ihr Wurmfortsatz, alles zzzzitterrrrt wie bei einem Erdbeben – ihr Blut kriecht stockend durch ihre Adern wie Wasser durch einen Schlauch, wenn der Hahn gerade erst aufgedreht wurde, ihr Herz schlägt schnell wie das eines Nagetiers, wenn auch nicht so regelmäßig.

Ihre Freunde denken, das sei der Grund für ihren Zustand, sie sehen das Mädchen nicht mehr so häufig, aber wenn sie über sie sprechen, sagen sie: Ihr Herz ist gebrochen. Aber diese Freunde irren sich. Das Herz des Mädchens funktioniert noch, wenn auch nicht mehr optimal, weil das Mädchen komplett durcheinander ist, allerdings nicht, weil man ihr das Herz gebrochen hätte, sondern weil ihr Ei einen Knacks kriegte.

Du hast auch so ein Ei, wusstest du das?

Du kannst es nicht sehen, weil du so dichtes Haar hast, aber du kannst es fühlen, na los: Lege die Hand in den Nacken, die Finger auf die Wirbel; bewege die Finger jetzt langsam nach oben, reibe über die Kuhle an der Haargrenze, etwas höher, ja, genau da! Spürst du die Rundung? Darunter steckt es. Ungefähr so groß wie dein Daumen, eher rund als oval, mit einer dünnen, weißen Schale. Hältst du es gegen das Licht, siehst du, wie spröde es ist, wie porös und zerbrechlich, der Inhalt scheint fast durch die Schale hindurch! Nicht, dass du oft damit am Fenster stehen wirst, meist trägst du es in dir herum, aber manchmal, ganz selten gibst du es jemand anderem, und dann geht es los: der große Eierlauf.

Das tat auch das Mädchen. Eines Abends saß es einer anderen Person gegenüber und zog das Ei aus dem Hinterkopf. Das Mädchen hielt es zwischen den Handflächen wie einen Marienkäfer, von dem sie fürchtete, er könnte davonfliegen, und behutsam, ganz vorsichtig, legte sie es auf den silbernen Löffel, den die andere ihr hinhielt. Die hatte es genauso gemacht, und kaum waren beide Eier zur Ruhe gekommen, ertönte ein schriller Pfiff als Startzeichen.

Ein Wettkampf war es nicht unbedingt, so fühlte es sich jedenfalls nicht an, das Mädchen und die andere Person liefen einfach zusammen, sie redeten und tranken und hüpften und sprangen, einen Tag, drei Tage, vierundzwanzig Tage liefen sie durch das Gras, die Löffel all die Zeit vor sich hin haltend, einander die Haare aus dem Gesicht wischend. Manchmal lagen sie zusammen im Park. Da ruhte der Kopf des Mädchens auf der Brust der anderen. Wenn es so dalag, konnte es das Ei sehen, das es fortgegeben hatte, im Löffel der anderen über sich. Dem Mädchen fiel auf, dass der Löffel manchmal vibrierte, das Ei wackelte, und nach einiger Zeit entdeckte es ein System hinter diesen Bewegungen: Jedes Mal, wenn das Mädchen die andere etwas Persönliches fragte, worauf die keine Antwort wusste, begann das Ei auf dem Löffel der anderen zu schwanken. Sei vorsichtig!, rief es noch, aber vergebens, der Löffel zitterte davon nur noch mehr, und als das Mädchen sich nach und nach fragte, ob es der anderen das Ei überhaupt hätte anvertrauen sollen, war es schon zu spät. Am Morgen, als sie zum ersten Mal von »zusammen« und »später« redeten, rollte der anderen das Ei vom Löffel. Oh, sorry!, hörte das Mädchen. Das Ei wurde zurück auf den Löffel gepackt, aber zwei Wochen später fiel es erneut auf den Boden und bekam diesmal einen Knacks, eine kleine Delle dunkles Mosaik. Inzwischen stand das Mädchen einfach nur da, das Ei der anderen immer noch auf dem Löffel, wie erstarrt, damit es nur ja nicht auch noch fallen sollte; so konzentriert stand sie da, dass sie ihr eigenes Ei nicht sah, es nur krachen hörte, krachen wie ein kleines Tier, das auf Steinfliesen geschmissen wird.

Krrrrrratschschsch!

Die Übergabe verlief etwas unsanft. Das Mädchen weiß nicht mehr genau, ob sie das Ei der anderen unversehrt zurückgegeben hat. Es ist ihr auch weniger wichtig, als sie gedacht hatte – sie hat sich ihr Ei wieder in den Kopf eingesetzt, aber es bleibt kaputt, steuert den ganzen Kram nicht mehr richtig, macht, dass sie in einer Tour schläft und jetzt in ihrer eigenen Küche erstarrt.

Sie weiß: Ich muss weitermachen. Sie weiß auch: Das Ei braucht eine Weile zum Heilen. Also sucht sie in ihrem Schrank nach Gewürzen, fragt sich, warum sie ihr Ei einer anderen je in die Hand gab, und ob es das war, was sie wollte, oder das, was sie brauchte, und ob sie wirklich wollte, was sie brauchte, und was sie jetzt eigentlich braucht – ihr eigenes Ei, wieder ganz und geheilt – und was sie jetzt will: ein Omelett aus dem Ei der anderen, ja – mit Salz und Pfeffer!

Warum legte das Mädchen sein Ei auf einen fremden Löffel? Und warum stellst du anderen deins zur Verfügung?

Wir brauchen die Antwort nicht zu kennen, aber lass dir gesagt sein: Bei mir ist es sicher. Ich werde dir dein Vertrauen mit Vorsicht vergelten. Ich werde dein Ei nicht fallen lassen, das kann ich gar nicht, ich werde es aufbewahren, so lange du willst, es schützen, damit du dich frei bewegen kannst, frei von Pflichten und irgendwelchen Löffeln, denn ich bin mein eigenes Ei und kann wie ein Gummiball springen, das weißt du. Und während ich so auf alles achtgebe, kannst du dich fragen: Was will ich überhaupt, und was brauche ich? Ich hoffe, dass du dem, was du willst, den Vorrang gewährst, denn glaub mir: Ich will dich mehr, als ich dich brauche.

○

Lydia, schlägt die Dating-Site heute Abend vor. Fragt sich nur, warum?

 Diek schüttelt lachend den Kopf. Okay, ihr Profil

stimmt überein mit seinen angegebenen Wünschen, sie wohnt nicht allzu weit weg und ist Ende sechzig – letztere Präferenz ist für beide ein Glück, weiß er. Die meisten Männer, die so alt sind wie er, suchen nicht in der eigenen Kategorie. Sie ziehen ein paar Jahre ab, wollen eine Jüngere, eine Frau Anfang fünfzig, eine, mit der man noch Klettertouren unternehmen kann, doch aus Klettertouren macht Diek sich nichts. Außerdem findet er es eine grässliche Vorstellung, dass die Frau krabbeln lernte, als er seinen Führerschein machte, und dass, sollten sie länger zusammenbleiben, sie ihn wird fahren müssen, wenn er wieder Windeln trägt – nein, dann lieber eine Junggesellin in seinem Alter, von denen gibt es viele, man könnte sogar von einem Überschuss sprechen; er hat immer die Auswahl. Die Site unterstützt ihn dabei durch »das avancierte Matching« des »millionenfach bewährten Algorithmus«, der »errechnet, ob die Partner zusammenpassen«.

Diek fragt sich, was diese Lydia bei ihrem Persönlichkeitstest angegeben hat.

Introvertiert oder extrovertiert, geschieden oder verwitwet, Fleischesserin oder Vegetarierin, im politischen Spektrum eher links oder rechts – und decken ihre Angaben sich dabei mit seinen oder sind sie gerade das Gegenteil? Vielleicht denkt das Programm in der Logik eines Puzzles, und Lydias Eigenschaften sind Zacken, die in seine Vertiefungen hineinpassen sollen. Oder geht es mehr Richtung Memory, und der Computer begibt sich auf die Suche nach Kärtchen, die einander genau gleichen, um sie vom Spielfeld zu nehmen und aufeinanderzustapeln? Und was, um Himmels willen, bedeutet »zusammenpassen« eigentlich, an welche Zeitspanne wird dabei gedacht? Die zehn, zwanzig Jahre, die er und die potentielle Partnerin theoretisch noch miteinander verbringen können? Davon war er bisher immer ausgegangen. Und es schien ihm so kurz, zehn, zwanzig Jahre – wenn er daran dachte, fühlte er sich schon gehetzt. Doch seit ein paar Tagen kommt es ihm auf einmal beängstigend lang vor.

Ich will dich mehr, als ich dich brauche, und ich brauch dich so sehr.

Diek reibt sich die Augen. Die Altersangaben, Entfernungen und Namen auf dem Bildschirm verschwimmen. Er steht auf und geht zum Fenster – kleine Sehmuskelgymnastik mit einem Blick in die Ferne –, es ist noch lange nicht dunkel, aber die Straßenlaterne vor seinem Fenster leuchtet schon wieder, soll er die Stadtverwaltung nicht doch mal benachrichtigen?

Beim ersten Hören ist es ein trauriges Lied, eine wartende Frau singt zu Mollakkorden auf dem Klavier, aber der Text stimmt positiv.

Diek geht zu Maxies Körbchen und kniet sich hin: »Gib mal her.«

Max guckt verdutzt, aber er bellt nicht, zu Hause bellt er fast nie, außer er ist besonders fröhlich. Maxie findet es absolut nicht schön, was hier geschieht, aber er vertraut seinem Herrchen: Das geduldig schweigende Tier rührt Diek immer wieder und macht ihm zugleich Angst: Angst, dieses bedingungslose Vertrauen zu enttäuschen.

 Ganz behutsam zieht er Max das violette Bällchen aus

dem Maul. Er hält es sich ans Ohr und hört, was es sagt: Ich will dich mehr, als ich dich brauche, sagt die Frau, ihr Verlangen ist größer als ihr Bedürfnis – besser als umgekehrt, findest du nicht auch?

»Ja«, flüstert Diek und drückt sich das Bällchen noch fester ans Ohr, spürt, wie die kleinen Härchen ihn kitzeln.

Sylvia, denkt er plötzlich. Er wollte, nein, er *will* Sylvia mehr, als er sie braucht. Aber nicht ihre Geschichten, ihre Empfindlichkeiten und ihren Kummer über ein zu früh geborenes Enkelkind: Er will ihren Hintern, wollte ihn vielleicht von Anfang an schon – ein Schmerz schießt ihm durch die Achsel, falsch geatmet, weiß er –, nein, so ist es nicht, so ist *er* nicht, er wollte es nicht von Anfang an schon. Doch als sie ihre Hand plötzlich auf seine legte, ihre Finger über seinen Daumen strichen, sie ihm den Schuh in die Kniekehle drückte, geschah etwas mit ihm. So wie manchmal ein Duft einen rührt, ein fast physisch empfundenes Verlangen nach dem Gewesenen auslöst, verstärkt noch durch Wehmut, weil es einmal *war*, so versetzte dieser Schuh ihn um Jahre zurück. Zu einer langen Reihe von Abenden, Erinnerungen, die er in der Vergangenheit ansammelte, eingedickt zu einem hochkonzentrierten Gemisch; Essenz von Begegnungen, die er, verteilt über ein ganzes Leben, in loser Folge gehabt hatte: während des Studiums ein paarmal und danach – weniger heftig, aber vielleicht darum umso wohltuender – jahrelang mit Tillie, Nächte, die er nicht auseinanderhalten kann, die aber zusammen *eine* große Empfindung wachrufen. Sylvias Berührung vergrößerte sein Verlangen nach dieser Empfindung. Doch das war nicht das Einzige, was sie in ihm auslöste.

Vielleicht hat er seit Jahren nicht mehr daran gedacht, doch in den letzten Tagen liegt er immer häufiger wieder in Saal acht des katholischen Internats seiner Jugend.

Hände auf die Decke, war dort die Vorschrift. Warum, hatte Diek in den ersten paar Jahren (Saal fünf, sechs und sieben) nicht verstanden, bis er in der Untertertia ein Bett neben Andries Schollaards bekam.

»Hände auf die Decke!«, sagte der Kaplan, bevor das Licht gelöscht wurde. Diek gehorchte, und Andries gehorchte, aber Andries nur für einen Moment. Diek erwachte und sah es im durchs Dachfenster hereinscheinenden Mondlicht – so ist es ihm jedenfalls in Erinnerung, vielleicht hatte Andries aber auch einfach rotzfrech die Lampe wieder angeknipst: Andries hatte eine Faust gemacht, so schien es, mit der er von unten regelmäßig gegen die Bettdecke schlug, ein Spiel zum Einschlafen, Schafe zählen vielleicht? Andries hatte die Augen geschlossen, sah Diek. Er zog eine eigenartige Grimasse, als würde ihm etwas wehtun. Er sah plötzlich so merkwürdig aus, beinah beunruhigend, als sei er besessen, sein Körper die Beute von etwas Unirdischem, das sich durch seine Bauchdecke nach draußen fressen wollte.

»Andries«, flüsterte Diek, »alles in Ordnung?«

Andries öffnete die Augen. Er drehte ihm das Gesicht zu und sah ihn an, eher interessiert als peinlich berührt (erst später, als Diek die Erinnerung im Zusammenhang mit ihrer Pubertät betrachtete, sollte er sich darüber wundern).

»Kommst du?«, fragte Andries. Vielleicht war es auch einfach »komm«, oder »mach doch mit!« – jedenfalls schlug Andries die Decke beiseite, und Diek verließ ohne nachzudenken sein Bett, um sich zu Andries zu legen, Hände unter der Decke.

Diek weiß nicht mehr, ob sie einander ansahen, nur, dass sie beide ganz still blieben und die Scham sich erst meldete, als alles längst nass und klebrig zu Ende gebracht war. Am nächsten Tag tat Andries, als sei nichts gewesen, und Diek war darüber froh. Die Nachmittage danach sollte er immer öfter in den Dünen hinter den Gemüsegärten liegen und Andries' Handlungen an sich allein wiederholen. Das gelang ihm ganz gut, aber es war nie mehr so wie in der Nacht zusammen im Bett – weil das Überraschende fehlte, so erklärte es sich Diek. Später sollte er das Wort »Überraschung« durch »Spannung« ersetzen: Spannung für Erwachsene. Und noch viel später, als immer mehr reuige Geistliche in den Medien erschienen, fragte Diek sich auf einmal, woher Andries, ein Junge von gerade mal zwölf, so viel Fingerfertigkeit herhaben konnte. Die Frage raubte seiner Erinnerung den Glanz, machte, dass er sie eine Weile lieber verdrängte, wodurch sie allmählich zum Boden seines Bewusstseins sank.

Erst seit seinem letzten Abend mit Sylvia denkt Diek wieder regelmäßig daran, wie er und Andries eine Nacht lang schweigend nebeneinander unter der kratzigen Decke gelegen hatten. Ist das, was in Saal acht einst begann, jetzt endgültig vorbei?, fragte er sich letztens. Sollte er nie wieder etwas, nun ja, Überraschendes erleben? Diese Vorstellung beunruhigte ihn noch mehr als die Aussicht auf zehn, zwanzig Jahre allein oder ebenso viele Jahre zu zweit.

Diek dreht sich um. Max liegt immer noch in seinem Korb, die Augen geschlossen. Vorsichtig legt Diek ihm das violette Bällchen ins Fell.

Und während ich so auf alles achtgebe, kannst du dich fragen: Was will ich überhaupt, und was brauche ich?

○

Also okay, kein Weingummi zur Preisverleihung, schreibt Willemijn: *Ich werd's meinem Notar ausrichten.*

Haha, schreibt Maisie, *ja, tu das!*

Das ist natürlich nicht die Antwort, auf die Willemijn wartet.

Wie heißt dein Notar?, tippt Maisie darum schnell hinterher.

Sie legt sich das Handy auf den Bauch, Display nach unten. Koschi schaut sie von seinem Kissen aus an, freundlich und aufmunternd wie immer: Mir kannst du alles sagen, ich werde immer zu dir stehen. Darum liebt sie ihn, meistens. Manchmal jedoch ärgert Maisie sich auch über seinen starren Blick, verachtet Koschi, weil er nicht versteht, dass sie seine bedingungslose Loyalität nicht immer verdient.

 Ihr Handy vibriert, ihr Bauch zittert (schon öfter

hat sie sich gefragt, ob manche Leute sich ihre Handys zwischen die Beine legen, um sich von ihrem Partner oder jemand anderem anrufen zu lassen). *Ito*, schreibt Willemijn. *Mein Notar heißt Ito Oosterbeek.*

Und jetzt?

Maisie wischt durch Willemijns Fotos, perfekt zusammengestellt nach den ungeschriebenen Gesetzen dieser Art App: erst ein Close-up, dann eine Urlaubserinnerung (vor einer Graffitiwand oder auf einem Berg: etwas, das den ganzen Körper abbildet, ohne dass es so aussieht, als ginge es bei dem Foto nur darum), und zuletzt irgendwas Lustiges, in Willemijns Fall ein Meerschweinchen mit einer Blume im Haar, oder, na ja, in seinem Fell.

Tolle Fotos, stammt das zweite aus Frankreich?, hatte Maisie vor ein paar Tagen gefragt. Als Willemijn antwortete, hatte Maisie die Frage schon wieder vergessen. *'tschuldigung, ich benutz diese App nicht mehr so oft*, schrieb Willemijn am Samstag doch noch zurück. 'tschuldigung, ich hatte gerade ein paar heißere Eisen im Feuer, interpretierte Maisie. Aber daraus war nichts geworden, und so hatte Willemijn sich wieder bei ihr, der nächsten in der Reihe, gemeldet: *Hundert Punkte, es ist tatsächlich in Frankreich!*

Hurra! Was hab ich jetzt gewonnen?

So ging es los. Die Geschichte, die sie sich zusammen ausgedacht haben, eine Geschichte, die nie stattgefunden hat, aber sie trotzdem verbindet, und sei es nur wegen des gemeinsamen Jargons, der sich während des kreativen Pingpongs zwischen ihnen entwickelt hat:

Willemijn war nichts eingefallen, was Maisie nun gewonnen haben sollte, und darüber war Maisie natürlich empört; Mist, sie hätte das Kleingedruckte des Preisausschreibens lesen sollen – keine Panik, hatte Willemijn erwidert, sie werde nachträglich einen Vertrag aufsetzen, die kleinen Buchstaben extra groß gedruckt, und hätte Maisie dann gern eine offizielle Preisverleihung, irgendwas mit dressierten Tieren, einer Gedenkmünze, Weingummi und Konfetti oder so? Natürlich, hatte Maisie zurückgeschrieben, aber bitte was Nachhaltiges, das Konfetti biologisch abbaubar und dass nur ja keine Tiere gequält würden!

So war es ein paar Tage lang hin und her gegangen. Und jetzt wollte Willemijn alles notariell festlegen lassen, das Einzige, was an dem Vertragstext noch fehle, seien Datum und Ort. Zweimal schon hatte Willemijn darauf angespielt, aber Maisie war nie darauf eingegangen: *Ito Oosterbeek, schöner Name!*

Ich will dich mehr, als ich dich brauche, und ich brauch dich so sehr.

Will sie sich mit Willemijn verabreden, oder *braucht* sie sie – hat sie sie irgendwie *nötig*?

An sich weiß Maisie, wie so ein Treffen ablaufen würde: erst das übliche peinliche Gefühl, angesichts der Tatsache, dass es Ito Oosterbeek nicht gibt und sie sonst wenig bis nichts voneinander wissen – Letzteres unterstrichen durch die ewigen Fragen: Was hast du studiert, wo kommst du her? Fragen wie Schüsse aus der Schrotflinte, und sie käme sich vor wie ein Hase auf einer frisch gemähten Wiese, aber zum Glück gäbe es dann ja noch Alkohol. Mit jedem Schluck würde das Gras wieder höher, ein Dschungel, in dem Maisie sich verstecken könnte und so immer mehr reden und bestellen würde, und dann gäbe es Sex oder keinen Sex, und am nächsten Morgen wieder das peinliche Gefühl, jetzt noch verstärkt durch die Dinge, die sie im hohen Gras gesagt und getan hatte. Und das alles nur, weil sie bei Willemijns Close-up, dem Urlaubsfoto und dem Meerschweinchen nach rechts gewischt hat und Willemijn bei *ihrem* Close-up, ihrem Urlaubsfoto und Koschi mit einem Krönchen ebenso.

Ja, ein sehr schöner Name …

Es ist alles so vorhersehbar. Mit jedem Wort, das sie Willemijn schreibt, fühlt Maisie sich schlechter, schmutziger, ekliger, weil es sich anfühlt, als würde sie lügen, bloß vortäuschen, alles sei neu, damit sie es aufs Neue tun kann. Vielleicht muss man sich vergessen, um sich wiederholen zu können, aber wenn Willemijn mit ihr chattet, sie etwas fragt, fühlt Maisie sich gerade sehr anwesend.

Nein, beschließt Maisie darum.

Sie will es nicht. Und nötig hat sie es schon gar nicht. Maisie nimmt ihr Handy. *Montag zum Notar?,* liest sie gerade noch, aber dann: *Einstellungen – App entfernen – sind Sie sicher, dass Sie diese App entfernen möchten* – o ja, da ist sie sich ganz sicher.

Maisie lässt sich in ihre Kissen zurücksinken.

Sie will es, und sie weiß, dass sie es will, dadurch fühlt sie sich wie ein wenig betrunken. Betrunken, aber auf angenehme Weise, eher leicht als schwindlig; als sei ihr Hirn völlig leer, jetzt, da sie die Entscheidung getroffen hat, ausgeräumt wie bei einer Kürettage.

Sie wirft ihr Handy zurück auf die Decke und steigt aus dem Bett.

Barfuß steht sie mitten im Zimmer. Den ganzen Nachmittag hat sie geschrieben, aber sie ist nicht mal nennenswert müde, sie könnte gut noch ein Stündchen weiterarbeiten. Sie geht zum Kleiderschrank, erhascht einen Blick von sich im Spiegel, eine merkwürdig bucklige Gestalt – schnell richtet sie sich auf. Vielleicht könnte sie heute Abend was anderes essen als fertig gekaufte Würstchen im Teigmantel mit ein bisschen Kräuselsalat. Sie könnte eine Quiche backen (ist noch Blätterteig da?), eine herzhafte Tarte, Teigtaschen mit Ziegenkäse – oder nein: ein Soufflé!

Maisie zieht den Bauch ein, während sie den Reißverschluss ihrer neuen Bundfaltenhose zumacht. Dann dreht sie sich um, nickt ihrem Spiegelbild zu, als sei dieses Mädchen – nein: diese *Frau* – in der Bundfaltenhose eine zufällige Passantin, und nimmt das weiße Bällchen von Koschis Schoß. »Komm«, sagt sie, »wir gehen raus, Eier kaufen, eine ganze Packung!«

○

Serbien hat nicht gewonnen, Deutschland aber am wenigsten Punkte bekommen. Letzteres war für die Buchmacher eine Überraschung, nicht aber für Stephan. Er hatte sich den deutschen Vorentscheid angesehen – grässlich! Ein dürres Mädchen im Manga-Kostüm auf weißen Plateausohlen, das irgendwas in gleichbleibendem Tempo ohne größere Hebungen und Senkungen der Stimme zum Besten gegeben hatte – dafür würden die Leute nie stimmen, urteilte er.

Diese Einschätzung hat ihm dreizehntausend Euro eingebracht. Und damit, sieht Stephan, ist der Stand auf seinem Konto wieder genauso wie vor zwei Monaten.

Die Sonne ist hinter den Häusern gegenüber untergegangen, in seinem Büro ist es still, die Mieter der anderen Büros sind schon alle nach Hause. Nur aus dem Zimmer über ihm kommen noch Geräusche. Eine Art Schaben, als würde jemand die Beine eines Metallstuhls über den kahlen Betonboden zerren – kchchcht –, aber das Geräusch ist zu regelmäßig, um von einem Menschen zu stammen. Man hört es alle dreißig Sekunden, das hat Stephan vor ein paar Tagen gestoppt. Damals fand er das Gekratze noch unangenehm; jetzt aber, wo das Gebäude fast leer ist, kein Gemurmel mehr aus dem Flur kommt und kein Hip-Hop aus dem Zimmer nebenan wummert, hat es auf einmal etwas Beruhigendes. Ein Zeichen von Leben in einer ansonsten wie ausgestorbenen Umgebung; wie die flatternde Fahne auf einem einsamen Soldatenfriedhof, eine nickende Ölpumpe in einer unendlichen Wüste. Etwas Kontinuierliches, das Augen und Ohren von anderen nicht braucht, um sich zu manifestieren – auch wenn es hier um etwas rein Technisches, Lebloses geht, es strahlt Energie aus, findet Stephan, und diese Energie wirkt ansteckend: kchchcht, da marschieren sie, kchchcht, da flattern sie, kchchcht, da nicken sie, schaben sie, kchchcht, nichts hält sie auf, kchchcht, nichts hält uns auf, kchchcht, schau auf den Bildschirm, hundertdreitausend Euro und vierzehn Cent auf unserem Konto.

Vielleicht hätte er die Abfindung nach dem Gerichtsurteil anlegen sollen, so wie ein paar seiner Kollegen. Aber anlegen findet er zu abstrakt – wetten auf etwas, was man nicht sieht, wie wetten auf ein Rennpferd in einem zugenagelten Stall. Nein, wenn schon wetten, fand Stephan, dann wollte er auch wissen, um was und wie und warum. Bei Unibet oder OddsShark.com war das möglich. Dort hat er in den vergangenen Monaten auf die Champions League und auf die Dart-EM gewettet, auf Grammys und Oscars, den Eurovision Song Contest oder ob in der letzten Märzwoche Schnee fallen würde. In zwei Monaten hat er auf diese Weise zweiundsechzigtausend Euro und vierzehn Cent verdient.

Okay, er hat auch fast dreiundsechzigtausend Euro verloren.

Also höchste Zeit aufzuhören, weiß Stephan, nicht wieder verlieren, mit dem Geld auf dem Konto etwas Richtiges anfangen – kchchcht.

Stephan blickt zur Decke: helle, unregelmäßig grau gesprenkelte Platten, die unter der eigentlichen Rohdecke angebracht sind.

»Wie lief's heute?«, fragte Angelica am Anfang immer, wenn er am Abend nach Hause kam. Oder eigentlich, wenn sie nach Hause kam. Wie lange er seine Rückkehr in die heimatliche Wohnung auch aufschob, immer kam Angelica noch etwas später, als tue sie es mit Absicht.

Das war bestimmt nicht so, aber gerade das machte es

umso unerträglicher, wenn sich abends zwischen zehn und elf ihr Schlüssel zur Wohnung im Schloss drehte – das Geklirr ihres Schlüsselbunds Symbol eines Abends, der so viel erfüllter, reicher gewesen war als seiner oder auf jeden Fall interessanter als die Serien, die er sich auf dem Sofa alleine reinzog. »Na ja«, antwortete er, wenn sie endlich neben ihm saß. »Ich muss wohl noch ein bisschen reinkommen.« Vermutlich spürte Angelica, was er meinte. Nach ein paar Tagen hörte sie auf, nach seinen Fortschritten zu fragen, und jetzt, wo das niemand mehr tat, spielte es auch keine Rolle mehr, dass Fortschritte ausblieben, zumindest auf dem Gebiet, dem Stephan sich eigentlich hatte widmen wollen.

(Wenn man die Pünktchen an der Decke zu lange betrachtet, scheinen sie sich zu bewegen. Keine Pünktchen mehr, sondern kleine, schwarze Käfer.)

Er hatte es wirklich gewollt. Und er hatte es versucht: *Constant erwachte, das Licht im Schlafzimmer war an. Hatte er vergessen, es auszuschalten, oder hatte jemand es in der Nacht angeknipst?* Aber die Worte kamen ihm vor wie Betrug. Mit jedem neuen Satz wuchs das Gefühl, ein unerträglicher Hochstapler zu sein; nicht, weil er sich etwa zu Unrecht »Schriftsteller« nannte (er wollte ein Buch schreiben, okay, aber dem Etikett »Schriftsteller« hatte er nie großen Wert beigemessen), eher kam er sich vor wie jemand, der eine zielstrebige Arbeit nur *vortäuschte*. Mit jedem Backspace, jedem Strg-z fühlte er sich ertappt; von den Leuten im Arbeitsraum gegenüber, von den Freunden und Bekannten, die er seit langem nicht mehr gesprochen hatte, vor allem aber von

Angelica – sie alle konnten ihn hier im Büro nicht sehen, aber irgendwann, in ein paar Wochen, Monaten vielleicht, würden sie dennoch fragen, was aus seiner Idee geworden war. Löschte er wieder mal die paar mageren Zeilen, die er den ganzen Vormittag über zustande gebracht hatte – *Constant mag keine Steckdosen, es ist, als würden sie ihn anstarren, nicht die schwarzen Löcher, sondern die Augen dahinter* –, sah er vor allem Angelica vor sich. Wie sie mit den Schultern zucken würde, wenn er ihr gestand, dass er in all den Wochen so gut wie kein Stück vorangekommen war. »Ach, macht doch nichts!« Sie würde ihre Gelassenheit dick auftragen, um ihre Verachtung zu verbergen, und das würde es nur noch schlimmer machen. Während des Schreibens ärgerte Stephan sich oft schon im Voraus über Angelicas vermutlich herablassende Reaktion.

Merkwürdigerweise stimulierte ihn die Wut nicht zum Durchhalten, sie schürte höchstens den Wunsch nach schnellen Ergebnissen. Dies führte dazu, dass Stephan immer häufiger dachte: Heute ist kein Tag zum Schreiben, heute ist ein Tag für OddsShark.

Und was für ein Tag ist heute?

Die Frage kommt zwar nicht von dem Bällchen, könnte aber gut von ihm sein. Also, Stephan: Was für ein Tag ist heute?

Kchchcht, kchchcht: ein Tag, zu entscheiden, was er will, oder vielmehr, etwas dafür zu *tun* – für das, was er will, und für das, was er braucht, kchchcht, kchchcht. Wie er hier herumsitzt, ist nicht gut für ihn, vielleicht hat er das schon immer gewusst, aber seit dem Morgen im Park, als er sah, wie das Bällchen auf seiner Brust aufstieg und sich wieder senkte, ist er sich sicher. Dieser Arbeitsraum hat ihm nichts gebracht, kein Geld, kein Buch, er hat eine Runde gedreht und kam genau da wieder an, wo er schon am ersten Morgen gewesen war – höchste Zeit, diese Umgebung zu verlassen! Mit jedem kleinen Vortrag des Bällchens wächst Stephans Überzeugung: kchchcht, kchchcht, Zeit aufzustehen, irgendwohin zu gehen, kchchcht, fragt sich nur, wohin?

Ich werde dein Ei nicht fallen lassen, das kann ich gar nicht, ich werde es aufbewahren, so lange du willst, es schützen, damit du dich frei bewegen kannst, frei von Pflichten und irgendwelchen Löffeln, denn ich bin mein eigenes Ei und kann wie ein Gummiball springen, das weißt du.

Damit du dich frei bewegen kannst, frei von Pflichten und irgendwelchen Löffeln: Er weiß es.

Stephan steht auf, kchchcht, er nimmt seinen Stuhl, ein einfaches Ding aus Metall und Plastik, kippt ihn nach hinten und zieht ihn über den Boden: krrrrrt, krrrrrt. Er wartet einen Moment.

Kchchcht, hört er über sich.

Und Stephan zieht den Stuhl ein Stück weiter, bis in die Ecke: krrrrrt, machen die Stuhlbeine, kchchcht, antwortet es im anderen Zimmer: krrrrrt – kchchcht, krrrrrt – kchchcht, Aktion – Reaktion, damit du dich frei bewegen kannst, frei von Pflichten und irgendwelchen Löffeln; Stephan lässt den Stuhl los, nimmt das rosa Bällchen vom Tisch und umschließt es mit der ganzen Hand. Dann schaut er nach oben, Arme am Körper, die Fäuste geballt.

Da steht er, zum Aufbruch bereit. Er drückt das Bällchen und stellt sich vor, wie die abgehängte Decke bei diesem Signal aufbricht, die Spanplatten sich öffnen und einen breiten, gelben Lichtstrahl hereinlassen.

III

IRENE SITZT ZU WEIT WEG. Von dieser Seite des Tischs kann Diek sie nicht berühren, unmöglich, ihr vertraulich die Hand aufs Knie zu legen. Die Einrichtung seiner Küche ist für das, was er heute Abend will, nicht besonders geeignet. Das erklärt vielleicht einiges über die Entwicklungen der vergangenen Jahre.

»Und, schmeckt's dir?«, hört er sich fragen. Überflüssig natürlich; würde es ihr nicht schmecken, hätte sie das schon längst zu erkennen gegeben.

»Sehr lecker!«, antwortet Irene. »Eigenes Rezept?«

Automatisch nickt Diek. »Oder, na ja, es kommt aus einem Kochbuch. Möchtest du noch etwas?«

Diek steht auf, geht um den Tisch und stellt sich hinter Irene. Er langt an ihr vorbei nach dem Topf mit Hühner-Curry und spürt, wie sie mit dem Handrücken über seinen Unterarm streicht. Kurz zögert er. Dann setzt er sich wieder hin.

Irene ist ziemlich schweigsam. Sie stellt kaum Fragen, anders als die meisten. Doch alle paar Bissen schaut sie ihn an, und dann huscht ein Lächeln über ihr Gesicht.

Diek fragt sich, ob Irene ihr richtiger Name ist. Ist sie wirklich erst neunundfünfzig? Möglich wär's, ihr Haar ist voll und dunkel, das Grau beschränkt sich auf ein paar Stellen über den Ohren. Und wie gelenkig sie eben noch in die Knie ging, als sie Max streichelte – eindeutig die Knie einer fitten Endfünfzigerin! Trotzdem hofft er, dass sie lügt, dass sie nicht Irene heißt und älter ist; bei einer älteren Frau käme er sich weniger unsicher vor, ihre Lügen würden das unbehagliche Gefühl wegen seines eigenen Täuschungsmanövers vermindern.

»Ist da Kreuzkümmel drin?«

»Ja, ich hab ein paar Körnchen reingetan.«

Hugo schien ihm ein geeigneter Name. Er hat irgendwas Vornehmes, wie von Adel, auch wenn er etwas seltener ist als Jan oder Willem und damit zugleich glaubwürdiger ist und unglaubwürdiger. Hugo hat keinen persönlichen Fragebogen ausgefüllt. Hugo ist ein Mann ohne Eigenschaften, ohne Profil, sogar ohne Gesicht: Auf dem Foto, Überbleibsel der Beziehung zu Marijke, steht er mit dem Rücken zur Kamera in der Brandung.

Nach der Anmeldung als Hugo hatte Diek den Computer sofort ausgeschaltet und sich mit seinem Bürostuhl vom Schreibtisch abgestoßen. Mit so viel Schwung rollte er durch den Raum, dass Maxie von dem Geräusch wach wurde; erstaunt schaute er über den Rand seines Körbchens. Diek nahm eine Zeitung vom Schreibtisch und versteckte sich blitzschnell dahinter. Obwohl außer Max niemand da war, schämte er sich so sehr, dass die Überschriften ihm kaum ins Bewusstsein drangen.

Wer, um Himmels willen, sollte hierauf reagieren, was bildete er sich nur ein: Wer sollte bei so einem schmierigen alten Fiesling noch anbeißen?

Als Diek am nächsten Vormittag auf der Site nachsah, erschien rechts oben im Fenster sofort ein roter Ballon. Drei neue Nachrichten: *High, Hugo … Hallo, ich bin … Dein Profil hat mich sofort angesprochen!*

»Woher stammst du gleich noch mal?«

Diek weiß nicht, ob Hugo so eine Frage stellen würde, aber ein bisschen Konversation am Tisch scheint ihm dennoch wünschenswert.

Irene lächelt. »Das hatte ich noch gar nicht erzählt. Ich stamme aus Suderwick in Deutschland, gleich hinter der Grenze. Ich bin zum Studium in die Niederlande gekommen.«

»Ach, dann ist Irene ein deutscher Name?«

»Könnte man sagen.« Wieder lächelt Irene, nicht so sehr freundlich als vielmehr zielstrebig, entschlossen. »Aber Irene ist nicht mein richtiger Name. Oder, na ja, es ist mein zweiter.«

Diek spießt ein Stück Huhn auf die Gabel und sieht, dass seine Hand zittert. Irene ist nicht ihr richtiger Name, sie haben also das Gleiche im Sinn. Jetzt muss er auch danach handeln, etwas *tun* – aber was, und wie?

»Und was hast du hier studiert?«

Mist, falsche Frage. Irene zuckt mit den Schultern, und sie hat recht. Niederländisch oder Soziologie, was spielt das für eine Rolle – vielleicht hat sie überhaupt nicht studiert, kommt überhaupt nicht aus Deutschland – *Dein Profil hat mich sofort angesprochen*, das ist das Einzige, was zählt, was er von ihr weiß, und jetzt muss er – beziehungsweise: muss Hugo – ihre Erwartungen erfüllen.

»Ich hätte gern noch einen Wein«, sagt Irene. Mit einem Finger schiebt sie ihm das Glas zu.

Hugo steht resolut auf. Er geht Richtung Kühlschrank, hält aber auf halbem Weg inne. Wie eben steht er jetzt hinter Irene. Diesmal legt er ihr die Hand auf die Schulter. Es hat etwas Bemühtes, merkt Diek sofort, als posierten sie für ein offizielles Porträt: der Staatspräsident und seine Gattin. Er lässt die Hand von ihrer Schulter nach vorn gleiten. Langsam streichelt er über ihr Schlüsselbein. Irene trägt eine hochgeschlossene, hellgrüne Bluse aus einem schönen, fließenden Stoff, Seide vielleicht – sie hebt den Arm und legt ihre Hand auf seine – will sie ihn damit stoppen oder ermuntern?

Was wolltest du einmal werden, als du noch klein warst?

»Was ist das?«

Irene schaut sich um, presst Dieks Hand immer noch gegen ihr Brustbein.

Archäologe, Astronaut, Architekt oder Direktor vielleicht?

Es ist so still, dass beide die kratzige Stimme hören können.

»Kommt das aus dem Körbchen?«, fragt Irene leise.

»Ja«, antwortet Diek, und Hugo holt seine Hand unter ihrer hervor, schiebt die andere unter ihren Oberarm, um Irene sanft nach oben zu ziehen.

»Was wolltest du einmal werden, als du noch klein warst?«, fragt er.

Jetzt stehen sie sich gegenüber, im schmalen Raum zwischen Tisch und Kühlschrank. Sein Bauch knapp vor ihrem, sie schaut ihn an, sucht seine Augen, doch Diek starrt auf ihren Mund. Irenes Lippenstift ist etwas verwischt, seit sie hereinkam. Das macht sie noch attraktiver, es hat etwas Wildes, im Sinne von »zerzaust«.

»Ich wollte einen eigenen Imbiss«, sagt Irene – immer noch redet sie etwas leise, klingt aber selbstbewusst. »Meine Mutter hatte einen, und da auf dem Tresen stand vorn so ein Behälter für bunte Gabeln aus Plastik. Ich fand das so schön, das wollte ich auch.«

Behutsam legt Hugo ihr die Hand auf die Hüfte.

»Und du? Was wolltest du werden?«

»Priester«, sagt Diek und erschrickt vor seinem eigenen Bekenntnis.

»Priester, im Ernst?«

»Ja, ich war sogar noch ein paar Jahre in einem Priesterseminar.«

Beim Wort »Priesterseminar« zittert Dieks Stimme. Dann ergreift Hugo Irenes Handgelenk und sieht nach, ob sie immer noch so zielstrebig lächelt. Das tut sie, und sie neigt leicht den Kopf, als wollte sie sagen: Nur zu! Hugo dreht Irene um. Er presst seinen Schritt gegen ihren weichen, runden Hintern.

○

»Was wolltest du einmal werden, als du noch klein warst?«, wiederholt Florence.

»Stammt der Text von mir?«, fragt Cedric.

»Von mir stammt er nicht«, erwidert sie.

Cedric grinst. »Was wolltest du denn werden?«

»Willst du das wirklich wissen?«

»Ich nicht, aber Fuzzie!«

Florence lacht. »Hier«, sagt sie und gibt Cedric eine Flasche Bier aus dem gemeinsamen Kühlschrank ihrer Bürogemeinschaft – Jaïr hat sie gekauft, aber er musste heute früh los, sie werden die Flaschen vor Montag ersetzen müssen.

Florence setzt sich auf ihren Schreibtisch, Cedric sitzt schon auf seinem, ihr gegenüber.

»Sekretärin«, sagt sie.

»Haha!«

»Nein, wirklich. Ich war fasziniert von Terminkalendern. Ich dachte: Als Sekretärin darf ich die den ganzen Tag ausfüllen.«

»Goldig.«

»Findest du?«

»Yep!« Cedric tippt auf den Schirm seiner Mütze. Ein Tick, weiß Florence, wenn auch nicht unbedingt ein nervöser, bei Cedric strahlen selbst die Ticks etwas irgendwie Selbstbewusstes aus.

»Ich weiß nicht«, sagt sie. »Auf jeden Fall hatte ich mit sieben schon zwei Terminkalender. Einen mit den Dingen, die ich getan hatte: Wo ich gewesen war, mit wem ich gesprochen hatte und was ich gegessen hatte. Und einen mit den Dingen, die ich noch tun wollte: Wo ich hingehen, mit wem ich noch sprechen, was ich noch essen wollte.«

»Waren das in den Kalendern nicht meistens die gleichen Dinge?«

 »Mehr oder weniger, aber nicht immer.«

»Krass«, sagt Cedric, »du dachtest also die ganze Zeit entweder an die Vergangenheit oder an die Zukunft!«

Florence setzt die Flasche an den Mund und nimmt einen großen Schluck, ein wenig zu schnell, das Bier schäumt auf, läuft ihr über die Finger. Sie tut, als würde sie es nicht bemerken. »Das tun wir doch alle. Der Unterschied ist nur, dass ich Vergangenheit und Zukunft in einem Alfred-J.-Kwak–Rucksack mit mir herumtrug.«

Cedric lächelt und legt die Füße auf Florences Schreibtisch. So unauffällig wie möglich kontrolliert sie, ob er dabei nichts schmutzig macht. Dann legt sie vorsichtig die Hand auf die rote Vorderkappe seines Nike-Turnschuhs, als streichelte sie über das Maul eines Orcas. »Und du?«

○

»Pilot«, antwortet Stephan.

Und willst du das immer noch, oder hast du den Traum inzwischen aufgegeben?

»Ich will es immer noch! Aber ich war mehr oder weniger gezwungen, den Traum zu beerdigen, zählt das auch?«

Hast du oft gemalt, als du klein warst? Und Theater gespielt? Hast du gern Geschichten geschrieben? Das erzählen Schriftsteller, bildende Künstler und Schauspieler in Interviews nämlich immer: Von frühester Jugend an habe ich mich damit beschäftigt, ich malte, schrieb und spielte Theater. Aber lass dir gesagt sein: Die meisten Kinder tun das. Und die meisten werden hinterher keine Künstler. Trotzdem leiten die Leute ihre Gegenwart gern aus der Vergangenheit ab, wenn sie aus ihrem Leben erzählen; ohne solch einen Ursprung, solche Wurzeln, haben sie Angst, ins Wanken zu kommen. Welche Vorgeschichte aber hat dann ein Beamter, ein Gebäudereiniger oder ein Müllmann?

»Schon als Kind hab ich immer Pilot gespielt. Ich stellte drei Rattanstühle hintereinander, setzte meinen kleinen Bruder nach hinten und mich selbst auf den vordersten Stuhl. *Ready for take off!*, hab ich dann geschrien. Wenn ich jetzt drüber nachdenke, war das natürlich genauso gut Theater. Hätte ich also Schauspieler werden sollen, meinst du das?«

Das Leben kennt keine feste Ordnung, keinen Mechanismus, der einen ersten Impuls gibt und die Dinge in Gang hält – es gibt höchstens ein paar Umstände, die einen unterwegs aufhalten.

»Na denn, prost, amen!«

Im besten Fall sind wir es selbst, die unsere Pläne umlenken, wenn wir einen Traum gegen den anderen eintauschen – wann wusstest du, was du wirklich werden wolltest?

»Ich wollte nie etwas anderes werden als Pilot. Nicht wirklich zumindest. Ich hab eine Ausbildung gemacht. Vier Jahre, zwanzigtausend Euro pro Semester, kannst du dir ausrechnen, was mich das gekostet hat. ›Eine Ausbildung mit Jobgarantie‹, sagten sie bei den Werbeveranstaltungen, mit einem Abschluss könnte ich überall sofort anfangen, und ich glaubte das, wir alle glaubten das, sogar die Bank, jeder von uns kriegte einen

Kredit, ich und Boris und Alexander und Djodjo. Aber, na ja, dann kam alles ganz anders …«

Chaos, Willkür, Unordnung, Zufall; Dinge, die man oft mit Unrecht oder Ungerechtigkeit verwechselt. Manchmal denke ich, der größte Teil der menschlichen Frustrationen entsteht aus dem Pochen auf Gerechtigkeit, allerdings weniger anderen gegenüber als vielmehr darauf, *selbst* gerecht behandelt zu werden – von deinen Lieben, von unbekannten Dritten, von Vorgesetzten und leitenden Mitarbeitern in der öffentlichen Verwaltung. Aber so wie Unrecht auf Chaos beruht, gilt das für sein Gegenteil, Gerechtigkeit, auch: Jede Form von Ausgleich ist eine Illusion, da eigentlich vom Zufall verursacht … oh, oh – warum strebst du mit aller Gewalt etwas an, das doch nur auf Willkür beruht? Was würde geschehen, wenn du deine Sucht nach Gleichgewicht und Harmonie aufgeben würdest?

○

»Habe ich auch eine Sucht nach Gleichgewicht und Harmonie?«, fragt Maisie. »Im Moment hab ich vor allem eine Sucht nach Cognac Hennessy, glaube ich.«

Entschuldige, vielleicht schwadroniere ich ein bisschen zu sehr drauflos.

»Macht nix, ich bin ja einiges von dir gewöhnt, oder? Übrigens: Astronomin. Das wollte ich als Kind immer werden. Ich war mir ganz sicher, Abend für Abend guckte ich durch mein Spielzeugfernrohr, der Mond sah dadurch ein bisschen fleckiger aus, nicht einmal größer, glaub ich, aber das war meine Berufung, das Teleskop war meine Zukunft, ich wollte für immer durch dieses schmale Plastikrohr gucken, für den Rest meines Lebens – vielleicht fand ich das so schön, weil ich alles andere dann einfach nicht mehr zu sehen brauchte. Aber vielleicht auch nicht, denn so beschissen war meine Jugend überhaupt nicht!«

○

Stephan starrt aus dem Fenster.

Der Wein ist alle, soll er neuen holen? Er weiß nicht genau, wo der Bistrowagen ist, aber die Vorstellung, fünf, sechs Waggons durchqueren zu müssen, deprimiert ihn. Wenn er lange genug wartet, kommt der Mann mit der Minibar vielleicht noch mal vorbei.

Noch zwei Stunden, dann sind sie da. Die Landschaft wird schon hügeliger, immer weniger Häuser und immer mehr Kornfelder. Stephan hat das rosa Bällchen auf den Fensterrahmen gelegt, und da bleibt es, auch wenn es ab und zu bedenklich hin und her schwankt.

Was würde geschehen, wenn du deine Sucht nach Gleichgewicht und Harmonie aufgeben würdest?

Komme heut Abend nicht nach Hause, hat er Angelica geschrieben. *Und morgen, glaube ich, auch nicht.*

Entschuldige, vielleicht schwadroniere ich ein bisschen zu sehr drauflos.

»Überhaupt nicht! Schau, siehst du die Berge dort? Da fahren wir gleich drunter durch, glaube ich. Oder nein – wir *durchstoßen* sie einfach!«

SOMMER

IV

GELIEBTES WESEN, WEISST DU, ich denke, es ist so: Jeder von uns ist ab und zu Treibholz. Du, deine Mutter, deine beste Freundin, der Nachbar deines besten Freundes, dein alter Englischlehrer und auch die Frau, die jeden Morgen unter deinem Fenster ihren Hund Gassi führt; alle schaukeln zu einem bestimmten Zeitpunkt des Lebens auf einem großen, wogenden Ozean hin und her. Du lässt dich von den Wellen tragen und hier und da von Strudeln mitreißen, bis noch jemand im Wasser landet: eine Schiffbrüchige, die ihre Arme – und mit »ihren« meine ich zugleich »seine« – um dich schlingt.

Von da an schaukelt ihr gemeinsam auf den Wogen. Vielleicht schaut ihr zum Horizont, in der Hoffnung, dort einen Dampfer zu entdecken – oder vielleicht hast du die Hoffnung auch aufgegeben und richtest den Blick schon lange nicht mehr in die Ferne, sondern nur noch auf deine Schiffbrüchige, um zu sehen, wie schön sie ist, oder auch nicht.

Das ist keine unangenehme Situation, denke ich. Aus einem beliebigen Stück Holz auf den Wogen hast du dich in ein Floß verwandelt, in Treibholz mit einer Funktion, wichtiges Treibholz – wenn auch immer noch Treibholz.

Nur: Selbst wer weiß, dass er eigentlich Treibholz ist, hält sich häufig für auserwählt, vielleicht sogar für erkoren, sorgfältig ausgesucht wie das Holz sauteurer Möbel. Aber weißt du, was? Das stimmt nicht. Auserwähltes Treibholz ist ein Widerspruch in sich: Die Ertrinkende klammert sich an dich, weil sie salziges Wasser geschluckt hat und denkt, sie müsse ersticken. Und du treibst nun einmal zum Greifen nahe vorbei. Sobald ein stabileres Stück Treibholz auftaucht, mit größerer, leichter zu fassender Oberfläche – die Tür einer Kajüte zum Beispiel –, dann löst die Schiffbrüchige ihre klammen Finger, stößt sich von dir ab und fängt an zu schwimmen – außer sie ist ängstlich veranlagt, die See zu sehr aufgewühlt, die Kajütentür schon von anderen besetzt oder so weit entfernt, dass die Schiffbrüchige nicht mit Sicherheit feststellen kann, ob das Ding nicht umkippt, sobald sie versucht daraufzuklettern.

Bist du oft jemands Treibholz? Oder bist du die Schiffbrüchige? Oder, so wie die meisten, ein bisschen von beiden zugleich?

Und wärst du nicht gern etwas anderes? Der strahlende Dampfer am Horizont, ein gewaltiges Schiff mit Navigationssystem, mit Bordheizung und Rettungsbooten unter orangefarbenen Planen. Von mir aus, dann bin ich dein Co-Kapitän; mit einem Fernglas um den Hals liegen wir auf dem Vordeck, wo wir unsere Augen vor der allzu grellen Sonne zusammenkneifen, der Spiegelung ihrer Strahlen im blauen, glasklaren Wasser.

Es tut mir so leid, denkt Diek, aber er spricht es nicht aus. Maxie wird das nicht begreifen, Diek hat mal gelesen, dass Hunde den Begriff »Endlichkeit« nicht kennen. Sie denken, ihre jeweilige Situation dauere ewig. Geht ihr Herrchen neben ihnen, wird es immer neben ihnen hergehen. Verlässt sie ihr Herrchen, dann kommt es nie wieder – Hunde sind die ihrer Sache sichersten und darum am häufigsten enttäuschten Tiere. Diek macht in Maxies Leine einen doppelten Knoten: »Entschuldigung«, sagt er, er hört das Gejaule jetzt schon, das Gewinsel, als stecke Maxie irgendwo fest (die Klemme des Kummers?), das Bellen, manchmal (meistens nicht, Max ist ein braver Hund), das Reißen an der Leine – Diek spürt, wie sich sein ganzer Körper verhärtet, eine Festung gegen den herzzerreißenden Protest. Er steht auf und geht.

Es bleibt still hinter ihm.

Kurz vor der Schiebetür dreht er sich um. Max steht immer noch so da wie eben: Mit gesenktem Kopf starrt er auf das knarzende violette Bällchen vor sich am Boden.

Oh.

Das in ihm aufkommende Gefühl kann Diek nicht sofort einordnen. Ähnlich wie wenn er am Abend seine Anruf- und Nachrichtenprotokolle checkt, nur um festzustellen, dass es keine versäumten Anrufe und Nachrichten für ihn gibt. Schnell betritt er das Warenhaus, hinter der Schiebetür bleibt er einen Moment stehen, um sich zu orientieren, er spürt, wie der warme Luftstrom durch sein Haar fährt. Wie anders hier alles geworden ist!

Seit er Maxie hat, kommt er nur noch selten in diese Art Geschäfte (vielleicht sollte er sagen: seit Tillie nicht mehr ist, aber das läuft aufs Gleiche hinaus). Sie haben komplett umgebaut, das Erdgeschoss viel weniger chaotisch als früher, wenn auch nicht unbedingt einladender. Die Taschen stehen auf Sockeln; wer traut sich, so ein Ding noch in die Hand zu nehmen? Man befürchtet sofort, ein künstlerisches Arrangement zu verwüsten.

Auf einem großen Schild mit kleinen Buchstaben liest er, dass er in den zweiten Stock muss.

Die Rolltreppe endet vor einem Schrank mit teuren Holzobjekten, von denen man erst auf den zweiten Blick sieht, dass es Klorollenhalter sind. Golden gespritzte Klorollenhalter – die Handtücher liegen rechts davon, sieht er. Ordentlich zusammengelegt und gestapelt wie ein Satz Schulbücher. Diek lässt seinen Zeigefinger über die Rücken gleiten. Die Handtücher sind in verschiedenen Stärken, Größen und Stoffsorten erhältlich: lang-, rau- oder kurzhaarig – anders kann er es nicht beschreiben. Und dann natürlich: marineblau, hellblau, mintgrün oder vielleicht schwarz? Ist schwarz schick oder eher bemüht und darum ordinär? Diek nimmt ein schwarzes Handtuch vom Stapel und reibt sich damit über die Wange. Der Stoff ist rau wie eine Fußmatte, das ist gut, rau trocknet besser als weich.

Sie wollen duschen, eigentlich alle. Alle sieben Frauen, die in den vergangenen Wochen bei ihm übernachteten, fragten ihn morgens, manchmal sogar schon am Abend, wo die Handtücher lägen. Ihr merkwürdiger Eifer, sich nach dem Sex so schnell wie möglich zu waschen, verwirrte ihn zunächst. Hatte es ihnen nicht gefallen, wollten sie ihn von sich abspülen? »Ach, was«, hatte Malou gesagt, als er vorsichtig danach fragte, etwas mutiger geworden durch den Gin, den sie mitgebracht hatte. »Ich will einfach sauber sein, wenn ich neben dir liege.« Ja, beschloss Diek, das war es. Dufteten die Frauen einmal nach seiner Seife, wollten sie in der Tat nur noch eins: neben ihm liegen und seine Arme um sich spüren, wie hitzig sie zuvor auch gewesen waren. Und verwirrend hin oder her, die ersten paar Male war das Duschen auch für ihn ein willkommenes Ritual. Er merkte, dass es seine Transformation von Hugo zurück in Diek markierte. Seit der Nacht mit Malou beschloss er jedoch, dass er dieses blödsinnige Alter Ego nicht brauchte, nicht mehr – der Mann, der mit den Frauen Liebe machte, war derselbe wie der, der danach seine Arme um ihre duftenden Körper legte; wenn die Frauen ihn als Einheit erlebten, warum sollte er an diesem schizophrenen Getue festhalten? Es war Diek, der ihnen half, die manchmal etwas fummeligen Knöpfe und stets komplizierten Reißverschlüsse ihrer Blusen und Hosen zu öffnen (selbst die unmodischste Kleidung ist selten für ältere, steife Finger entworfen), und es war Diek, der ihre nackten, oft leicht gebräunten und sommersprossigen Rücken an sich drückte – bis der Wecker klingelte, er Toast für sie machte und ihnen zum Abschied nur dann seine Telefonnummer gab, wenn sie ihm ihre von selbst anboten.

Eine Frau hatte es gegeben – die jüngste, wohlgemerkt –, die sofort duschte, noch ehe sie miteinander geschlafen hatten. In Unterwäsche hatte sie sich an ihn gekuschelt und gesagt, sie wolle nur im Arm gehalten werden. Diek hatte das bereitwillig getan. Irgendwann in der Nacht jedoch hatte er sie losgelassen und sich in seine übliche Haltung begeben, Gesicht zur Wand, Arme um sein eigenes Kissen.

Diek legt das Handtuch zurück auf den Stapel. Nein, beschließt er, schwarz ist doch zu makaber, wahrscheinlich ist es auch nichts für Olga. »Kommen Sie zurecht?«, hört er eine Stimme neben sich. Er hat das Mädchen nicht herankommen sehen, die Augenbrauen bereitwillig erhoben und schmal wie Zahnstocher. »Kein Problem«, hört er sich murmeln. »Ich schau mich nur erst mal um.« Das Mädchen nickt und wendet sich ab, und Diek denkt an Olga, die heute Abend zum vierten Mal kommt.

Einmal ist er mit ihr essen gewesen, seitdem versucht er, den Kontakt tagsüber auf praktische Mitteilungen zum folgenden Treffen zu beschränken. Er will keine falschen Erwartungen wecken, will, dass beide sich an sein aktuelles Profil halten: *Hugo (Vorsicht: nicht mein richtiger Name) auf der Suche nach nächtlicher Gesellschaft* – fast so banal wie das schwarze Handtuch, das er gerade in Händen hielt, schon darum ist eine andere Farbe besser: gelborange, grau oder weiß also?

Weiße Handtücher erzeugen eine Hotelatmosphäre. Das passt vielleicht ganz gut, ist auf jeden Fall besser als die grauen, uralten Lappen, die er den Frauen momentan anbieten muss. Diek streicht über das oberste Handtuch und stellt sich vor, wie er und Olga morgen früh zusammen aus der Dusche kommen und diese dicken, weißen Handtücher dann bereitliegen: Sie werden sich fühlen wie im Urlaub, Urlaub ein neckischer Euphemismus für eine zeitlich begrenzte Situation – zeitlich begrenzt nicht nur das Hotelzimmer, sondern das Zusammensein insgesamt. Ja, weiße Handtücher geben genau das richtige Signal.

Diek muss durch die ganze Küchenabteilung, um zur Kasse zu kommen. Geschickter Verkaufstrick, denkt er, die Espresso- und Pastamaschinen blitzen verlockend, glänzende Küchenmesser kämpfen um seine Aufmerksamkeit, und es funktioniert: Braucht er nicht wirklich wieder mal richtiges Geschirr? In den vergangenen dreizehn Jahren ist seine Küchenausstattung ziemlich durcheinandergeraten. Gläser gingen zu Bruch, Teelöffel verschwanden, er bekam Dinge geschenkt, kaufte aber nie etwas dazu, legte höchstens mal einen Plastiklöffel aus dem Bahnhofsrestaurant in den Besteckkasten. Wer jetzt seine Schubladen aufzieht (und das tun Frauen morgens schneller als abends, als verschaffe das Beschlafen seiner Laken ihnen ein Vorrecht; jetzt, wo sie alle Unebenheiten seiner Matratze kennen, dürfen sie auch wissen, wo die Zuckerdose steht), findet ein Potpourri an Gegenständen, das eine gewisse Nachlässigkeit verrät. Wenn er seine Besucherinnen nicht wiedersieht, ist dieser erste Eindruck zugleich der letzte, und so will er ihnen nicht in Erinnerung bleiben – nicht jetzt, wo er ihnen vor dem Einschlafen jedes Mal seinen Namen zuflüstert.

Diek nimmt einen Karton aus dem Regal. Er klemmt

sich die Kiste unter den Arm und geht mit vier neuen Handtüchern und sechs Espressotassen zur Kasse.

○

Und los geht's, schon legen wir ab: volle Kraft voraus, tut, tut!

Kissen, Kissen, Kissen!

Jeder ist willkommen an Bord, gut hundert Passagiere passen an Deck; Leute, die glauben, dass du ihnen die Welt zeigen wirst, und wahrscheinlich haben sie recht. Denn du bestimmst, wohin die Reise geht, wohin sie gehen und auch ich – und warum nicht ans andere Ende der Welt, einen Ort, wo es Schildkröten gibt und kleine grüne Vögel, die ihre Nester in Felsspalten bauen.

Kissen!

Wie du weißt, bin ich nicht schwer. Du wirst unter meinem Gewicht nicht zusammenbrechen, und sollten die hundert anderen dir einmal zu viel werden, werde ich dich unterstützen, denn ich will nur, dass du endlich auf große Fahrt gehst.

Großer Freund?

Großer Freund, großer Freund, großer Freund!

»Ja, ja, ist ja schon gut!«

Fett? Fett, fett, fett, fett!

»Die sind für nachher.«

Schmerz am Hals.

Ich bin so neugierig, Liebes, wohin dein Schiff uns bringt!

Die Sonne steht günstig, aber es ist ruhig am Bootssteg; kommen Leute bei schönem Wetter hier wirklich noch her? Die Bretter fühlen sich hart an, viel härter, als Diek sie in Erinnerung hat, obwohl das gewiss mehr an ihm liegt als an den Brettern, vielleicht ist sein Hintern magerer geworden.

Maxie kennt diesen Ort nicht, aber er bleibt brav weg vom Wasser, natürlich, er wartet ergeben auf das, was da kommt, neben sich das Bällchen.

Ein kleiner Tritt, denkt Diek, und das Ding rollt ins Wasser.

Er holt die Verpackung der Hackfleischtaschen aus der glänzenden Tüte des Warenhauses. Max bricht sofort in freudiges Schwanzwedeln aus. »Stopp, Max, einen Moment!« Diek nimmt eine der herzhaften Taschen, die spröde Kruste glänzt wie der Panzer eines Käfers, er pult den Teig vom Fleisch und wirft ihn für die Enten ins Wasser; ach, stimmt ja – das ist nicht gut für sie! Es fällt ihm zu spät ein, zwei Blesshühner schießen darauf zu. »Hier, Maxie.«

Max schnappt ihm das graue Fleisch aus der Hand. In seinem Enthusiasmus lässt er es fallen, schlingt es aber hastig in zwei Bissen hinunter, als wäre es lebendig; eine zappelnde Ratte, die ihm jeden Moment wieder entwischen kann. Maxies Begeisterung rührt Diek. Die Leidenschaft, mit der das Tier sich immer wieder auf seine alltäglichen Aufgaben stürzt – rennen, fressen, sogar schlafen tut er mit völliger Hingabe, das Leben ist zugleich ein Fest und eine todernste Angelegenheit; eigentlich müssten wir es alle so machen. Er streicht seinem Hund über den Kopf, mit langen, langsamen Bewegungen. Max schließt die Augen vor Wonne, scheint selbst sein Bällchen für einen Moment zu vergessen. (Ein einziger Tritt.)

Auf der anderen Seite der Gracht sieht Diek einen Jungen und ein Mädchen. Ihre Beine baumeln über dem Beton der Kaimauer. Beide tragen Herrenschuhe und schwarze, enganliegende Hosen, beide haben eine Baumwollumhängetasche neben sich liegen – eine von der Sorte, in der man früher auf dem Campingplatz seine Klorollen zu den Toiletten mitnahm – und starren aufs eigene Handy.

Diek holt die zweite Fleischtasche aus der Tüte, nimmt einen Bissen, schaut dann zur Seite. Max starrt ihn an, wedelt schon wieder mit dem Schwanz, der Blick nicht so sehr fragend wie erwartungsvoll, logisch, warum sollten die Dinge jetzt anders laufen als eben? Schnell bricht Diek ein Stück von seiner Tasche ab und befreit das Hackfleisch vom Teig. Max winselt wie verrückt, das Mädchen auf der anderen Seite zeigt dem Jungen etwas auf ihrem Handy. Sie lachen – über das, was sie sehen, oder lachen sie jemanden an? Diek schaut wieder zu Max. Sein Fell strahlt im Sonnenlicht, ein herrlich gleichmäßiger, goldbrauner Glanz. »Na, komm!«

Max ist schwer geworden. Diek nimmt ihn denn auch nicht mehr oft auf den Arm. Früher, als Maxie noch klein war und sich vor allem, was einen Motor hatte, fürchtete, musste Diek das immer wieder tun, weil Max sonst mit eingezogenem Schwanz zitternd auf dem Radstreifen sitzen geblieben wäre; jetzt scheint Maxie vor allem erstaunt, neugierig vielleicht auch auf das, was sein Herrchen ihm jetzt wieder zeigen will. Diek setzt sich den Hund auf den Schoß. Max macht ein paar Schritte am Platz, wie eine Möwe, die Regenwürmer aus dem Wattboden klopft, dann lässt er sich fallen und gibt sich hin, lässt sich streicheln und von Diek drücken.

Das Mädchen auf der anderen Seite ist aufgestanden. Sie nimmt ihr Rad, klappt mit dem Fuß den Ständer hoch, der Junge trottet hinter ihr her. Was sehen die beiden, wenn sie zur anderen Seite hinüberblicken, zu ihm, fragt Diek sich. Und ist das etwas ganz anderes als das, was er sieht?

○

»Gib mal her!«

Alexandria! Wollen wir nach Alexandria fahren?

»Na, komm, für heute Nacht legen wir ihn beiseite.«

Alexandria liegt im Nildelta, wusstest du das?

»Maxie, jetzt lass doch mal los!«

Wir gehen flanieren in unseren Röcken am Wasser, frei zu tun, was immer wir wollen, und was wir wollen, ist natürlich flanieren.

»Jetzt mach keinen Heckmeck, Maxie – lass los!«

○

Diek ist der Arm eingeschlafen. Schmerz ist ein großes Wort, aber seine Schulter kribbelt, und er kann seinen Ellbogen kaum noch spüren. Er könnte seinen Oberarm unter Olgas Kopf wegziehen, dann wacht sie vielleicht auf, aber sie schläft bestimmt schnell wieder ein. Er tut es nicht, irgendwie fühlt es sich an wie Versagen, Olga jetzt loszulassen, als brächte er etwas nicht richtig zu Ende, hätte die Wand gestrichen, jetzt aber keine Lust mehr auf die Fußbodenleisten.

Heute Nacht hat sie ihm etwas geschenkt, und dafür will er sich revanchieren. Okay, das Schenken war gegenseitig, trotzdem hat er das Gefühl, als habe vor allem sie etwas für ihn getan, und er schulde ihr etwas, wenn auch vielleicht nur, weil er ein Mann ist und sie eine Frau. Dies ist seine Chance zu beweisen, dass er galant ist, charmant, ein toller Typ und ein guter Mensch; genauso gut wie die Männer, die sie vor ihm in den Armen hielten, ein besserer vielleicht sogar als die, die das nach ihm noch tun werden – ja, sollte er sie nach heute Nacht nicht mehr sehen, will er, dass sie mit Wehmut an ihn zurückdenkt, leichter Wehmut, Wehmut, die nicht wehtut, aber auf jeden Fall genauso groß ist wie die, die er beim Gedanken an sie verspüren wird.

Diek schließt die Augen. Er versucht, nicht an seinen Arm zu denken, an das Blut, das jetzt nicht mehr von seiner Schulter in die Hand strömen kann. Er stellt sich vor, wie sie hier liegen. Ein Mann und eine Frau in einem Bett, ein Hundekorb neben dem Fußende. Sie befinden sich in einem verdunkelten Schlafzimmer, in einem Haus, wie es noch mehr in dieser Straße gibt, Gebäude mit Zimmern wie diesem, wo Männer und Frauen zusammen im Bett liegen: Paare, die sicher viel öfter miteinander geschlafen haben, aber sich bestimmt nicht die ganze Nacht lang im Arm halten, ganz zu schweigen davon, dass sie gerade einen Liebesakt erlebt hätten wie er und Olga. Ja, Olga und er sind ein Mann und eine Frau in einem Bett, und das wollen sie so. Und wenn es auch nur für einen Moment ist. Sie wollen es so.

Diek öffnet die Augen, schaut auf seinen Radiowecker. Die Beschriftung auf den Druckknöpfen ist kaum noch zu lesen, das Ding steht schon seit Jahren dort auf dem Nachttisch, es muss noch von Tillie stammen: Oh, Tillie – die Gartenhandschuhe.

Mein Gott, ihre Gartenhandschuhe!

Es gab eine Zeit, da jeder Gedanke an sie – jede vage Erinnerung, jede plötzliche Assoziation – einen Mahlstrom in ihm auslöste, der jedes Mal wieder bei ihren Gartenhandschuhen endete: die Handschuhe, das letzte Relikt. Diese Zeit ist vorüber, doch jetzt sieht er sie zum ersten Mal seit Monaten wieder vor sich, die blauen Baumwollhandschuhe, die ihr so weit waren, dass es ihn immer wieder wunderte, dass sie nicht von ihren schmalen Händen hinabglitten, wenn sie die Begonien wässerte. Sie zog die Handschuhe aus und legte sie auf den Tisch, an jenem letzten gemeinsamen Nachmittag. Keine Stunde später sollte er sie in die unterste Küchenschublade stopfen, um sie nie wieder hervorzuholen.

»Ich will nicht mehr«, hatte Tillie gesagt.

»Das brauchst du auch nicht, der Garten sieht doch jetzt wunderbar aus!«

»Das meine ich nicht. Ich will nicht mehr hier wohnen, nicht mehr mit dir jedenfalls.«

Aber das Haus gehörte ihm, und so zog Tillie zu einer

Freundin, danach zu einer Schwester und zuletzt in eine kleinere Stadt, wo die Mieten bezahlbarer waren. Sie haben viel miteinander geredet damals; Tillie hatte das Auto bekommen, wollte sich aber nicht mehr mit ihm im Haus treffen, also verabredeten sie sich in Cafés an ihrem neuen Wohnort. Wenn er dann mit dem Zug nach Hause zurückfuhr, schwirrten Diek die Gespräche mit Tillie durch den Kopf wie der flüchtige Rauch einer Zigarette. Es war merkwürdig: Er bereitete sich auf ihre Begegnungen vor, schrieb sich Fragen auf und stellte sie auch, Tillies Antworten jedoch vergaß er jedes Mal sofort. Als hätte er nicht an einem gemütlichen Cafétisch gesessen, sondern beim Arzt, der ihm eine komplizierte Diagnose mitteilte, die ihn derart erschreckte, dass Ursachen und Folgen nicht mehr zu ihm ins Bewusstsein drangen. Nur der beunruhigendste Satz hallte ihm jede Fahrt wieder durchs Gedächtnis: *Kurz gesagt, ist es so, dass ich dich nicht mehr liebe, verstehst du?* Wie lange hatte sie das schon gespürt? Und wenn Liebe das wichtigste Kriterium war, um zusammenzubleiben, was waren dann die Kriterien für Liebe? Nein, sagte sie, es gebe keinen anderen. Nein, das wolle sie auch nicht, und nein, er habe nichts falsch gemacht – diese letzte Bemerkung lag ihm am schwersten im Magen. Da arbeitet man und kocht und schaut zusammen die Nachrichten, du trinkst ein Glas Port und fragst, wie ihr Tag war. Du machst einen Witz über die dämliche Krimiserie, die nach den Nachrichten kommt (deren Folge du aber trotzdem zu Ende schaust, weil die Geschichte, zugegeben, heute ziemlich spannend ist), jeden Abend vorm Schlafengehen gibst du ihr einen Kuss, und zum Hochzeitstag geht ihr zusammen in die Eisdiele, wo ihr in eurem ersten Sommer so oft herumsaßt: Du weißt, was für einen Geschmack sie nehmen wird, was für eine Waffel sie will und dass sie keinen Löffel braucht, und sie weiß das auch alles von dir; womöglich weiß sie alles über dich, und damit weiß sie genug. Sie will nicht mehr mit dir leben, und nicht, weil du etwas falsch gemacht hättest, nein, einfach aus dem Grund, weil du der bist, der du bist.

Nichts falsch machen und trotzdem verlassen werden, eine größere Niederlage ist nicht möglich, dachte Diek später, als sie sich schon längst nicht mehr trafen (weil sie gemeinsam der Auffassung waren, kein Bedürfnis mehr danach zu verspüren – sie zuerst, dann auch er, obwohl das in seinem Fall vor allem daran lag, weil sie kein Bedürfnis danach mehr bekundete; nicht dass er beleidigt gewesen wäre, er wollte nach all den Jahren, in denen er sie offenbar gegen ihren Willen geliebt hatte, einfach nichts mehr tun, wonach sie kein Bedürfnis verspürte, und zwar nicht aus dem Grund, sie so eventuell doch wieder zurückzugewinnen, sondern um sich nicht als aufdringlicher Ex vorkommen zu müssen).

»Du hast doch auch gespürt, dass es nicht mehr richtig gut lief?«

Bei diesen Worten in ihrem letzten Gespräch hatte Diek genickt; eine Lüge, nichts hatte er gespürt. Das heißt, er hatte nie lang über seine Gefühle nachgedacht, sich niemals gefragt, ob seine Zuneigung zu Tillie in den vergangenen Jahren stärker oder schwächer geworden war – als etwas Selbstverständliches hatte er ihr Zusammensein betrachtet, ihre Ehe als eine Kreuzfahrt mit unbestimmter Dauer. Man besucht das Sonnendeck, hängt ein bisschen am Swimmingpool oder an der Bar herum, und bloß, weil ein Tag mal etwas weniger aufregend ist, springt man doch nicht gleich über die Reling!

Ungefähr so hatte er über ihre Ehe gedacht. Obwohl er es schwierig findet, sich alle Gedankengänge aus dreißig Jahren wieder in Erinnerung zu rufen, es war ein komplett anderes Leben, das für seine Begriffe ebenso abrupt wie absurd geendet hatte. *Kurz gesagt, ist es so, dass ich dich nicht mehr liebe, verstehst du?* Tillie hätte ihm genauso gut erklären können, dass schon seit Jahren ein Blumenkohl auf seinem Oberarm wuchs.

Olgas Kopf wird immer schwerer, kommt es ihm vor. Ein Taubheitsgefühl breitet sich in seinem Oberarm aus. Olgas Kopf drückt eine Delle in seinen Körper. Er muss versuchen, noch ein bisschen zu schlafen. In zwei Stunden geht der Wecker, dann wird er aufstehen und die Kaffeemaschine anstellen, die neuen Tassen aus dem Schrank holen. Nach dem Frühstück wird er Olga ordentlich zur Tür bringen und die erst wieder schließen, wenn sie im Auto sitzt – wie die vorigen Male wird er kurz winken und dann die Zeitung von der Fußmatte nehmen.

Mit einem Mal ist Diek hellwach.

Der Grund ist nicht Unruhe, eher frohe Erwartung, beruhend auf Zufriedenheit. Wenn er Olga nicht liebt, liebt er immerhin ihren Körper. Er liebt es, diesen Körper an sich zu spüren, die Vorstellung, dass er, Diek, ihn wärmt, und dass ihr das gefällt, sie das liebt.

Er liebt den Hund in seinem Körbchen, er liebt dieses Zimmer. Er liebt es, dass sie jetzt hier zusammen liegen, er liebt Olgas Duft und den ihres schulterlangen schwarzen Haars; er liebt es, dass er all dies liebt, und plötzlich wird ihm klar, was das alles bedeutet: Immer noch liegt er in dem Bett, das Tillie vor dreizehn Jahren verlassen hat, aber jetzt liegt er hier anders als all die Zeit. Nicht mehr schicksalsergeben, sondern zufrieden, ja, vielleicht ist er seit Jahren nicht mehr so zufrieden gewesen, die Dinge passen wieder zusammen, sind genau so, wie er sie will: Es ist dieser Blumenkohl – mit Olgas Kopf auf seinem Oberarm ist der Blumenkohl auf einmal verschwunden.

○

Tut, tut! Und weiter auf großer Fahrt!

Tut, tuuuuut!

Ahoi!

○

Hat Olga zu Ende gegessen? Er ist sich nicht sicher. Eine Scheibe arme Ritter hat sie geschafft, die andere liegt auf dem Teller und wird langsam kalt. Hat sie keinen Appetit mehr? Oder ist sie eine von den Frauen, die beim Essen immer Pausen einlegen müssen, und die, wenn der Kellner sie fragt, ob er abräumen darf, die

Hand über den Teller halten – nein, danke, lassen Sie's noch einen Moment stehen –, als bräche nach dieser Mahlzeit eine Fastenperiode an, und sie müssten restlos alles verputzen, um die kommenden Wochen irgendwie zu überstehen. »Hast du zu Ende gegessen?«

»Oh«, sagt Olga. Leicht erstaunt schaut sie vom Teller auf, ihr Blick ein wenig entschuldigend, als hätte Diek sie aus einem unanständigen Tagtraum geweckt.

»Ich weiß nicht«, sagt sie, während sie die zweite Scheibe arme Ritter anschneidet. »Ich glaube, ich nehm noch einen Espresso. Wir haben es doch nicht eilig, oder?«

Diek schüttelt den Kopf. Nein, eilig haben sie es nicht, es ist Sonntag, sie müssen nirgendwohin. Die letzten Male musste sie morgens zur Arbeit, sobald sie weg war, fing sein Tag an; ein Tag, an dem er wenig zustande brachte, aber das war egal, die Müdigkeit ein fröhliches Relikt der vergangenen Nacht. Jetzt aber, wo Olga einfach nicht gehen will, macht sich der Schlafmangel brutal bei ihm bemerkbar: Die Nacht ist zu Ende, das Aufstehritual absolviert, aber es ist, als blieben sie im Kinoraum sitzen, obwohl das Licht längst wieder an ist: Beide sehen sie die leeren Colaflaschen auf dem klebrigen Boden, doch sie ist offenbar blind für die subtilen Signale des Servicemitarbeiters, der demonstrativ auf sein Handgelenk schaut.

Schon steht Olga vor der Anrichte. Sie stellt eine der neuen Tassen in die Espressomaschine. »Schönes Geschirr. Möchtest du auch einen?«

 »Nein, danke.«

»In Ordnung. Fährst du eigentlich noch in Urlaub?«

Er merkt, worauf sie hinauswill. Er hatte gehofft, sie würde begreifen, und er hätte seine Wünsche und Absichten ausreichend verdeutlicht. Da das aber offenbar nicht so ist, behält er seine Urlaubspläne lieber für sich: dass er einen Moment überlegt hat, Pieter in München zu besuchen, die lange Fahrt ihm zuletzt aber doch zu anstrengend vorkam – für Maxie, er wird langsam alt –, denn dann wird sie den Kopf schräg halten und auf eine Gelegenheit lauern, ihm von ihren Plänen zu erzählen (irgendwas mit Spanien oder Frankreich), ihn vielleicht sogar zum Mitkommen zu überreden, denn so viel habe er hier doch nicht zu tun, oder?

»Nein«, antwortet er darum, »ich bleib dieses Jahr gemütlich zu Hause.«

Olga nimmt einen Schluck Espresso. Wie absurd klein das Tässchen doch ist, der reinste Eierbecher. Wieder führt Olga den Eierbecher zum Mund, immer noch schweigend, mit ihren genüsslich geschlossenen Augen wirkt sie einerseits heiter, andererseits auch bescheiden. Als läge sie wirklich nicht mit irgendwas auf der Lauer.

»Und du?«, fragt Diek. »Wohin fährst du?«

»Na ja«, antwortet Olga und stellt die Tasse hin, behutsam, aber entschlossen, als sei es ihre Pflicht, sie in Sicherheit zu bringen, bevor sie ihre großartige Nachricht bringt, »eine Freundin von mir hat ein Haus in Frankreich, dahin fahre ich sonst immer, aber diesmal …«

Wenn sie nur nicht so nett wäre! Wäre sie distanziert, stünde er jetzt nicht da wie ein Barbar, Wüstlinge existieren nur dank guter Seelen, guter Seelen von Frauen, die dir eine zweite Tasse Kaffee anbieten und dich zu deinem Urlaub ausfragen – wie soll er seine Wünsche zu ihrer Beziehung denn *noch* klarmachen, ohne wie ein Grobian rüberzukommen, gibt es überhaupt einen Unterschied zwischen »wie ein Grobian *rüberkommen*« und »ein Grobian *sein*«?

»Ich muss gleich los«, sagt er.

»Wohin musst du denn?«

»Mit dem Hund Gassi.«

»Hier in der Gegend? Da komm ich mit!«

○

Kissen, Kissen, Kissen.

»Und wenn er es verschluckt? Es ist so klein!«

»Bis jetzt ist das noch nie passiert.«

Ein schöner Tag heute, nicht wahr?

»Kommt das aus dem Bällchen?«

»Offenbar.«

»Witzig.«

Wollen wir uns heute extra fein machen? Du mit Krawatte, ich mit Melone – und wenn uns jemand fragt, was es zu feiern gibt, sagen wir: dass wir so schick aussehen!

»Geht ihr diesen Weg jeden Tag?«

»Ja.«

Großer Freund?

»Herrgott, ist der süß!«

○

Diek biegt links ab.

»Och«, murmelt Olga, und auch Max scheint ein wenig verstört, läuft einmal ziellos im Kreis, trippelt Diek dann aber doch hinterher. Normalerweise folgen sie einfach dem Weg am Kanal: Dort darf Max von der Leine, und sie gehen die Strecke bis zur Brücke und dann zurück auf der anderen Seite. Dieser Weg aber dauert gut eine Stunde, und so lang will Diek neben Olga nicht mehr herlaufen, nicht noch eine Stunde reden, Dutzende einsilbiger Antworten geben – sie sind gerade erst losgelaufen, und schon ist ihre Freundlichkeit wie die Mittagssonne an einem Hochsommertag, ihre Wärme wird mit jedem Schritt unerträglicher.

Aber warum kommt dir das so vor, du alter Esel?, denkt Diek. Olga ist eine tolle Frau, warum gibst du ihr keine Chance? Eine Chance, so nennen sie das: »Weil die Liebe eine Chance verdient«, lautet der Slogan einer seiner Dating-Sites – eine merkwürdige Aussage, findet Diek. Ein schwieriger Jugendlicher, der durch seine Abschlussprüfungen rauscht, verdient eine Chance. Ein ängstliches Kätzchen, das seinem neuen Besitzer über die Nase kratzt. Ein junger Soldat, der sich bei einem Auslandseinsatz disziplinlos verhält, verdient eine, manchmal. Aber die Liebe ist kein Gesetzesbrecher, und Olga hat nie etwas falsch gemacht, Olga verdient viel mehr als eine Chance, denn sie ist lieb, bestimmt sehr fürsorglich und außerdem schön. Ihr Haar ist voll und dick und tiefschwarz; gefärbt vielleicht, aber man sieht es ihr nicht an, und sie hat eine gute Figur; anders als bei anderen Frauen in ihrem Alter quellen ihre Hüften nicht über den Hosenbund wie ein Soufflé über die Backform (nicht dass ihm das etwas ausmachen würde). Und okay, Olga ist nicht witzig wie Tillie, aber sie versteht seinen Humor, sie könnten also auf jeden Fall zusammen lachen, wenn er ihr eine Chance geben würde.

Diek schaut stur geradeaus, auf Maxies wedelnden Schwanz. Olga geht direkt neben ihm, er könnte den Arm jetzt um ihre Hüfte legen, das würde ihr gefallen, wie sehr wünscht sie es sich, ihre Hüfte hat seine schon ein paarmal berührt, aber er tut es nicht, er tut nichts, denn er hat das Gefühl, neben einer gespannten Falle herzulaufen, die bei der kleinsten Berührung zuschnappen wird.

An der Straßenecke bleibt Maxie stehen. Zitternd, mit eingezogenem Schwanz hockt er sich auf die Bordsteinkante. »Och, herrje«, sagt Olga. Sie geht zu ihm hin, und Diek folgt ihr, Maxie ist vielleicht müde, sie gehen viel schneller als sonst. Er kennt diese Gegend natürlich nicht, ein Wohnviertel, hierher kommen sie nie. Zum ersten Mal sieht Diek, dass der Imbiss auf der anderen Seite von einer Pizzakette übernommen worden ist, wahrscheinlich schon vor Jahren, die blauen Streifen auf der Markise sehen fahl aus, müssen schon mehrere Winter überstanden haben.

»Ich bin ganz baff, wie brav Maxie immer ist«, sagt Olga. Sie geht neben seinem Hund in die Knie und beginnt, Max über den Kopf zu streicheln, mit leicht massierenden Bewegungen, wie Frisöre manchmal unaufgefordert beim Haarewaschen. Max lässt sie gewähren, gibt sich aber nicht richtig hin, er zittert immer noch, hält das schnarrend vor sich hin plappernde Bällchen fest zwischen den Zähnen. Gut so, mein Junge, denkt Diek.

Dann aber legt Maxie sich doch auf den Bauch.

Diek spürt, wie in seiner Brust etwas aufquillt, schmerzhaft auf seine Lungen drückt und ihn dazu bringt, dass er nur noch auf die Motorroller der Pizzakuriere auf der anderen Seite starren kann. Das geht ihm immer so, eigentlich – bei Jacqueline, Sylvia, Marijke: Alle waren sie verrückt nach Maxie (oder taten zumindest so), und dann kraulten sie ihn hinter den Ohren oder streichelten ihm über die Schnauze, ohne um Erlaubnis zu fragen, als gehörte Max ihnen, als hätten sie die vergangenen dreizehn Jahre mit ihm verbracht (fühlen schwangere Frauen sich so, wenn jemand ihnen ungefragt die Hand auf den Bauch legt?), und Max war mit allem einverstanden, o ja! Er ließ die Frauen machen, und wenn sie ihn besonders schön kraulten, streichelten oder massierten, wedelte er mit dem Schwanz, schloss die Augen und legte sich auf den Bauch; manchmal sogar auf den Rücken, damit die lackierten Nägel sanft um seine Brustwarzen kreisen konnten. Wie süß! Wie goldig! Was für ein braver, lieber Hund!

»Schau mal, wie er das genießt!«, ruft Olga.

Ja, Maxie genießt es, in der Tat. Doch Diek stimmt der Anblick von Olga mit seinem Hund vor allem missmutig, der Anblick jeder Frau mit seinem Hund eigentlich. Vielleicht aufgrund der durchsichtigen Taktik, mit der sie sich über Max in sein Leben zu kraulen versuchen, vielleicht umgekehrt aber auch wegen des unguten Gefühls, sie könnten Max heimlich mehr mögen als ihn. Aber das ist nicht der einzige Grund für seine Verstimmung, es gibt noch einen anderen, weiß Diek tief drinnen, und der liegt bei Max. Maxies Begeisterung für jeden, der ihn auch nur ein wenig streichelt, die Beliebigkeit seiner Zuneigung; wie er da auf dem Bürgersteig sitzt, auf den schmutzigen Steinen den Straßenlärm an sich vorbeiziehen lässt, vollkommen glücklich über die Liebkosungen einer Wildfremden.

»Wir müssen weiter.«

»Warum machst du dauernd so eine Hektik?« Olga steht nicht auf, sondern fängt an, Maxie über die Ohren zu streichen, als wolle sie das glänzende Fell noch glänzender machen, und Maxie findet es herrlich, beginnt vor Wonne zu hecheln, lässt sogar das Bällchen aus seinem Mund fallen.

Diek wartet nicht. Er hebt den Ball auf und hält ihn hoch: »Schau mal, Max, hier!« Sofort steht Max wieder auf allen vieren, Olga zieht erschrocken ihre Hand weg. »Hol's!« Das ruft Diek sonst nie, wenn er den Ball zum Apportieren wegwirft.

Auf dem Fußweg am Kanal, wo Maxie fast unbegrenzt rennen kann, wird sein Lauf höchstens von jemand Entgegenkommendem gebremst; ein oder zwei Terrier vielleicht, geschickt weicht er ihnen aus, um sein Bällchen, sein geliebtes, sein ach so wichtiges flauschiges Bällchen vom Boden zu schnappen.

Aber das hier ist nicht der Weg am Kanal.

Das hier ist die Bloemstraat, die in den noch dichter befahrenen Roodborstweg mündet.

»Maxie, stopp!«, ruft Diek noch. Seine Stimme klingt seltsam: hoch und schrill. Und er ruft noch mal, aber der Ruf wird erstickt vom gellenden Kreischen der Frau neben ihm.

UND WAS, WENN MAN ES den Menschen ansehen könnte? Wenn ich dir ansehen könnte, wie sehr ich dich liebe, wie sehr andere dich lieben, wie sehr du geliebt wirst?

Dein Hinterkopf leuchtet auf, die Pracht deiner Aureole verrät, in welchem Maß du geliebt wirst. Jeder Hinterkopf würde leuchten, und sei es nur wegen des einen Moments, in dem jener Kopf einst auf die Brust der Mutter gelegt wurde – sollte die Mutter das Kind nicht geliebt haben, dann doch zumindest der Arzt, der es zur Welt brachte: der strahlende Hinterkopf der krönende Abschluss seiner gelungenen Mission!

Stehst du irgendwo im Stau, siehst du vor und neben dir Dutzende Hinterköpfe aufleuchten. In der Schlange im Supermarkt musst du das Gesicht manchmal abwenden, den Blick auf die Schokoriegel neben der Kasse richten, um nicht vom strahlenden Kopf vor dir geblendet zu werden. Auf Partys braucht man keine Festbeleuchtung mehr, bei all dem Licht aus den Köpfen, im Kino setzt man sich besser nicht hinter frisch verliebte Pärchen.

Macht ihr ständiges Leuchten es einfacher, die strahlenden Köpfe wie nette Reisegefährten zu sehen? Oder weichst du den am hellsten Strahlenden lieber aus, weil du denkst: Die blenden mich doch nur, außerdem sind die schon versorgt, mit Zuwendung, Zuneigung, Aufmerksamkeit und was sonst nicht alles!

Wie aber steht es mit den schwächer leuchtenden Menschen? Denjenigen, die nur einen blassen Schein von sich geben, die keine Freunde haben, keine Partner oder Verwandte, denjenigen, an die niemand mehr denkt, sobald sie den Raum verlassen? Ihr Glimmen ist zu schwach, um irgendwas zu erleuchten, existiert nur für sich selbst, wie ein gedimmtes Nachtlicht für Kinder. Oh, ich könnte es verstehen, wenn du dich von dieser Tranfunzel fernhieltest – niemand interessiert sich für den Hund, der als Letzter immer noch im Tierasyl sitzt.

Doch wenn du dich in ein dunkles Bad stelltest, wie weit reichte dann dein Schein? Wie stark würden die Kacheln erleuchtet, könntest du die Kalkablagerungen und Unebenheiten erkennen? Und dann auch die Fugen, den Mörtel, der die Fliesen zusammenhält?

Natürlich könntest du das! Solange ich neben dir liege oder vor dir, am Waschbecken. Aber wenn ich jetzt plötzlich verschwände, wie dunkel, geliebtes Wesen, würde es dann um dich?

○

Es muss eine Belohnung geben. Stephan ist es zu spät eingefallen, hektisch hat er eine Packung Mars-Minis gekauft. Sie hatten nichts Besseres im Supermarché, außerdem muss man den Preis teilen können – im ersten Moment schienen die Minis übrigens eine gute Idee. Jetzt aber, wo er sieht, mit wie viel Begeisterung (man könnte geradezu sagen: Leidenschaft) sich seine Gruppe auf die Schnitzeljagd stürzt, beginnt er auf einmal zu fürchten, der Preis könnte zu armselig sein oder jedenfalls in keinem rechten Verhältnis zu ihrer Anstrengung stehen. Er hofft, die Kinder werden nicht enttäuscht sein: den ganzen Tag durch den Wald gescheucht – und nichts als ein kleines Stück Schokolade?

»Ba-haaath«, brüllt Rohat und zeigt auf ein rotes Band an einem niedrigen Zweig, ein Band mit einer prächtigen Schleife. Die stammt von Christoph, denkt Stephan, er selbst macht lieber kräftige Knoten.

Die Kinder rennen Rohat hinterher. »Hnak!«, ruft der Junge, mit dem Finger zeigend, und spurtet, noch bevor sie den Baum richtig erreicht haben, schon weiter zur nächsten Schleife, die um den Stamm einer Eiche gebunden ist. Christoph muss Tempo vorlegen, um mit den Kindern Schritt halten zu können. Wie verabredet, geht Stephan als Letzter, obwohl es eher unwahrscheinlich ist, dass Kinder zurückbleiben – sie folgen Rohat wie eine Hundemeute, die einem weggeworfenen Tennisball hinterherjagt.

Stephan wirft Christoph einen fragenden Blick zu. Der erwidert den Blick, grinst und nickt: Ja, scheint er sagen zu wollen, das hier war wirklich eine gute Idee! Das Spiel ist ein Erfolg, sie haben es gut vorbereitet, die Kinder reagieren begeistert und sind alle gekommen – nun ja, soweit sie das sehen können zumindest.

Die Zusammensetzung der Gruppe ist jedes Wochenende anders. Es kommen Kinder dazu, und es verschwinden wieder welche, abgeschoben oder in eine andere Unterkunft verlegt oder einfach einen Samstag von den Eltern zu Hause behalten; Stephan fragt nicht mehr danach. Er will nicht mehr wissen, ob seine Bemühungen einen Sinn haben. »Bemühungen sind nie sinnlos«, würde Christoph doch nur erwidern. »Selbst wenn Kinder zurückgeschickt werden, hast du ihr Leiden einen Moment lang gelindert.«

Aber vergrößert man langfristig damit nicht gerade ihr Leiden? Ist das nicht so, als fütterten sie Mäuse, die ihr ganzes Leben von Pappe und Toilettenpapier gelebt haben, plötzlich einen Monat lang mit leckeren Karotten, wodurch ihnen, wird das Futter wieder umgestellt, erst richtig bewusst wird, wie schlecht es ihnen davor erging und wie schlecht es ihnen den Rest ihres Lebens wieder gehen wird?

»Diese Kinder wissen schon lange, wie ein besseres Leben aussieht«, hat Christoph damals geantwortet. »Ihr Land war auf allen Gebieten vollständig entwickelt!«

»Das weiß ich«, hatte Stephan darauf erwidert, »du erzählst mir nichts Neues!«

Zwei Jungs brechen in Gebrüll aus, Stephan sieht, wie Dellina erschrickt – die Jungen haben die nächste Schleife entdeckt, aber Rohat beansprucht auch diese für sich, indem er etwas lauter als die anderen brüllt: »Fwaaaq!« Und schon jagt die Kinderkarawane weiter, Sand stiebt unter abgetragenen Schlappen und Strandsandalen empor.

Erneut fällt Stephans Blick auf Dellina. Sie scheint sich nicht richtig wohlzufühlen heute. Jetzt lacht sie, schüchtern, aber ihr Gesichtsausdruck wechselt sehr häufig: Angst, Apathie und nervöse Fröhlichkeit huschen über ihr Gesicht wie ein Schwarm junger Fische. Sie ist auch etwas unsicher auf den Beinen, kommt es ihm vor: aus Furcht natürlich, von der wild voranpreschenden Meute, zu der sie wohl oder übel gehört, einfach überrannt zu werden. Mit einer Hand hält sie ihren etwas zu weiten Rock hoch, die glatte, glänzende Haut voll aufgekratzter Mückenstiche, eine Spur kleiner Grinde auf ihrem Arm; er wird ihr etwas Mückenspray geben, wenn sie nachher zurück sind.

Dellina ist am selben Tag angekommen wie er. Ihre Eltern haben es schwer mit der neuen Situation hier, hat Christoph erzählt. Aber schwer haben es hier alle, weiß Stephan.

Kurz nach seiner Ankunft hat er einen Tag lang beim Ärzteteam hospitiert, und Frau Doktor Claudel bekam den ganzen Morgen Besuch. Mütter in langärmligen Lycra-T-Shirts, alte Männer mit buschigen Brauen und Toilettenpapierschnipseln auf ihren Rasierwunden, Jungen, eine Unmenge Jungen, mit blauen, manchmal sogar violetten Ringen unter den Augen. In schlechtem Englisch erzählten sie von Kopfschmerzen, Bauchweh und Rückenproblemen. Doktor Claudel tippte alles Mögliche in ihren Laptop, gab ihnen ein paar Streifen Ibuprofen und dem einen oder anderen ein A4-Blatt mit Bauchmuskelübungen. »Sie müssen vor allem ihre Geschichte loswerden können«, erklärte sie. »Es ist wichtig, dass du ihnen zuhörst.« Stephan hatte genickt und zugehört, obwohl die Geschichten anders waren, als er sich vorgestellt hatte, merkte er. Nie drehte es sich um Schleuser, Überfahrten oder lange Fußmärsche, verlorene Verwandte oder bombardierte Schulen, nein, auch außerhalb des improvisierten Sprechzimmers reden die Leute vor allem von Brustbeklemmungen, Schmerzen in den Beinen und Schlafschwierigkeiten durch Stechen in den Augen.

Die ersten paar Nächte lag Stephan wach, mit Schmerzen in der Brust und Stechen in den Augen. Inzwischen schläft er besser. Das liegt an den Kindern, vermutet er. Anders als ihre Eltern scheinen die Jüngeren sich ziemlich leicht mit den neuen Lebensumständen abzufinden; die neue Umgebung ist für sie möglicherweise wie Socken zum Geburtstag – es gibt schönere Geschenke, aber sie legen sie brav in die Schublade und ziehen sie an, sobald es jemand von ihnen verlangt.

»Dellina!«, flüstert Stephan. Das Mädchen dreht sich um. Sie kann nicht älter sein als sechs Jahre, macht aber fast immer ein ernstes Gesicht. Sie ist einen Kopf kleiner als ihre Altersgenossen. Stephan spürte sofort, dass sie besondere Zuwendung braucht.

»Alles in Ordnung bei dir??«, fragt er.

Natürlich weiß er, dass Dellina ihn nicht versteht, aber Christoph sagt, es sei gut, trotzdem mit den Kindern zu sprechen, weil sie die Bedeutung am Tonfall erkennen (wie Hunde, dachte Stephan sofort, hütete sich aber, das laut zu äußern).

»Gut gemacht, gleich sind wir am Ziel!«, sagt er.

Und Dellina nickt, als verstünde sie ihn tatsächlich oder merkte auf jeden Fall, dass er ihr ein Kompliment macht.

»Toll!«, rief er, als sie in der Bastelstunde ihr erstes Hexentreppchen gefaltet hatte. »Gut so«, sagte er, als sie zusammen Tannenzapfen sammelten. »Jaaaa!«, jauchzte er, als sie am folgenden Tag ein Tor schoss, auch wenn keine Gegner auf dem Platz waren und er Dellinas Freistoß nicht ganz aus Versehen zwischen seinen Beinen hatte durchrollen lassen.

Gestern, in der Origamistunde von Madame Blanchard, kam Dellina aus freien Stücken zu ihm. Sie war durch den ganzen Spielraum gelaufen, um ihm ihren Papierflieger zu zeigen. Er nahm ihre Hand, und zusammen ließen sie das Ding fliegen, sie lachten, als es sofort eine Bruchlandung machte, die Nase zusammengestaucht wie der Balg eines Akkordeons. Sofort faltete Stephan einen neuen Flieger, schmaler und dadurch stromlinienförmiger, und nahm Dellina, mehr oder weniger gegen die Regeln (aber nun ja!), mit in den Flur, damit sie eine längere Landebahn hätten. Dort zeigte er ihr, wie sie den Flieger werfen müsse – mit konzentrierter Kraft, nicht nach oben –, und siehe da: Das kleine, gelbe Ding segelte durch den ganzen Flur, bis es mit einem kleinen Plumps vor den Toiletten landete: »Yes!«, hörte Stephan sich rufen, und es war ein Gefühl, als hätte er etwas gewonnen, wenn auch nicht in der Lotterie oder mit einer Wette, nein, der Anblick von Dellinas schüchtern-fröhlichem Gesicht löste eine ganz neue Art Freude in ihm aus, Freude, weil er Freude geschenkt hatte: Er hatte keinen Preis gewonnen, offenbar war er selbst dieser Preis.

Die wilde Jagd kommt zum Stehen. Schon eine Weile trollen sich die Kinder am selben Ort herum, selbst Rohat kann die nächste Schleife nicht finden. Wie ein kleiner Umweltinspektor geht er, Hände hinter dem Rücken, auf dem Waldweg hin und her.

»Wo hängt es?«, fragt Stephan flüsternd.

Christoph lacht, eher überlegen als verschwörerisch diesmal. Er kneift die Augen zusammen und zeigt wie die tückische Katze im Zeichentrickfilm mit den Pupillen auf den Boden. Das nächste Band hängt nicht an einem Baum, sondern ist mit einer großen Schleife um einen Kiesel befestigt: ein winziges Geschenk von einem Kobold.

»Ob sie das finden?«

Christoph zuckt mit den Schultern.

»Müssen wir ihnen nicht helfen?«

Christoph schüttelt entschieden den Kopf. Bloß nicht, scheint er sagen zu wollen. *Amai, hoe komt ge erbij ...* – dieser flämische Besserwisser!

Immer öfter ärgert sich Stephan über Christophs Sturheit. Als ob alle anderen Lösungen (seine Lösungen) eine Überlegung nicht einmal wert sind. Aber vielleicht kann Christoph nicht anders, vielleicht erlaubt sich jemand, der an Gott glaubt, einfach nie Zweifel; Niederschläge auf der Seele – Gefahr von Erosion oder so.

»Aaaah!«, ruft Rohat und rennt zu dem Kiesel. Die anderen laufen wieder brav hinterher, wenn auch langsamer als zu Anfang des Spiels, ermüdet vielleicht durch die Unterbrechung. Stephan merkt es selbst: Bleibt man eine Sekunde zu lang stehen, saugt der warme Untergrund einem alle Energie aus den Knochen – he, wo ist Dellina geblieben?

Ah, da ist sie, sie geht jetzt ganz hinten. Sie schaut fast gar nicht mehr auf, versucht kaum noch, die nächste Schleife zu finden. Für sie ist diese Exkursion natürlich wieder nur eine Pflichtveranstaltung – wer weiß, wie viele quälende Fußmärsche sie im vergangenen Jahr schon hat durchmachen müssen.

Schnell holt Stephan das rosa Bällchen aus seiner Tasche. Mit ein paar Schritten ist er bei ihr. Er tippt ihr auf die Schulter, das Mädchen dreht sich um: Stephan fasst sich an die Nase und macht ein Gesicht, als ginge es ihm sehr schlecht. Dellina schaut leicht verschreckt, dann aber zieht Stephan das flauschige Bällchen aus einem Nasenloch – das war es also, das komische Ding hat da drinnen gesteckt!

Schüchtern beginnt Dellina zu lachen. Stephan zeigt ihr das Bällchen von nahem (lässt sie es aber nicht anfassen) und denkt an die Tüte Mars-Minis. Gleich, wenn Rohat die Tüte im Baumstamm gefunden hat, wird er darauf achten, dass die Schokohappen gerecht verteilt werden. Er wird die Tüte selbst aufreißen und ein, vielleicht zwei davon in seinen Rucksack stecken. Sobald sie zurück sind, wird er sie Dellina geben, an einem unbeobachteten Ort, irgendwo hinter den Baracken – Stephan sieht ihr dankbares Lächeln jetzt schon vor sich.

Es ist ja auch schwierig. Was ist, wenn zwei Menschen zusammen im Bett liegen – zur Abwechslung mal ein Mann und eine Frau –, und sie leuchtet heller als er? Es würde ihm den Schlaf rauben. Und er würde sich fragen, warum sie so strahlt. Ist das sein Verdienst? Und wenn dem so ist, warum liegt er dann wach und nicht sie – ist sein Licht etwa weniger hell? Und liegt das dann daran, weil er sie mehr liebt als umgekehrt, oder ist sie bei ihren Freunden und Kollegen einfach superbeliebt? Vielleicht ist sie eine von denen, die in der Firma immer für den angeschnauzten Praktikanten eintreten, Plätzchen backen, wenn jemand Geburtstag hat, und zu ihrem eigenen Geburtstag Sekt mitbringen. Oder vielleicht hat sie einfach eine sehr große Familie. Brüder und Schwestern, Onkel, Tanten und Cousinen, die sie bei jeder Familienfeier fragt, wie es ihnen geht; als Einzige weiß sie genau, womit jeder Einzelne sich gerade beschäftigt, fragt nach der Beförderung, dem Hausumbau oder dem Ergebnis der Blutuntersuchung. Verschickt sie viele Weihnachtskarten? Dann kann es auch daran liegen. Immer wenn jemand dankbar die Karte aufklappt und ihren Namen in Goldbuchstaben unter einem glitzernden Weihnachtsbaum liest, strahlt das Licht auf ihrem Kopf ein klein wenig heller.

Ihrem Mann nutzt das natürlich nichts. Er möchte schlafen. Vielleicht sollte er einfach Möglichkeiten zählen statt Schäfchen: Möglichkeiten, sein Licht genauso hell leuchten zu lassen wie sie, und sei es nur darum, weil sie dann wenigstens *zusammen* wachliegen.

Liebes, schläfst du allein heute Abend? Vielleicht ist

das auch ruhiger. Und glaub mir, solange du neben mir liegst, bedeutet »allein« in Wahrheit »zusammen«: In der Zwischenzeit trage ich eine Schlafmaske gegen dein gleißendes Licht.

○

Wer holt Nachschub? Céleste reißt die letzte Dose aus dem Plastik und steckt es sich in die Tasche, damit es nicht wegweht, vom Wind über die Wiese der ehemaligen Ferienanlage getragen, über den Zaun, in den Wald.

»Ich geh schon«, sagt Stephan, *j'y vais!,* und er steht auf – dann sind Céleste und Christoph mal einen Moment lang allein. Er hat den Eindruck, dass zwischen den beiden was läuft. Wie sie ihn immer in die Seite stupst, auch wenn sie gar nichts Besonderes sagt … Sollte Christoph nicht interessiert sein, wäre das Pech für Céleste, ist er interessiert, haben die beiden natürlich längst schon gefickt – ja: *gefickt* –, das Bier hat Stephan übermütig gemacht. Mit festen Schritten geht er zu den Baracken.

Viele Bewohner sitzen noch draußen, von den zusammengestellten Klappstühlen her kommt Stimmengewirr. Wenn man es nicht besser wüsste, könnte man meinen, man sei hier auf einem Campingplatz. Das Gelände ähnelt ein wenig dem Ort, wo sein Vater jahrelang jeden Sommer hinfuhr, die Baracken stehen nach Größe und Komfort einem Caravan in nichts nach. Der Unterschied ist natürlich, dass die Leute die Caravans zu sechst, manchmal auch zu acht bewohnen. Und dass die Caravans hier keine Räder haben.

Stephan betritt die Mitarbeiterbaracke. Sie ist genauso groß wie eine für die Bewohner, aber er braucht sie nur mit Christoph zu teilen. Manchmal, wenn Christoph sich vor dem einzigen Spiegel rasiert und Stephan durch die Kontakte in seinem Handy scrollt, um so zu tun, als warte er nicht, stellt er sich vor, sie würden in dieser Bude zu sechst hausen. Drei Paar Beine baumeln von den oberen Doppelstockbetten, der vierte Mann sitzt ihm gegenüber – alle starren auf ihr Handy, warten darauf, dass Christoph mit dem Rasierer aufs Waschbecken tickt, um den Schaum abzuklopfen. Wenn es so weit ist, springen alle Männer gleichzeitig auf, stoßen mit den Bäuchen zusammen und können die Körper der anderen nicht mehr ignorieren, und sei es nur darum, weil sie einander jetzt riechen: Schweiß, Morgenatem und der ständige Geruch von Drehtabak in ihren Haaren. Bei der ersten Führung durch die Anlage hatte Madame Deffontaine ihm eine bewohnte Baracke gezeigt. Sie stieß die Tür auf, es sei ja niemand da. Von dem Gestank schlug er die Hand vor Nase und Mund, und Madame Deffontaine hatte genickt: »Zum Glück riechen sie es selbst nicht mehr, sie haben sich daran gewöhnt.«

Stephan setzt sich aufs Bett und schaut auf sein Handy. In den Baracken ist der WLAN-Empfang besser als draußen, aber auch hier hat er keine neuen Nachrichten. Das stört ihn nicht. Angelica hat er erzählt, er recherchiere hier für sein Buch, sonst würde sie seine

Aktion niemals verstehen. Ob er je darüber schreiben wird, muss sich noch zeigen, und die Zukunft entscheiden zu lassen erscheint ihm eine gute Idee – jetzt tut er das, wovon er den Eindruck hat, dass er es tun muss, und das fühlt sich verdammt gut an.

Er schaut auf das Foto von Angelica, in der Kopfzeile seiner letzten Nachricht. Er hat es, auf mehrfaches Bitten, verschiedenen Freiwilligen und ein paar Jungs am Pingpongtisch gezeigt. Als die mit Daumen und Zeigefinger versuchten, Angelicas Bild zu vergrößern, überkam ihn echter Stolz. Er selbst betrachtet das Foto jeden Abend vor dem Schlafengehen. Wenn Christoph sein Nachtgebet murmelt, holt Stephan sein Handy hervor und schaut seiner Freundin, *seiner* Freundin, in die Augen – wie ein Soldat, stellt er sich vor, auf Auslandseinsatz für die gute Sache, sein einziger Besitz ein geriffeltes Foto von seinem Mädchen und ein Tornister voll feuchter Uniformklamotten. Dann sieht er plötzlich wieder Angelica vor sich, als er und sie frisch verliebt waren und er ihr so gerne beim Schlafen zusah: ein atmendes, wundervolles Geschenk, das, obwohl es ziemlich überraschend bei ihm abgegeben worden war, die Unruhe verjagte, die ihn sonst bei jedem Wachwerden quälte – schon wieder ein Tag, an dem er es endlich schaffen musste! Ein Blick auf Angelica verschaffte ihm in jenen ersten Monaten das Gefühl, dass er auf jeden Fall irgendwas richtig gemacht hatte.

Er weiß nicht mehr, wann dieses Gefühl anfing zu schwinden. Aber das tat es, wahrscheinlich jedes Mal etwas mehr, wenn er sich klarmachte, dass es sich auflöste.

Stephan steht auf. Sein Bett knarrt, ihm graut davor, heute Nacht wieder auf der weichen Matratze zu schlafen. Er öffnet die Kühlbox unter dem Waschbecken, sie haben noch einen ganzen Sixpack. Vielleicht ist das zu viel, es ist schon spät, er bezweifelt, dass er noch mal zwei Bier schafft. Trotzdem nimmt er alle sechs Dosen mit. Er ist älter und weiser und außerdem Pilot, sie erwarten das von ihm.

Draußen muss Stephan sich wieder ans Dunkel gewöhnen. Die Baracken sind kaum noch von der Umgebung zu unterscheiden, haben etwas Unheimliches bekommen, lauernde Feindestruppen, die jeden Moment zuschlagen können. Stephan hört Lachen, Frauenlachen – ist das Céleste? Die meisten Bewohner der Anlage sind Männer, die Frauen, die hier sind, haben Kinder, und Mütter sitzen abends nicht draußen. Der Stromgenerator ist schon ausgeschaltet für heute, in den Baracken sind die Frauen wahrscheinlich mit Taschenlampen zugange.

Stephan starrt über die Wiese. Dellinas Familie wohnt irgendwo links, nach den Spielen am Nachmittag sieht er sie meist in die Richtung davongehen. Ist Dellina ein Einzelkind, und bedeutet das, dass sie ein Bett für sich allein hat? Oder schläft sie bei ihrer Mutter auf der Matratze? Stephan stellt sich vor, wie ihre Mutter sie in den Schlaf singt, in einer Sprache, die hier nur innerhalb der vier Spanplatten ihrer Unterkunft gesprochen wird. Er hört die Mutter summen, sieht, wie Dellina die Augen schließt. Und plötzlich spürt er seine Augen tatsächlich feucht werden – wie würde er in Angelicas Achtung steigen, wenn sie ihn jetzt sehen könnte?

Doch wenn du dich in ein dunkles Bad stelltest, wie weit reichte dann dein Schein? Wie stark würden die Kacheln erleuchtet, könntest du die Kalkablagerungen und Unebenheiten erkennen?

»Hier, hier sind wir!«

Jetzt ist es wirklich fast dunkel, Christoph und Céleste zwei gesichtslose Vogelscheuchen auf einer ansonsten leeren Wiese. Stephan setzt sich auf den Klappstuhl ihnen gegenüber, reicht jedem ausgestreckten Arm eine Dose Bier.

»Danke«, sagt Céleste.

Die darauffolgende Stille klingt wie ein Fragezeichen.

Irgendwas ist. Wollen sie lieber allein sein?

»Alles in Ordnung?«, fragt Stephan, während er seine Dose aufreißt.

Tschk!, schallt es über das verlassene Gelände.

»Ich habe Céleste erzählt, dass du Pilot bist«, sagt die rechte Vogelscheuche. »Aber sie glaubt mir nicht.«

»Christoph!«, ruft die linke.

»So«, sagt Stephan. »Ihr glaubt also nicht, dass ich Pilot bin.« Seine Stimme klingt ruhig und voll Autorität, findet er selbst; die Umrisse ihm gegenüber scheinen zusammenzuzucken, sich aneinanderzudrängen wie ein altes Ehepaar auf einer Parkbank.

»Na ja, ich dachte, wenn du Pilot bist, warum bist du dann hier?«

 Wie alt ist diese Céleste? Zwanzig, gerade mal so?

»Es gibt keine Arbeit«, sagt Stephan. »Zu viele Leute mit einer Pilotenausbildung und zu wenige Stellen in der Luftfahrt.«

Die Vogelscheuchen schweigen.

»Ich bin also arbeitslos. So ist das.«

Ja. *So ist das*. All die Zeit hat er Gelegenheiten gemieden, bei denen Leute ihn danach fragen konnten – alle Gelegenheiten also, bei denen er anderen Menschen begegnen konnte –, aber jetzt, wo es endlich heraus ist, empfindet er nicht einmal Scham. Erleichtert ist er auch nicht, höchstens irgendwie stolz, wenn auch nicht wie über einen Erfolg, eher wie jemand, der nach einem falschen Verdacht seine Unschuld beweist: Nach Aufforderung leert er die Taschen – und seht: Da ist wirklich nur sein eigenes Portemonnaie!

»Die Krise«, hört Stephan sich sagen – *that damn crisis*. »Fluggesellschaften wollen nur noch erfahrene Leute, Piloten, die regelmäßig Flugstunden nachweisen können, aber wie soll ich das machen, wenn ich keine Arbeit habe?«

Stephan nimmt einen Schluck Bier, die Vogelscheuchen kleben immer noch zusammen, sagen nichts, bewegen sich auch nicht; für einen Moment glaubt er wirklich, zwei Puppen gegenüberzusitzen, die Bäuche aus Jute, Stroh im Kopf, die Hände ausgestopfte Gartenhandschuhe.

»Wir haben die Flugschule verklagt. Die hätte niemals behaupten dürfen, dass wir mit der Ausbildung eine Anstellung in der Tasche hätten. Und wir haben gewonnen, unser Geld zurückgekriegt, weil wir nämlich im Recht waren: Man darf Leute nicht bewusst in die Arbeitslosigkeit ausbilden, ein Leben ohne gottverdammtes Ziel, ohne irgendeinen Sinn!«

Stephan erschrickt vor seiner Heftigkeit – die Vogelscheuchen müssen es auch gehört haben, aber sie schweigen.

»Und jetzt bin ich also hier.« Stephan nimmt noch einen Schluck, das Bier ist inzwischen lauwarm, aber er hat auf einmal einen Mordsdurst. »Und jetzt bin ich hier. So wie ihr, oder?«

○

Das Bällchen sagt: Los, Stephan, komm. Komm her und leg mich aufs Waschbecken.

Das geht nicht, antwortet Stephan, Christoph wird gleich aufstehen.

Ach was, sagt das Bällchen, Christoph ist nicht da, wir sind allein, nur du und ich. Leg mich aufs Waschbecken, dann siehst du mich leuchten, und ich sehe auch dich, ich will herausfinden, wie viel Licht das zusammen ergibt.

Ich sehe nichts, sagt Stephan, alles ist dunkel.

Das kann nicht sein, sagt das Bällchen, nein, da stimmt etwas nicht.

Wo bist du denn?

Ich bin hier.

Und warum sehe ich dich nicht?

Keine Ahnung. Aber dreh dich mal um, damit ich deinen Hinterkopf sehen kann.

Ich spür meinen Körper nicht mehr.

Versuch es trotzdem.

Wie soll ich das machen, ich kann meine Beine nicht mehr spüren, meine Arme sind weg.

Versuch es trotzdem.

Ich habe mich umgedreht. Es bleibt dunkel.

Da stimmt etwas nicht.

Genau, da stimmt etwas nicht.

○

Er sieht sofort, dass Dellina keinen guten Tag hat. Sie sitzt an einem großen Tisch; rechts von ihr zwei Jungen (der eine heißt Aziz, den anderen kennt Stephan nicht), die brav einen Kreis aus ihrem gefalteten Blatt Papier schneiden, links von ihr zwei Mädchen, die sich unter dem Tisch etwas angucken (auf einem Handy vielleicht?).

Dellinas Schultern ragen eben so über die Tischkante. Sie sitzt vornübergebeugt, ihr Blick ist auf das blaue Papier vor ihr gerichtet, sie schaut es an wie von einem anderen Stern, als wäre es soeben vom Himmel gefallen und auf wundersame Weise direkt vor ihren Augen gelandet.

Sie ist natürlich müde, denkt Stephan. Wie er hat sie schlecht geschlafen. Sie lag auch auf so einer weichen Matratze, auf einem Sprungfederrahmen, der bei der kleinsten Bewegung rasselte wie ein Glücksspielautomat. Die paar Bier hatten dafür gesorgt, dass er gestern Abend schnell einschlief, doch nach ein paar Stunden schreckte er aus dem Schlaf. Er drehte sich um, warf die Decke von sich, holte sie aber wieder zurück, als sein Schweiß sich nicht mehr klamm, sondern eiskalt anfühlte – er hatte so eigenartig geträumt.

Wo bist du denn dann?

Ich bin hier.

Und warum sehe ich dich nicht?

Keine Ahnung.

Inzwischen hat er drei Becher Kaffee getrunken, der kaum Wirkung zeigt, das Koffein hilft ihm, die Augen offen zu halten, aber er merkt, dass das Zeug ihn zugleich aushöhlt: ein toter Körper unter Strom. Er versteht darum genau, wie es Dellina heute Morgen geht. Könnte er ihr das nur sagen: Ich verstehe dich, ich versteh haargenau, wie du dich heute fühlst!

Stephan geht zum Basteltisch. »Guten Morgen, Dellina!«

Aziz und sein Freund hören sofort mit dem Ausschneiden auf und schauen hoch.

»Nein«, sagt Stephan, »Dellina!«

Erst jetzt hebt Dellina den Kopf (das schwere, erschöpfte Köpfchen, die Ärmste!) und schaut, offenbar einigermaßen erschrocken, auf Stephans ausgestreckten Finger.

Stephan geht in die Knie, so dass Dellina ihm in die Augen sehen kann. »Bist du müde? Ich schon – meine Güte!« Er tut, als würde er gähnen, klopft mit der flachen Hand auf seinen übertrieben aufgesperrten Mund wie ein Indianer im Zeichentrickfilm. Die Jungs fangen an zu kichern. Dellina blickt wieder zurück auf den

Tisch, und Stephan muss plötzlich an den Tag denken, als seine Mutter ein kleines Kätzchen nach Hause mitbrachte. Das Kätzchen war sofort unter dem Küchenschrank verschwunden, und Jay und er hatten sich davor auf den Boden gelegt. »Lasst es in Frieden«, hatte seine Mutter gesagt, »es hat eine lange Reise hinter sich.« Jay hatte natürlich sofort aufgegeben, aber Stephan blieb liegen, erzählte, ein Stück Salami in der Hand, von den Düsenjägern der Luftwaffe und den Kernwaffenversuchen von Präsident Mitterrand, und ein paarmal maunzte er leise, schob seinen Arm unter den Schrank, damit das Kätzchen an seinen Fingern riechen könnte. Er hatte so lang dort gelegen, bis das Kätzchen hervorkam und ihm die Salami aus der Hand schnappte, worauf Stephan sich fühlte, als hätte er etwas bewiesen, und zwar nicht so sehr seiner Mutter oder seinem Bruder, sondern dem kleinen, misstrauischen Tier.

Stephan schaut sich um. Am anderen Ende des Raums steht Madame Blanchard. Sie zeigt einer Gruppe von Mädchen, wie man ein Auge ausschneidet.

Stephan wendet sich wieder Dellina zu und nimmt ihre Kinderschere vom Tisch. Nur die Spitzen seines Daumens und Zeigefingers passen durch die Löcher. Mit leicht zittrigen Fingern beginnt er, einen Kreis aus dem gefalteten Blatt zu schneiden, doch dann überlegt er es sich anders: Ein Kopf ist doch eher oval! Er setzt die Schere erneut an und schneidet eine Art Ei – warum schaut Dellina nicht zu ihm, zeigt nicht bewundernd auf seine Hände, streicht mit den Fingern über das zusammengelegte Papier, wie letztens, als sie zusammen den Flieger gefaltet haben? Stattdessen starrt sie auf den Tisch, den Blick etwas abgewandt, damit sie seine Hände nicht sehen muss. Liegt das an der Müdigkeit? Oder ist es etwas anderes? Vielleicht ist sie eingeschnappt wegen der viel zu langen Schnitzeljagd gestern – hat sie Angst, gleich noch so einen Gewaltmarsch machen zu müssen?

Stephan legt das blaue Oval vor Dellina auf den Tisch. »Schau«, sagt er, »das bist du!«

Zum ersten Mal ist er froh, dass sie ihn nicht versteht.

»Ya!«, ertönt es da neben ihm, und etwas tippt ihm auf den Ärmel. Stephan schaut auf zu Aziz. Der zeigt auf sein Ohr, der Junge neben ihm rollt mit den Augen – was wollen sie von ihm?

»Gleich«, sagt Stephan, »gleich. Einen Moment!«

Ihm wird plötzlich heiß, er bekommt einen Krampf in den Waden, dieses Hocken ist unangenehm, aber er will noch nicht aufgeben.

»Bahath!«, ruft Aziz nun – wie kann eine Jungenstimme nur so schrill sein?

»Jetzt warte doch mal!«

Aziz macht ein böses Gesicht. Dellina schaut noch verschreckter als eben. Stephan wollte, er könnte ihr irgendwas geben, ein Stück Salami, ein Mars-Mini vielleicht, er wühlt in seiner Tasche – na ja, dann eben das.

Stephan legt das rosa Bällchen auf seine Handfläche und hält es Dellina vors Gesicht. Endlich hat er ihre

Aufmerksamkeit. Vorsichtig nimmt Stephan das Bällchen, als packe er einen jungen Tiger im Nacken, und legt es auf das blaue Oval: Dellina folgt seiner Bewegung, dem ganzen Weg von Handfläche bis Tisch. Ganz langsam (na los, komm schon!) kriecht ihr Arm unter der Tischplatte hervor. Ihre Hand nähert sich dem Bällchen, Stephan spürt sein Herz schneller schlagen (dieser verdammte dritte Kaffee!), er betrachtet Dellinas rotlackierte Nägel, sieht, wie sie vorsichtig den Zeigefinger streckt und ein paarmal über die Haare des Bällchens streichelt.

Aziz und sein Freund haben ihre Scheren beiseitegelegt. Auch die Mädchen rechts haben aufgehört zu schwatzen. Alle Kinder schauen jetzt auf das Bällchen auf dem blauen Oval: rosa Popstar auf einer leeren Bühne.

Sag doch was, denkt Stephan, rede, zeig, was du kannst.

Aber das Bällchen sagt nichts. Es liegt einfach da.

Schnell beginnt Stephan, mit dem Daumen über die Härchen zu streicheln, aber das finden die Kinder natürlich nicht spannend (rede!). Aziz greift wieder zu seiner Schere, und Stephan sieht, wie Dellinas Gesicht sich verfinstert, die Neugier ihrer Enttäuschung Platz macht.

Kennst du die Geschichte von Hiob und Satan? Auf katholischen Schulen wird die ziemlich häufig erzählt. Sie geht ungefähr so: Hiob war ein reicher und glücklicher Mann, er hatte eine Frau und zehn Kinder und besaß Unmengen Land und ein riesiges Haus, in dem zu allen Mahlzeiten Wein auf den Tisch kam. Jeden Abend vor dem Schlafengehen dankte Hiob Gott für seinen Wohlstand. Danke, sagte er, dass du mich so reich beschenkt hast. Auch sagte er Gott jedes Mal, dass er ihn sehr liebe. Letzteres aber, nun ja, das glaubte Satan ihm nicht.

Stephan schaut Dellina an. Über ihr erschöpftes Gesicht geht ein Leuchten, der Fels vor dem Grab scheint weggeschoben, so dass endlich etwas Licht hineinkann; jetzt lacht Dellina, jetzt, wo sie merkt, das Bällchen kann *reden*.

Satan und Gott schließen eine Wette. Gott sagt: Hiob liebt mich. Satan: Nein, er tut nur so, denn er fürchtet dich und deine Macht. Gott und Satan beschließen, Hiob auf die Probe zu stellen, und von dem Moment an wird der arme Mann von einer Katastrophe nach der anderen getroffen: Seine Söhne sterben, sein Reichtum verschwindet, und von einem Tag auf den anderen ist sein ganzer Körper mit eiternden Blasen übersät – stell dir vor: eiternde Blasen!

Dellina kreischt staunend auf, ihr fröhliches Lächeln zaubert auch bei Stephan ein Lächeln hervor, und sie lächelt noch stärker, und auch er lächelt noch mehr – wie sie ihn jetzt anschaut! Plötzlich sieht er im rechten Augenwinkel etwas vorbeischießen.

»Weg!«, ruft Stephan, und gerade noch rechtzeitig kann er Aziz' Hand wegschieben – streicheln ist noch in Ordnung, aber er will absolut nicht, dass die Kinder das Bällchen in die Hand nehmen, dass jemand anders als er es sich ans Ohr hält. Das Manöver hat ihn aus dem Gleichgewicht gebracht; er stößt sich das Knie am

Tischbein, muss sich anders hinhocken, um nicht umzufallen.

Als Stephan aufblickt, ist Dellina verschwunden. Das blaue Oval ist leer.

STELL DIR VOR, LIEBES, ich würde dir einen Füllfederhalter in die Hand drücken? So ein dickes Ding aus Holz, mit einer roten Griffmulde vorne und einem roten Knubbel hinten, wie du ihn in der Grundschule hattest. Ich gebe dir so einen Stift und bitte dich, etwas über dich zu schreiben, in Form einer Geschichte: Wie würdest du anfangen? »Es war einmal ein Junge«, oder: »Es war einmal ein Mann«? »Es war einmal ein Mädchen«, oder: »Es war einmal eine Frau«?

Vielleicht würdest du die Worte benutzen, die andere dir, ausgehend von deinem Alter und Geschlecht, aufdrängen. Du bist der, den die anderen in dir sehen, außer du bist allein, dann musst du selber entscheiden, ob du ein Junge sein willst oder ein Mann, ein Mädchen oder eine Frau – ist das der Grund, warum du so gern allein bist?

Oder bist du gerade darum so gern mit anderen zusammen?

Ich kannte mal einen Mann – jedenfalls nannten andere ihn so, und ich *bin* »andere« –, der verwandelte sich jedes Mal, sobald er nach Haus kam, die Tür seiner Eckwohnung hinter sich zuzog, die Schuhe abstreifte und die Krawatte losband, in einen kleinen Jungen: Mit jedem Schritt Richtung Küche ging er ein Jahr zurück in der Zeit, erzählte er mir.

Um das zu verstehen, musst du wissen, dass dieser Mann draußen, bei seinen Kollegen in der Kantine, zwischen den Autos im Stau und in der Kassenschlange ein älterer Mann war. Da nannten die Leute ihn »Alter« oder »Mein Herr«: »Mein Herr, Sie haben ihre EC-Karte vergessen«, »Alter, jetzt gib doch mal Gas!« Und nicht nur die anderen schrieben ihm diese Identität zu. Fiel sein Blick aus Versehen – immer aus Versehen – im Supermarkt auf die Tür des Gefrierfachs, schaute der Mann in der Scheibe ihn verschreckt an: Herrje, ein erwachsener Mann! Und dann öffnete er schnell die Tür, holte den Magnumbecher Schokoeis mit Karamellstreuseln heraus und eilte in seinen engen Schuhen nach Hause – um das Eis schnell in den Kühlschrank zu stellen, sagte er sich, aber das war nicht der einzige Grund. Er wollte vor allem gern nach Hause zurück, weil er dort jemand anders sein konnte. Nicht der Mann, der ihn aus der Gefrierfachtür anstarrte, sondern der Junge, der er immer gewesen war. Nur bei sich zu Hause, fern anderer Augen, konnte er dieser Junge sein. Der Junge, der sich fragte, warum man Cornflakes nicht auch zu Mittag essen konnte. Der Junge, dem wichtig war, was seine Mutter dachte, der die Olivenstückchen aus der Spaghettisoße fischte, der über den Film lachte, in dem ein Kanarienvogel eine Katze tyrannisiert; der glaubte, dass er – und nur er – niemals sterben würde.

Dieser Mann erzählte mir auch, dass er sich immer

für etwas Besonderes gehalten hatte. Aber ich weiß, genauso wie du vielleicht: Das denken Männer immer. Ich glaube nicht, dass dieser Mann so viel anders ist als andere Leute. *Jetzt* fühle ich mich erwachsen, höre ich sie – und auch dich – manchmal sagen. Als sei Erwachsensein ein Gefühl, ein Bewusstseinszustand wie Glück: Ich fühle mich glücklich – wer das sagt, versucht, etwas dem Wesen nach Flüchtiges in Worte zu fassen, denn Glück ist eine Rakete, die schon wieder herunterfällt, während du noch auf sie zeigst. Jetzt fühle ich mich erwachsen: Morgen wird dieses Gefühl wieder vorbei sein.

Eines Tages jedoch kommt der Moment, wo du nicht mehr seufzt: Jetzt fühle ich mich erwachsen, da dieses Gefühl nun einen permanenten Zustand betrifft, so wie diejenige, die immer glücklich ist, das nicht mehr eigens feststellen muss – glaubst du das?

Ich glaube das nicht! Denn niemand fühlt sich permanent glücklich und niemand permanent erwachsen, aber diejenigen, die sich ab und zu immer noch heimlich »jetzt erwachsen« fühlen, schweigen wahrscheinlich, weil sie ein bestimmtes Alter erreicht haben, in dem diese Empfindung nicht mehr mit dem übereinstimmt, was andere sehen, wenn sie an ihnen vorbeigehen: Die nämlich sehen keine heranwachsenden Mädchen und schon gar keine Jungen, sie sehen Männer und Frauen, junge Frauen vielleicht oder gut erhaltene Männer, aber unverkennbar Erwachsene.

Lass dir gesagt sein, Kleines: Erwachsenwerden heißt zu erkennen, dass die Rockstars zu der Zeit, als du sie bewundertest, genauso alt waren wie du jetzt. Erwachsenwerden heißt also verstehen, dass es da nicht so viel zu bewundern gab, die Rockstars können nicht klüger gewesen sein als du heute. Erwachsenwerden heißt, dich zu fragen, ob es vielleicht jüngere Leute gibt, die jetzt zu dir aufschauen, und dir mit einem Schock einzugestehen, dass das so ist – oder eben nicht.

Jungsein heißt glauben, dass etwas erwerben Erwachsenwerden bedeutet, oder zumindest, dass Erwachsenwerden mit Erwerben einhergeht, dem Erjagen eines Jobs, eines Hauses samt Haustier, einer großen Liebe vielleicht – wer jung ist, sieht Erwachsensein als Belohnung für ein volles Sammelalbum.

Erwachsenwerden heißt erkennen, dass Erwachsenwerden zwar tatsächlich mit Erwerben einhergeht, dass du aber mit allem, was du erwirbst, zugleich auch etwas verlierst. Erwachsenwerden bedeutet, an einem Marktstand Platz nehmen und tauschen, samt dazugehörigem Feilschen. Gib mir einen Job, und ich gebe dir meine Zeit, schenk mir ein Kind, und ich gebe dir meine Freiheit, gib mir ein paar zusätzliche Jahre, und ich verliere meine gute Kondition, meine Gesundheit, meine Mutter und meinen Vater, vielleicht auch meine große Liebe.

Je länger du auf diesem Markt stehst, desto weniger Transaktionen werden noch stattfinden, weil du alles, was es zu erwerben gibt, irgendwann erworben hast, und alles, was es zu verlieren gab, verloren – obwohl ich nicht sagen möchte, dass ein verlassener Marktstand für vollendetes Erwachsensein steht. Wer nichts mehr zu geben oder zu bekommen hat, ist nicht erwachsen, sondern einfach nur alt.

Erwachsenwerden heißt somit weniger, die Hoffnung aufzugeben, als vielmehr, Illusionen zu verlieren: dich mit der Diskrepanz abzufinden zwischen dem, was du hast, und dem, was du gern hättest; dem, der du bist, und dem, der du gern wärst. Doch welcher vernünftige Mensch kämpft nicht dafür, jenen Unterschied so klein wie möglich zu halten? Jung sind wir, solange wir versuchen, diese Lücke zu schließen. Und ich weiß, dass du immer noch kämpfst, und ich hoffe, dass du nicht zu schnell aufgibst.

Ich bin da, um dir dabei zu helfen, das weißt du. Ich werde an deinem Marktstand stehen und allzeit Ausschau halten nach guten Geschäften, ich werde all deinen Transaktionen zusehen und meine Stimme erheben, sobald das nötig sein sollte – und nicht nur das.

Du bist der, den die anderen in dir sehen, und »die anderen« bin ich. Und so werde ich die Augen zudrücken, wenn du, wie der Mann mit dem Schokoeis, wieder mal sein möchtest, wie du immer schon warst, und ich werde sie öffnen, wenn du der sein willst, der du immer hast sein oder werden wollen – denn glaub mir: In meinen Augen bist du das schon.

○

Hat sie dieses Mädchen schon mal gesehen? Vielleicht eine Freundin von Maisie. Dann hat sie womöglich auf Maisies Geburtstag mit ihr geredet, obwohl es auch sein kann, dass sie anderen kreativen Mädchen ähnlich sieht, *allen* anderen, wohlgemerkt, ach, diese Mädchen, die Mädchen mit ihren Kragen, ihren Herrenschuhen, den zerzausten Haarknoten.

»Herzlichen Glückwunsch, Laura!«

Das Mädchen auf dem hölzernen Podest lächelt, nimmt ihr Masterdiplom mit einem Nicken entgegen. Die Verleihung erfolgt nicht alphabetisch, stellt Florence fest. Ginge es nach dem Alphabet, müsste Maisie längst auf dem Podium stehen. Aber sie sitzt noch, ganz vorn neben ihren Kommilitoninnen und Gästen an diesem Nachmittag. Das Blond wächst langsam heraus, ein roter Streifen verläuft auf ihrem Scheitel, als wäre jemand mit einem breiten Pinsel Plakatfarbe darübergegangen – mehr kann Florence von ihrem Platz aus nicht sehen; sie sitzt in dem kleinen Bibliothekssaal ganz hinten.

Laura (nein, sie kennt das Mädchen doch nicht) geht zurück an ihren Platz. Florence beginnt höflich zu klatschen, sie hat lange gezögert, ob sie heute Nachmittag kommen sollte.

Sie würde auf jeden Fall kommen, darüber hatten sie öfter gesprochen.

»Ich hoffe, dass das mit dem Abschluss noch irgendwann mal was wird.«

»Das hoffe ich auch.«

»Und warum?«

»Dann feiern wir bei McDonald's.«

Und Maisie hatte genickt und gelacht, aber was dachte sie damals wirklich? Manchmal fürchtet Florence, Maisie wusste damals schon, dass sie zu ihrem Studienabschluss nicht mehr zusammen sein würden. In dem Fall müssten sich bei jedem Nicken, jedem Lächeln, jeder Zustimmung (»und bestellen vierundzwanzig Chicken Nuggets!«) ein paar schwarze Moosfäden aus ihren Eingeweiden gelöst haben und aufgestiegen sein, bis ihre Lungen so überwuchert waren, dass sie nicht mehr atmen konnte, jedenfalls nicht, wenn *sie,* Florence, in der Nähe war – ja, denkt sie manchmal, so muss es gewesen sein. Und überkommt dieser Gedanke sie nachts, lässt sie wieder einmal nicht schlafen, tut sie, was sie damals, als es ihr *wirklich* schlechtging, im Kurs »Stressbewältigung und Atemtechnik« gelernt hat: Sie stellt sich vor, sie würde Maisies schwarz überzogene Lunge in eine Kiste packen und den Schlüssel in einen schnell fließenden Fluss werfen.

Als Florence heute Morgen aufstand, wusste sie übrigens noch nicht, ob sie heute Nachmittag herkommen würde. Als sie ihre neue Bluse anzog, ebenfalls noch nicht, es schien ihr nur eine gute Idee, heute adrett auszusehen, unabhängig von ihrem Entschluss – obwohl ihr ganz tief im Inneren womöglich schon klar war, dass diese Kleiderwahl die Entscheidung beeinflussen würde. Als sie etwas früher als üblich von der Arbeit wegfuhr, wusste sie immer noch nicht, wie diese Entscheidung aussehen würde, und als sie sich in das Bistro schräg gegenüber der Universitätsbibliothek setzte, dachte sie noch, sie könnte einfach nur mit den paar anderen Gästen den Zug blumenbewaffneter Jungakademikerinnen samt Eltern am Fenster vorbeiziehen sehen und nicht viel mehr dabei denken als: Mein Gott, wie lange ist das her, dass ich mir so erwachsen vorkam!

Um fünf Minuten vor fünf stand Florence dann aber doch auf. Mit zitternden Fingern legte sie einen Zehner auf den Tresen, ohne Wechselgeld zu verlangen, und verließ das Lokal.

Natürlich ist es in dem kleinen Saal schrecklich heiß. Florence hat Mitleid mit den Jungen und Mädchen, die ihre Jacketts anbehalten, vermutlich aus Scham für die Schweißflecken an ihren Blusen und Hemden. Maisies Eltern sieht sie nicht (ob die sie erkennen würden?), aber Maisies Freunde sitzen links vorn. Wenn Robbie und Layla sich jetzt umdrehten, könnten sie sie vielleicht sehen. Sollte sie ihnen nachher begegnen, kann sie immer noch behaupten, sie sei wegen ihrer Nichte Laura gekommen.

Ich bin hier wegen Maisie, wie ihr.

Auch das könnte sie sagen. Ich will Maisie applaudieren, weil sie es geschafft hat, ich will es feiern, wenn auch nicht zusammen mit ihr (und, na ja, ich möchte natürlich auch sehen, wer bei der Gelegenheit neben ihr sitzt).

Maisies Freunde haben sich in Schale geworfen. Es rührt Florence: Layla mit ihren langen, silbernen Ohrringen, die ihren Hals noch ranker aussehen lassen, Robbie in seinem leuchtend blauen Jackett. Sie hat schon öfter mit ihnen geredet, zumindest auf Maisies Geburtstag und auch bei der Nikolausfeier. Layla wollte ein Semester in China verbringen, hatte aber Angst, dort keine Freunde zu finden, Robbie hatte gerade sein Studium beendet und wusste nicht, ob er seine Freundin noch liebte – hallo, liebe Layla, wie war es in China?, und: Robbie, hey, sind du und deine Freundin noch zusammen? Vielleicht wird sie das nie mehr erfahren. Und eigenartig, denkt Florence, während sie ebenso bewundernd wie verstohlen Laylas Ohrringe betrachtet, sie hatte diese Leute wirklich gemocht, und sie mag sie noch immer, aber ihre gemeinsame Geschichte hörte einfach auf, weil ihr Kontakt zu Robbie und Layla ausschließlich auf ihrer Beziehung zu Maisie beruhte, ein Nebenprodukt. Kontakt aus zweiter Hand sozusagen, Robbie und Layla waren Freunde auf Zeit, die sie – wie die Bücher und Jogginghosen, die sie von Maisie geliehen hatte – hinterher zurückgeben musste, obwohl diese Übergabe, anders als die der Jogginghosen, nie real stattgefunden hatte; stillschweigend war sie vor sich gegangen, als sie Maisie zum letzten Mal an sich gedrückt hatte und damit auch ihre eigenen Freunde wiederbekam. Kein einziges Mal haben ihre Freunde gesagt, dass sie Maisie vermissen. Robbie und Layla vermissen sie bestimmt auch nicht – der Mietvertrag ist abgelaufen, und keinem macht es was aus, vielleicht stört Florence das noch am meisten, jetzt, wo sie Layla und Robbie da vorn sitzen sieht. Der selbstverständliche Gleichmut, mit dem sie den unausgesprochenen Abschied offenbar hingenommen haben, war das Produkt ihrer Solidarität zu Maisie und damit der x-te indirekte Beweis von Maisies Gleichgültigkeit. Hey, Layla, übt Florence in Gedanken, warst du eigentlich in Hongkong?

○

Es ist gut geworden. Das weiß sie auf jeden Fall. Kaum hatte er das dritte Kapitel gelesen, hatte ihr Betreuer, Professor Broekhuizen, ihr das gemailt: Das ist das Beste, was du bisher geschrieben hast! Dass sie ihren Namen gerade übersprungen haben, kann also nur eines bedeuten: Gleich wird sie, wahrscheinlich zusammen mit Taylor, nach vorn gerufen werden, um ihr Cum laude entgegenzunehmen.

Oder sie haben sie einfach vergessen, das kann auch sein.

Maisie lässt ihre Hand in die Jacketttasche gleiten (das Jackett ist viel zu warm, ausziehen geht aber nicht, denn darunter hat sie natürlich Schweißflecken). Behutsam tastet sie nach den Härchen des Knäuels. »Maaike Veenen«, ruft Professor Broekhuizen in ein knackendes Mikrophon, und ein paar Köpfe drehen sich um – offenbar wollen auch Leute, die Maaike nicht kennen, sie von ihrem Platz aus nach vorn gehen sehen.

Das ist es nun also, denkt Maisie. So lange hat sie sich danach gesehnt. Seit sie mit der Masterarbeit angefangen hatte, fieberte sie dem Tag entgegen, da sie diesen Brocken endlich hinter sich hätte. Verrückt eigentlich, denn die Arbeit an sich machte ihr Spaß – solange sie schrieb jedenfalls. In allen anderen Momenten graute ihr davor, ihren Laptop zu öffnen (aus Angst vielleicht, das Schreiben könnte ihr heute und womöglich für alle Zeit nicht mehr gelingen?). Gleichzeitig verursachte Nichtstun ein bohrendes Schuldgefühl; der Gedanke, dass noch etwas zu Ende gebracht werden musste, quälte sie wie entzündetes Zahnfleisch:

In schwachen Momenten loderte das Gefühl auf, und sie spürte Unruhe im ganzen Körper pochen – zu Anfang nahm sie lieber eine Handvoll Schmerztabletten, als ihre Zähne einmal gründlich mit der Zwischenraumbürste zu putzen, schaute lieber eine Serie im Fernsehen, als die Datei ihrer Masterarbeit zu öffnen; erst in den letzten zwei Monaten hatte sie fast in einer Tour geschrieben, und als der Abgabetermin näher rückte, bekamen alle Handlungen rund um die Fertigstellung einen fast rituellen Charakter.

Heute beginne ich das letzte Kapitel. Das ist der letzte Abschnitt, der letzte Satz, die letzte Fußnote, der letzte Punkt: . Heute entwerfe ich das Deckblatt (darf man wirklich erst ganz am Schluss machen), jetzt füge ich der E-Mail das Attachment hinzu – jetzt ist es weg! Ein ganzes Jahr Arbeit endlich verschickt, und heute ist der Tag, an dem ich meine Masterarbeit abgeschlossen habe.

Nein, hielt Maisie sich auf einmal vor Augen. So weit war es noch nicht. Ihre Arbeit war noch nicht gelesen, vielleicht müsste sie noch etwas ändern, es würde noch Wochen dauern, bis ihr Studium auch wirklich, ganz offiziell zu Ende wäre. Zu ihrem eigenen Erstaunen beruhigte diese Vorstellung sie irgendwie. Sie hatte noch ein bisschen. Wofür, wusste sie nicht. Aber sie hatte noch etwas Zeit.

Maaike Veenen kehrt an ihren Platz zurück. Sie macht kleine, eilige Schritte, als sei es ihr peinlich, denkt Maisie; ihr großer Moment ist vorbei, jetzt will sie vor allem nicht zu viel Zeit beanspruchen, der Kommilitonin nach ihr nicht die Aufmerksamkeit stehlen. Maisie kennt dieses Gefühl, aber sie wird es anders machen. Beherrscht aufstehen, jedem Mitglied der Prüfungskommission fest die Hand drücken, ihre Urkunde ruhig in Empfang nehmen und entschlossenen Schritts wieder an ihren Platz zurückgehen – so hat sie es sich vorgenommen.

Sie drückt das Bällchen, aber nicht zu fest (bloß nicht!). Drückte sie es zu Anfang wie einen Tennisball, hält sie es jetzt wie ein Küken, ein wehrloses Wesen mit zerbrechlichen Knochen und einem Hals, der sich mit Daumen und Zeigefinger zudrücken lässt. Gestern fand sie wieder ein weißes Haar auf ihrem Pullover, letzte Woche sogar ein ganzes Büschel auf ihrem Kopfkissen. Seither trägt sie das Knäuel in einem kleinen Lederbeutel bei sich und legt es nachts nicht mehr neben sich auf das Kissen, sondern in ein Döschen, in dem sie früher ihr Bettelarmband aufbewahrte. Vielleicht ist es Einbildung, aber sie hat den Eindruck, das Bällchen spricht immer leiser. In den vergangenen Tagen musste sie es sich regelrecht ans Ohr halten, um es noch verstehen zu können, obwohl das auch an ihr liegen könnte, sie war erkältet, vielleicht ist ihr Gehörgang verstopft – sie hoffte es, oh, sie hoffte es so sehr, als das Bällchen gestern Abend auf einmal wieder zu plappern begann, wenn auch leise: Erwachsenwerden heißt zu erkennen, dass die Rockstars zu der Zeit, als du sie bewundertest, genauso alt waren wie du jetzt. Sie hatte Musik aus ihrer Schulzeit aufgelegt, Songs, die sie damals oft spielte, während sie sich die Nägel schwarz lackierte, in der Hoffnung, Chrissie aus der Zehnten würde sie endlich bemerken. Als sie gestern die rauen Frauenstimmen wiederhörte, war sie mit einem Mal wieder fünfzehn und einsam, die Sängerin, die von Pferden und Malibu sang, so viel älter und weiser als sie und die Einzige, die sie verstand, und obwohl sie sich jetzt viel besser fühlte als damals, war sie nicht unbedingt froh, dass diese Zeit vorüber war, und dachte voller Zuneigung an die Sängerin, die trotz ihres Alters immer für sie da gewesen war, verspürte aber auch ein gewisses Bedauern, dass sie als Teenie nicht etwas mehr aus jener Zeit gemacht hatte, und später als Studentin vielleicht auch nicht: mehr ausgegangen war, mehr getanzt, mehr geknutscht hatte, öfter auf Hauspartys gegangen war, wo man in unerwarteten Kombinationen das elterliche Himmelbett stürmte, wie in den Filmen, die sie in jener Zeit so gern schaute, wenn sie daheim auf ihrem Zimmer, natürlich allein, mit feuchten Wattestäbchen schwarze Lackreste von ihren Fingernägeln rubbelte.

Morgen ist es vorbei, dachte Maisie gestern Abend. Aber dieses Ende war zugleich der Anfang von etwas Neuem, und als das Bällchen ihr gerade erzählte, sie sei jetzt erwachsen (so hatte sie es jedenfalls verstanden), spürte sie plötzlich etwas an ihrer Wange. Sie hatte sich vor den Spiegel gestellt und die Träne betrachtet, erstaunt beinahe über das Gesicht, das sie anstarrte, überrascht (wenn auch nicht unangenehm), dass ihre Augen in der Tat rot waren, sie tatsächlich ein so empfindsames Wesen war.

Sie hatte ein paar Gläser Bourbon getrunken, das könnte auch eine Rolle gespielt haben.

Und so gerührt, wie sie gestern Abend war, so matt fühlt sie sich heute. Nicht verwunderlich vielleicht, sie hat das auch bei Dezemberfesten und Geburtstagen, wochenlang freut sie sich darauf, am Tag zuvor kann sie nicht schlafen, aber sitzt sie einmal mit Verwandten und Freunden zusammen, fühlt sie sich plötzlich kaum noch dazugehörig und fragt sich, ob sie das wirklich so toll findet, dieses Reden und Trinken, dieses Herumgestochere in Erdbeertörtchen – jemand, der sich amüsiert, fragt sich so etwas nicht, ist dann jedes Mal ihre traurige Erkenntnis. Und jetzt, wo sie hier sitzt, in ihrem neuen Bleistiftrock, ihren neuen Schuhen, weiß sie wieder nicht richtig, ob sie sich freut.

Maisie schließt die Augen. Sie hat das Knäuel aus seinem Lederbeutel genommen, mit der Hand umschließt sie sein wolliges Fell und konzentriert sich jetzt nacheinander auf ihren Bauch, auf ihren Brustkorb und dann auf den Atem, der ihren Bauch und Brustkorb durchströmt, als ginge sie Raum für Raum durch ihre Wohnung auf der Suche nach einem Schlüssel – hey, Freude, wo bist du, wo treibst du dich herum?

○

Oh, Maisie! Du hast es nicht nur geschafft, du warst auch noch gut, verdammt gut! Cum laude, Beste des Jahrgangs – na ja, zusammen mit dem Jungen da hinten –, Maisie, Herrgott noch mal, Maisie, das ist so toll!

Florence applaudiert begeistert, mitgerissen von der Menge um sie herum, Leuten, die wegen anderen kamen, jetzt aber doch der außergewöhnlichen Leistung des Mädchens zujubeln, das gerade da vorn mit zitternden Fingern ihre Urkunde unterschreibt.

Maisie ist natürlich nervös. Trotzdem gibt sie jedem Mitglied der Prüfungskommission einzeln die Hand, schaut ihm kurz in die Augen, bevor sie mit einem großen Schritt vor das nächste Kommissionsmitglied tritt; da geht sie und kämpft gegen ihre Aufregung an, schlägt der Nervosität auf die Tentakel – hau ab, du! Oh, diese Entschlossenheit, mit der Maisie ihre Unruhe bekämpft, rührt Florence beinahe so sehr wie die schöne Kleidung von Maisies Freunden und die schicke Aufmachung von ihr selbst: der neue Bleistiftrock, die schweren Doc Martens an ihren trotz allem zitternden Beinen.

Siehst du's, siehst du, dass alles geklappt hat? All die Male, als dir vor deinem Thema so graute, als du deine Zweifel hattest, ob deine These auch originell genug wäre – ich hab's doch gesagt, weißt du noch, ich hab gesagt: Alles wird gut!

Könnte sie jetzt nur vor Maisie hintreten: Oh, Baby, ich bin so stolz auf dich. Denn das ist es, das Gefühl, das ihr die Brust fast explodieren lässt: Stolz, Stolz, und noch einmal Stolz – krawumm!

Kann man stolz sein auf jemanden, mit dem man nicht mehr redet? Ja, denkt Florence: Man kann stolz sein auf einen fernen Freund.

Kann man stolz sein auf jemanden, der einen nicht mehr sehen will? Ja, denkt Florence: Eine Mutter bleibt immer stolz auf ihr Kind.

Kann man stolz sein auf jemanden, den man nicht mehr liebt? Nein, denkt Florence. Nein, das geht nicht.

Und auf einmal sieht sie sich selbst, die Frau ganz hinten im Saal, die Frau mittleren Alters, die eben noch ein breites Lächeln zur Schau trug, jetzt aber ein doch etwas bedenkliches Gesicht macht, weil sie diese traurige, stolzgeschwellte Figur gar nicht sein will. Sie weiß nur nicht, wie sie das ändern soll. Sie kann das Gefühl nicht vertreiben: ihre Kehle eine Vase, die unter dem Wasserhahn steht und unweigerlich vollläuft, bis sie vor Stolz überströmt.

Maisie geht ruhig, fast feierlich, an ihren Platz zurück. In der einen Hand ihre Urkunde, in der anderen etwas, das sie umklammert – etwas, das genau in ihre Faust passt.

Das Bällchen, kommt Florence mit einem Mal in den Sinn.

Das Bällchen war dabei, als Maisie ihre Urkunde abholte, war dabei, als sie den Kommissionsmitgliedern die Hand schüttelte, und jetzt hält Maisie das Bällchen fest in der Hand, drückt es vielleicht, während der Vorsitzende der Kommission ihr noch einmal laut gratuliert.

Das Bällchen, nur das Bällchen und niemand sonst berührt Maisie in diesem Moment, dieser *rite de passage* – war das nicht, was sie wollte?

Und doch.

Wenn sie nachher beim Empfang (gibt es einen Empfang?) einfach zu ihr gehen würde? Erst zu Layla – hey, wie war es in China? – und dann einfach zu ihr.

He, Maisie.

Gut gemacht, Liebes.

Ich bin so stolz auf dich.

Schicker Bleistiftrock!

Und, ach, das Bällchen, an dem du so hängst, das bin ich, weißt du?

○

»Ich muss kurz auf die Toilette«, sagt Layla. Maisie nickt, nimmt noch einen Schluck Wein und schaut ihrer Freundin hinterher. Liebe, treue Layla, die ihr gerade eine Packung Merci geschenkt hat. Soll natürlich ein Gag sein, und doch auch wieder nicht. Layla weiß, dass Maisie verrückt nach Merci ist – vielleicht der Beweis echter Freundschaft: einander mit einem Gag rühren können. Sie müssten sich öfter sehen. Wann ist sie das letzte Mal bei ihr zu Hause gewesen? Wahrscheinlich, als sie solchen Liebeskummer hatte und Layla und Sanne ihr einen Pudding machten, das ist Monate her. Sicher, sie hatten beide viel zu tun. Aber ab heute muss sich das ändern, beschließt Maisie. Gleich, wenn Layla von der Toilette zurück ist, wird sie sie einladen, zusammen mit Sanne zum Essen zu kommen, vielleicht könnte sie noch ein paar Leute dazu einladen – Robbie, Morris, und wie es wohl Bo geht? Eine Cocktailparty, sie wird White Russians mixen und Pastetchen backen, Blätterteigtaschen mit Ziegenkäse und Tomate.

Maisie nimmt noch einen Schluck, der Wein ist überraschend gut für eine Gelegenheit wie diese. Doch auf dem Klapptisch sind fast alle Flaschen schon leer, der Umtrunk nähert sich langsam dem Ende, sie sieht, wie Großeltern sich gegenseitig in die Jacken helfen, Väter und Mütter unter den Stühlen suchen, nach ihren Taschen und den kleinen Geschenken, die sie für die Kinder mitgebracht hatten. Gleich wird also auch sie alle zusammenrufen, Layla und Robbie und ihre lieben, lieben Eltern, die Robbie wie hypnotisiert anschauen, begeistert wahrscheinlich, weil er ihnen von seiner neuen Firma erzählt, wodurch sie sein Leben wieder etwas besser verstehen und damit indirekt auch das ihrer Tochter, das bei einem Anlass wie diesem – bei dem ihre Anwesenheit einmal ausdrücklich erwünscht ist – für einen Moment vielleicht wieder mit ihrem eigenen zusammenfällt. Maisie nimmt noch einen Schluck Wein, und da ist sie.

Da ist sie endlich.

Die Freude überwältigt sie, wie Trunkenheit das manchmal tut (sie schließt nicht aus, dass da ein gewisser Zusammenhang besteht, aber spielt das im Moment eine Rolle?), und alles ist gut, spürt sie, alles ist gut. Und nicht, weil sie ihren Master gemacht hat (sie weiß nicht mal, wo das Ding ist – in der Tasche ihrer Mutter, unter einem Stuhl?), auch nicht, weil sie von dem Gefühl erlöst ist, noch etwas zu Ende bringen zu müssen (die Vorstellung des so voll und ganz Abgeschlossenen ist eher beängstigend als beruhigend), nein, es gibt einen anderen Grund. Mit diesem Glas Wein beendet sie die vergangenen vierundzwanzig Jahre, mit etwas Glück das erste Viertel ihres Lebens. Kein unbedingt berauschendes Viertel, vor allem in den letzten zehn Jahren, doch nichts hält sie jetzt noch davon ab, morgen bis zwölf Uhr zu schlafen und dann ausgeruht eine Liste zu schreiben, eine Liste der Dinge, die sie in den kommenden vierundzwanzig Jahren erreichen will, sowie auch der Dinge, die die kommenden zehn Jahre zu einem angenehmeren Lebensabschnitt machen sollen. Obwohl sie noch nicht weiß, was für Dinge das sein könnten, stimmt der Gedanke an die Liste sie fröhlich, beruhigt sie die Vorstellung, dass sie sich eine Aufgabe gestellt, schon morgen etwas Wichtiges zu tun hat.

Erwachsenwerden bedeutet, an einem Marktstand Platz nehmen und tauschen, samt dazugehörigem Feilschen.

Maisie holt den kleinen Lederbeutel aus ihrer Tasche, hält ihn sich kurz ans Ohr. Die Leute denken jetzt bestimmt, sie wolle ihr Geld klimpern hören (ihre Dukaten!), aber das ist ihr egal – drinnen jedoch bleibt es leider still, also denkt sie daran, was das Knäuel ihr gestern Abend versprochen hat: Ich werde an deinem Marktstand stehen und allzeit Ausschau halten nach guten Geschäften, ich werde all deinen Transaktionen zusehen und meine Stimme erheben, sobald das nötig sein sollte.

Seltsamerweise fühlt sie sich heute Nachmittag alles andere als erwachsen. Nicht nach dem Theater von eben; dem Unterschreiben eines Stücks Pappe, dem übertrieben feierlichen Applaus in dem kleinen Festsaal. Nicht jetzt, wo ihre Eltern so leidenschaftlich mitspielen wie seit ihrer Kindheit nicht mehr, als sie ihre Plastikmundharmonika begeistert an die Lippen setzten, wenn

Maisie ihnen erzählte, sie wären heute Zigeuner. Ja, sie fühlt sich auch wenig erwachsen angesichts von Onkeln und Tanten, Cousins und Cousinen anderer Leute, die sich, schon ziemlich beschwipst, noch die letzten Erdnüsse aus den geplünderten Schalen in die Backen stopfen. Dass sie sich so wenig erwachsen fühlt, bedeutet vielleicht, dass sie es in Wahrheit gerade doch ist, trotzdem glaubt sie, dass das eigentliche Leben noch vor ihr liegt, die beste Zeit noch kommen muss, kommen wird – mit jedem Schluck Wein ist Maisie mehr davon überzeugt: Morgen beginnt es, wenn es nicht schon angefangen hat, die kommenden vierundzwanzig Jahre liegen vor ihr wie eine weite Landschaft, ein sonnendurchflutetes Tal in den Bergen, wo das Gras gemäht und die Äpfel geerntet werden müssen, Wälder wollen erkundet und Seen durchschwommen werden, Seen, deren spiegelglatte Oberfläche sie mit ihren Brustschwimmzügen aufwühlen wird, oh, sie kann die schwer sich biegenden Johannisbeer- und Brombeersträucher schon sehen, spürt schon fast die Früchte zwischen ihren Fingern vibrieren – mein Gott, was für eine Lust hat sie plötzlich, von ihrem Berg hinunterzuspringen!

○

Da sind sie. Maisies Eltern schauen sich um, als wären sie gerade aus einem Flugzeug gestiegen. Robbie macht irgendwas auf seinem Handy, Maisie und Layla haben sich die Arme um die Hüften gelegt (herzig!) – zu fünft überqueren sie die Straße und laufen nun unsichtbar für Florence auf ihrer Seite weiter. Gehen sie irgendwohin etwas essen? Oder suchen sie eine Kneipe, vielleicht sogar diese – Florence hofft es plötzlich. Denn dass sie hier sitzt, hat nichts Merkwürdiges. Merkwürdig wäre es gewesen, wenn sie bei dem Empfang aufgetaucht wäre, also stand sie nach dem letzten Applaus auf, verließ vor dem Strom der Raucher das Gebäude, überquerte die Straße und setzte sich hierher. Sie sitzt genau da, wo sie schon am Nachmittag saß, am kleinsten Tisch, direkt am Fenster. Mittlerweile ist es ein gutes Stück voller, manche Gesichter erkennt sie von der Zeremonie, an der Bar sitzt Taylor, der Junge, der wie Maisie ein Cum laude bekommen hat. Auf dem Hocker daneben ein Mädchen, vermutlich seine Freundin, Florence sieht nur ihren Rücken: ein recht kleines Ding mit langen, rosa gefärbten Haaren.

Florence holt das blaue Bällchen aus ihrer Tasche und legt es vor sich auf den Tisch. Ein Härchen bleibt an ihrem Finger kleben, das geschieht in letzter Zeit öfter. Sie pustet es weg wie eine Wimper; sie hofft, dass Maisie hereinkommt, dass Maisie hereinkommt und das Bällchen bei der Gelegenheit sieht.

Und dann?

Das weiß sie noch nicht, steht aber auf, um zum Ende der Straße zu sehen. Ja, da kommen sie, Maisies Eltern vornweg, dann Layla und Robbie, die ihre Räder schieben. Florence setzt sich hin, schaut wieder zu Taylor. Der lacht auf, brüllend beinahe – über etwas, was das Mädchen gesagt hat? Das Kind sitzt totenstill da, wie ausgestopft, gehäutet. Maisie und ihr Gefolge gehen jetzt an den Fenstern des Lokals vorbei, spürt Florence, in den Augenwinkeln sieht sie, wie sie sich bewegen, meint, sie geradezu sprechen zu hören. Genauer hinschauen geht jetzt nicht (was, wenn Maisie vor ihr erschrickt?), also konzentriert sie sich auf die Tür des Lokals, den roten Vorhang, der gleich von der großen, freundlichen Hand von Maisies Vater auseinandergeschoben werden wird. Schon bauscht er sich im Wind, die Tür öffnet sich, der rote Samt weht und geht auseinander, eine Hand, ein Bein werden sichtbar.

Es ist nicht Maisies Vater. Ein Mann in olivgrüner Thermoweste betritt den Raum, der Vorhang spuckt schon die nächste Person aus: eine Frau in identischer Weste. Zusammen sehen sie sich im Lokal um, gaffen sie an, vielleicht in der Hoffnung, sie so zum Aufstehen zu bewegen.

Florence spürt, wie Enttäuschung ihren Körper durchflutet. Es muss an den paar Bier liegen, aber ihr ist, als würde jemand mit der Hummerzange ihren Körper aufschneiden, mit einem langen, eisernen Haken das zarte, rosa Fleisch herausreißen und es auf einem leeren, weißen Teller zur Schau stellen – du wirst doch jetzt nicht heulen?

Aber nein, Florence muss nur ein paarmal blinzeln und betrachtet dann erneut Taylors Freundin. Immer noch sitzt sie wie erstarrt da, und wie künstlich ihre Haare doch aussehen, steif und synthetisch wie der gekämmte Schweif eines Spielzeugponys aus Plastik; ihr Weinglas wird einfach nicht leerer, während Taylor sein Glas schon fast ausgetrunken hat. Eine Puppe, schießt es Florence durch den Kopf, eine Puppe aus Silikon! Der Gedanke, dass Taylor allein hier sitzt, beruhigt sie, obwohl ihr nicht richtig klar ist, warum. Dann beginnt die Puppe, sich doch zu bewegen. Die Silikonschultern beben, als ob sie über irgendwas lacht, ihre Hand schwebt Richtung Glas, die Puppe nimmt einen Schluck – ein Schlückchen, aber immerhin, stellt ihr Glas wieder ab und beugt sich über ihre Handtasche auf dem Tresen, kramt darin herum, holt zuletzt ein Päckchen Zigaretten hervor und gleitet vom Hocker.

Puppen rauchen nicht. Und natürlich ist das Mädchen echt. Genauso echt wie der Mann und die Frau, die gerade hereinkamen und sich in ihren Thermowesten am Lesetisch verschanzt haben. Der junge Mann am Fenster, die Hand auf dem Knie seines Freundes. Daneben zwei Mädchen, die lachend über ein Handy gebeugt sind, zwischen ihnen und Florence ein Pärchen, das sich exakt gegenübersitzt; er im fusselfreien Pullover, sie so stark geschminkt, dass ihre Foundation beim Lachen wahrscheinlich wie ausgetrocknete Erde zerspringt. Irgendjemand jedoch fehlt, wird Florence mit einem Mal bewusst.

Wo ist der Mann, der immer allein in der Ecke die Zeitung liest?

Der etwas ältere, ergrauende Herr, der sein Glas roten Port am Fuß dreht, die Lesebrille ganz vorn auf der Nase – der einsame Mann, der in jedem Lokal sitzt, so wie in jedem Park eine Frau die Enten füttert, in diesem Bistro fehlt er, sieht Florence, und das kann nur eines bedeuten.

Heute Abend ist sie dieser Mann. Der Mann, von dem alle denken, dass er vor der Stille zu Hause davonläuft: Er liest lieber im Kneipenlärm, denn er will sein Isoliertsein nicht hören müssen, Stille ist schließlich nichts anderes als das Brüllen der Einsamkeit – das denken die Leute, wenn sie ihn sehen, und beim Anblick seines etwas schmuddligen Hemds sprechen sie unwillkürlich lauter, als ob die Stille von dem Mann abstrahlt, ein unangenehmes Parfüm, eine Mischung, die sie mit ihren Witzen übertönen müssen, mit ihrem Gläserklirren und Klappern, ihrem Lachen, dem Schurren der Stuhl- und Tischbeine – was für ein Getöse hier plötzlich ist!

Schnell greift Florence zu ihrem Handy. Sie könnte Cedric anrufen, ihn fragen, wo er ist, ob er vielleicht Lust auf ein Bier hat. Sie tut es nicht. Stattdessen berührt sie das Briefsymbol am unteren Ende des Displays: *Neue Nachricht*. Florence sieht, wie ihre runzligen Altmännerfinger sich über die Buchstaben bewegen, langsam, leicht zitternd, blaue Adern scheinen durch die dünne Haut. *Hey, Maisie*, steht da plötzlich.

V

HEY – HÖRST DU MICH? Ah, gut zu wissen. Alles in Ordnung, vielleicht wollte ich einfach nur was von dir hören und habe darum gefragt. Ich selbst bin vermutlich auch etwas stiller geworden, aber keine Sorge, wenn ich nicht rede, bedeutet das nicht, dass ich nicht an dich denke, im Gegenteil: Sobald ich verstumme, beginnt innerlich alles, auf mich einzuströmen, mein Schweigen der Widerhall von Eindrücken, die vor sich hin brodeln, Geschichten, die in mir aufgehen und garen, bis sie servierfertig sind – geht das bei dir auch so? Ich weiß, Worte gedeihen am besten in ruhiger, geräuschloser Atmosphäre, können aber erst in Gesellschaft geerntet werden.

Außer du bist niemals allein.

Kennst du die Leute dort in dem Restaurant, das Pärchen, das schweigend am Fenstertisch sitzt? Meist bleiben sie nicht lange, denn sie verzehren ihre Steaks effizient, unterbrechen ihr Kauen nicht mit Geschwätz – was würde uns zu ihnen einfallen? Du zum Beispiel deine Bouillabaisse schlürfend, ich weich auf deinem Schoß liegend: Schau, flüsterst du, sie reden kein Wort, und ich schüttle bekräftigend meine flauschigen Härchen. Aber vielleicht ist das nicht schlimm, sage ich, denn reden heißt Informationen übertragen: was du erlebt und was du gesehen hast, was du noch sehen möchtest, was du willst und damit, was du bist – vielleicht wissen die Leute am Fenster das alles schon voneinander, haben es schon mal erzählt, einander aufgetischt, all ihre Worte serviert, vielleicht haben sie die Übertragung am fünften Tag des dreizehnten gemeinsamen Jahres beendet. An dem Tag liefen sie durch das Ziel, tippten am Beckenrand an, rammten die Fahne auf den Berggipfel – ihr Schweigen der Beweis ihres Könnens, sie sind so viel weiter als wir.

Ich weiß nicht, sagst du dann vielleicht und nimmst einen Löffel Suppe. Ich weiß nicht, ob ich das so sehe. Na, flüstere ich, jedenfalls freue ich mich drauf, zusammen mit dir durch die Ziellinie zu gehen, bin aber ganz froh, dass wir noch ein Weilchen über die Aschenbahn zuckeln dürfen. Dann lachen wir leise, so wie jetzt. Und dann schweigen wir wieder einen Moment, jedenfalls lange genug, um unseren Worten Erholung zu gönnen, sie in ihrem Gewächshaus wachsen zu lassen, bis sie reif und zur Ernte bereit sind und dem anderen präsentiert werden können.

Hey, Kleines, habe ich eigentlich schon mal für dich gesungen?

○

Dellina drückt sich Kuschel ans Ohr. Sie umschließt sein Fellchen mit ihrer Hand, damit das Geräusch nicht entwischt, Kuschel macht jetzt Musik, pfeift, hohe Töne, wie die Lieder, die aus Fikrus Telefon kommen, wo ist Fikru jetzt? Bei Tante Tedla natürlich. Die gibt ihm einen Teller eklige Bohnensuppe und zwingt ihn, sie aufzuessen, nein, nein, quengelt Fikru; geschieht ihm ganz recht, denkt Dellina, und sie ist froh, dass er nicht mitgekommen ist, Fikru würde ihr Kuschel wegnehmen und ihn verstecken und nie mehr wiedergeben, so wie er das mit dem letzten Kuschel auch gemacht hat, auf diesen hier wird sie besser aufpassen, und wenn er gleich wieder still ist, wird sie ihn zurück unter die Matratze stecken, selbst Tante Ruta und Onkel Mato dürfen nichts von ihm wissen, das hier ist *ihr* Kuschel.

Dellina dreht sich auf den Rücken, vorsichtig, damit ihr Bett nicht zu laut knarrt; sie will Kuschels Lied gern weiterhören.

Wie lange müssen wir noch hierbleiben, wird sie fragen, wenn Tante Ruta wieder nach Hause kommt. Das hat sie gestern auch schon gefragt, sie fragt es jeden Tag, und jedes Mal antwortet Tante Ruta dasselbe, sie sagt: Ich weiß es nicht, niemand weiß es, und Dellina weiß, dass Tante Ruta das wehtut, nicht wegen sich, sondern wegen ihr, Dellina. Die Tante findet es schlimm, zugeben zu müssen, dass sie auch heute noch nicht fortkönnen, und gerade darum fragt es Dellina, denn weil es Tante Ruta so wehtut, nimmt sie sie auf den Arm, legt ihr Gesicht an ihren Hals und drückt ihre Lippen auf ihre Wange, und das fühlt sich so schön an.

Dellina schließt die Augen. Sie ist müde, sie könnte einfach so einschlafen, heute geht das, heute ist sie krank. Ich bin krank, hat sie der Tante gesagt, ich hab Bauchweh, und die Tante glaubte ihr, und vielleicht stimmt es sogar, sie hat auch Bauchweh oder auf jeden Fall ein komisches Gefühl im Magen, und sie muss drin bleiben, im Bett, denn in das große Haus kann sie nicht zurück, das große Haus, in dem die anderen Kinder spielen, das geht nicht mehr, nie mehr, denn der große Mann ist böse auf sie.

Gestern kam er hierher. Sie saß auf dem Bett, hörte Kuschels Geschichten zu, sie konnte sie zwar nicht verstehen, aber sie waren einzig und allein nur für sie, und das ist mit anderen Dingen nie so. Da hörte sie den großen Mann, denn er schrie, sie lief ans Fenster und sah ihn da stehen, zwei Häuser weiter, er pochte bei den Leuten an die Tür und redete mit ihnen mit seiner lauten Stimme in seiner lauten Sprache, dann sah sie ihn ins Haus direkt nebenan gehen, die Leute waren nicht einmal da, sie hatte sie weggehen sehen, und der große Mann stand mitten im Haus, wo sie doch gar nicht da waren, und er schrie ihren Namen, in seiner Sprache natürlich: Deeelina statt Dellina, und sie denkt an die Männer, die daheim, in ihrem richtigen Land, in ihr richtiges Haus gekommen sind, das Haus von Tante Tedla und Papa, und wie die Männer auch die anderen Häuser durchsucht haben und die Leute auf die Straße trieben, wie sie Tante Tedla an den Haaren gezogen und Papa für immer mitgenommen haben, der große Mann war jetzt wie einer von ihnen, und das hatte sie auf einmal so wütend gemacht, so wütend, dass sie ihr Laken vom Bett gezogen und es zusammengerollt hatte, bis es wie ein Seil war, und sie dachte: Wenn der große Mann gleich hereinkommt, werfe ich ihm das Seil um den Hals, und dann ziehe ich zu, wie die Männer bei Onkel Idris, und dann fiel ihr plötzlich dieses Ding an der Tür ein, das sie nicht anrühren durfte, hatte die Tante gesagt, und sie war hingeschlichen und hatte daran gedreht, und als sie den großen Mann an die Tür pochen hörte, war sie unter das Bett gekrochen, in der einen Hand das Seil, in der anderen Kuschel, und sie hoffte, dass Kuschel jetzt keinen Krach machen würde, und das tat er auch nicht, Kuschel blieb still, ganz still, weil er jetzt ihr gehört, Kuschel will nicht zurück zu dem großen Mann, denn der hat nicht gut auf ihn aufgepasst, nein, Kuschel will bei ihr bleiben, und sie wird ihn beschützen, dafür sorgen, dass niemand ihn mitnimmt.

○

Aus der Küchenschublade kommt ein Pfeifen. Geräusche, wie das Bällchen sie noch nie gemacht hat, wie ein altes Faxgerät, denkt Diek; dreht das Bällchen jetzt durch, oder wie heißt das – hat es sich aufgehängt?

Mir soll's recht sein, denkt Diek, und er bleibt am Tisch sitzen, schaut aus dem Fenster und fühlt an den Stoppeln an seinem Hals. Warum hat er sich das Bällchen bloß wieder aufschwatzen lassen?

»Ich will es nicht haben, wirf es weg oder nimm's selbst, wenn du willst.«

»Bist du dir sicher?«, hatte Olga erwidert und ihn dabei zweifelnd angesehen. »Willst du es dir nicht als Andenken aufheben?«

Oh, wie wütend er da auf sie war! Noch am selben Abend von »Andenken« zu reden! Aber er nahm das Bällchen schweigend entgegen und legte es in die Schublade. »Ich glaube, ich muss hier mal weitermachen«, sagte er dann. Sie standen in seinem Wohnzimmer, und eigentlich war sie es, die weitermusste, fand Diek, doch das wagte er ihr nicht zu sagen, das wäre zu unfreundlich gewesen.

Sie war den ganzen Nachmittag bei ihm geblieben, hatte ihn zuvor in die Tierklinik gefahren, mit Max und ihm im Wartezimmer gesessen und ihm den Arm gestreichelt, während er Maxies Rücken kraulte. Maxies Kopf fühlte sich plötzlich so hart an, als sei das Fell dünner geworden oder fester um den Schädel gespannt. Seine Augen hielt Max die ganze Zeit über geschlossen. Und Olga sah, was auch Diek sah, aber sie sagte nichts.

»Es tut mir leid«, sagte der Assistenzarzt, als sie endlich dran waren. »Ihr Hund ist verstorben.«

»Ja«, antwortete Diek leise. »Das weiß ich.«

Olga hatte ihm über den Rücken gerieben, und jetzt fand er das nicht einmal unangenehm, obwohl die warme Hand auf seinem Leib ihn irgendwie weich machte, was er gar nicht wollte, als hätte Olga alle Kraft aus seinem Körper gestrichen.

»Wir können ihn für Sie hierbehalten«, hatte der Assistenzarzt gesagt.

»Nein«, hatte Diek mit leiser Stimme erwidert, »ich nehme ihn mit.«

»In Ordnung, aber haben Sie einen Garten? Ansonsten muss ich Sie warnen: Es ist verboten, ein Haustier auf öffentlichem Grund und Boden zu begraben.«

Olgas Hand rieb ihm sanft über die Seite. »Vielleicht«, sagte sie, »sollten wir Max dann doch besser hierlassen?«

Der Assistenzarzt hatte sie beide fragend angesehen. Ein junger Bursche, keine dreißig, er stand mit verschränkten Armen vor ihnen, wie er das wahrscheinlich in der Ausbildung gelernt hatte. Dieser Bengel, schoss es Diek durch den Kopf, denkt jetzt bestimmt, dass Max auch Olga gehörte.

Du Schnösel, dachte Diek, Max kannte Olga überhaupt nicht, er wird seit dreizehn Jahren ausschließlich von mir versorgt. Seit dreizehn Jahren stehen wir jeden Morgen zusammen auf und drehen unsere Runden, seit dreizehn Jahren trippelt dieser Hund den ganzen Tag hinter mir her, wohin ich auch gehe, bei Regen und Wind, in der brennenden Sonne, und wenn ich in einen Gully springen würde, Max würde mir hinterherspringen. Seit dreizehn Jahren heult er jedes Mal leise, wenn ich zu lange unter der Dusche stehe, und vielleicht ließ er sich ab und zu von anderen streicheln, aber nur ich durfte ihn hochheben, wirklich nur ich, weil er letztlich nur mir vertraute. Er wusste, dass ich ihn niemals fallen lassen würde.

»In Ordnung«, hatte Diek geflüstert, »ich lasse ihn hier.«

Noch ein letztes Mal hatte er seinen Hund angesehen. Max lag auf dem Behandlungstisch, im grellen Lampenlicht sah die Wunde an seiner Seite plötzlich viel undramatischer aus. Maxies Fell glänzte, mit den geschlossenen Augen sah er aus, als döste er zufrieden vor sich hin, und die aufgeschürfte Haut könnte er sich in seinem grenzenlosen Spieltrieb auch an einem Stacheldraht geholt haben; die Verletzung hatte fast etwas Lausbubenhaftes, wie die Schürfwunde am Knie eines Kindes im Urlaub.

Seitdem schickt Olga ihm fast jeden Tag eine Nachricht und fragt, wie es ihm geht. Manchmal antwortet er, manchmal nicht – was soll er auch schreiben? Noch immer stellt er sich jeden Tag seinen Wecker, macht sich jeden Morgen ein kleines Frühstück zurecht.

Und danach?

Danach ging er mit Max immer spazieren, jetzt liest er sofort die Zeitung. Und dann? Dann gab er Max meist zu fressen, jetzt kramt er ein bisschen in Küchenschubladen herum. Und dann? Dann hat er das Gefühl, als stünde er in einer unendlichen Wüste, und wohin er auch trottet, er kommt nicht wirklich voran, die Aussicht bleibt immer dieselbe.

Das Pfeifen hat aufgehört, merkt Diek. Aus der Schublade kommt dafür ein kratziges Rauschen, das Bällchen sagt jetzt wahrscheinlich etwas und funktioniert also doch noch. Diek steht auf. Mit ein paar Schritten ist er beim Schrank. Er öffnet die Schublade mit so viel Kraft, dass sie fast aus der Führung herausschießt; er nimmt das Bällchen, drückt es, drückt weiter, wie auf eine Orangenhälfte, aus der er den letzten Saft herauspressen will.

Diek öffnet die Hand. Für einen Moment scheint das Bällchen geschrumpft, aber jetzt, wo es sich ausdehnen kann, beginnt es sofort wieder zu wachsen, kehrt in seine ursprüngliche Form zurück wie eine aus dem Gehäuse entnommene Sprungfeder.

Hat das Lied dir gefallen? Ich weiß, einen Ton halten ist nicht meine Stärke. Kannst du eigentlich singen? Na los, Liebes, sing was für mich!

○

»Wir sind fast da«, sagt Dellina. »Und frag nicht dauernd, wo wir hingehen, das hab ich dir schon gesagt, wir gehen an einen Ort, wo sie uns nicht finden, wo Onkel Mato arbeiten kann und Fikru und Tante Tedla nachkommen können. Möchtest du auf meinen Rücken? Na los, aber nur ganz kurz, du wirst langsam schwer!«

Dellina hält sich Kuschel in den Nacken, es kitzelt, aber sie geht weiter. Heute Morgen hat es geregnet, es ist kühler als gestern, und zwischen den Bäumen hängt eine Art Rauch, als hätten die Leute überall Feuer gemacht, aber sie sieht keine Flammen und riecht auch kein Fleisch oder Bohnensuppe, es riecht komisch, ganz anders als zu Hause.

Dellina bleibt stehen und horcht: nur Vögel und das Rascheln von Blättern. Der Wind, keine Schritte, sie hört nichts knacken, trotzdem hat sie das Gefühl, sie würden verfolgt, der große Mann sei ihnen auf den Fersen, könnte jeden Moment seine Hände, die großen Finger und breiten Daumen um ihren Hals legen und zudrücken, fest zudrücken, bis ihre Augen nie wieder aufgingen. Dellina dreht sich um: Bäume, ein Weg voll trockener Zweige und Sand und hölzerne Blumen, die aus den Bäumen wachsen, aber niemand verfolgt sie, es kann auch eigentlich nicht sein, der große Mann ist in dem großen Haus, sie hat ihn selbst hineingehen sehen, genauso angezogen wie gestern, und mit demselben bösen Blick ist er danach durch den Regen gelaufen, überall auf dem Gelände hat er mit Leuten geredet, sie gefragt, wo sie sein könnte, wo sie wohne?

Er wird natürlich wiederkommen, schoss ihr heute Morgen durch den Kopf. Er wird nicht eher Ruhe geben, bis er ihr Kuschel wieder weggenommen hat, also mussten sie fliehen, beschloss sie, und sie nahm Onkel Matos Plastiktüte, schüttete seine Rasierklingen und Seifen ins Waschbecken und steckte stattdessen die Packung mit der Limo, die sie von der großen Frau bekommen hatte, hinein. Den Strohhalm hat sie auch Kuschel kurz hingehalten, aber seine Härchen klebten davon, da hat sie die Limo lieber allein ausgetrunken.

»Wir sind fast da, wirklich, es dauert nicht mehr lang, wenn du Pipi musst, sag Bescheid, dann gehe ich auch gleich, wenn jeder für sich geht, halten wir einander nur auf.«

Dellina geht schneller. Niemand folgt ihnen, aber noch immer hat sie das Gefühl, sie sollten sich besser beeilen, und sie schaut nach oben, an einigen Zweigen hängen rote Bänder, denen müssen sie folgen, sie nimmt Kuschel aus dem Nacken, er ist so still heute, ob ihm etwas fehlt? Er sieht auf einmal so grau aus, und er verliert Haare, gestern, als sie in den Spiegel über dem Waschbecken guckte, sah Dellina plötzlich zwei rosa Härchen an ihrem Ohr.

○

Lieber Diek, wie geht es dir jetzt?

Lieber Diek, du kannst jederzeit anrufen!

Ich hoffe nur, es geht dir gut (das ist alles).

Diek hat sein Handy zu Hause gelassen, er kann die Nachrichten nicht mehr sehen. Es ist, als würde Olga vor ihm stehen und sich ungefragt ausziehen. Die Jacke schon keck über den Stuhl geworfen, Bluse und Hemd auf dem Bett, steht sie jetzt im BH vor ihm – er will überhaupt nicht sehen, was sich darunter befindet, aber er weiß nicht, wie er sie aufhalten soll, auch nach vier, fünf unbeantworteten Nachrichten schreibt sie unverdrossen weiter: *Du weißt, ich bin jederzeit für dich da, okay?*

Es hat wieder geregnet. Der Fußweg ist mit Nacktschnecken und zerstückelten Nacktschnecken übersät, malträtiert von Hundeschnauzen und Gummisohlen. Diek bereut es, dass er seinen Trenchcoat angezogen hat. Der Himmel ist grau, aber es ist nicht kalt, eher klamm, drückend, seine Hosenbeine sind feucht vom Dunst, der vom Weg aufsteigt. Aus seiner Manteltasche hört er ein Knacken. Heute Morgen musste er sich das Bällchen beinah ins Ohr stecken, um es noch verstehen zu können.

Ich hoffe nur, es geht dir gut. Du weißt, ich bin jederzeit für dich da, okay?

Nein, das hat es nicht gesagt, das kann es nicht gesagt haben.

Manchmal stelle ich mir vor, du bist krank. Nicht richtig, nur leicht erhöhte Temperatur, du könntest damit zur Arbeit, aber das tust du nicht, stattdessen legst du dich gemütlich ins Bett, und ich bleibe den ganzen Tag bei dir, koche dir Bouillon aus Hühnerkeulen und Frühkartoffeln, und während die Suppe vor sich hin brodelt, setze ich mich zu dir ans Bett und lese dir vor, aus Büchern, die ich selbst schön finde; über den Umschlag hinweg mustere ich dich, deine Wangen, von der Grippe gerötet, als würden sie blühen, vielleicht rede ich mir ein, sie blühen wegen mir – würdest du mich dann bitte in dem Wahn lassen?

Da kommt der Mann mit den Terriern. Diek hatte schon befürchtet, er würde ihnen begegnen, und jawohl, der Terriermann schaut sich suchend um: Wo ist der Dackel, den dieser Mann immer dabei hat? Jetzt, wo der Mann mit den Terriern seine Schlüsse gezogen hat, hält er den Blick starr auf die Hunde gerichtet, die zwei kleinen Kläffer, die jetzt zum ersten Mal in all den Jahren, die sie hier aneinander vorbeilaufen, schweigen, weil sie keinen anderen Hund riechen. Diek beschleunigt seinen Schritt. Er sagt »Guten Tag«, hört nicht hin, ob der Mann mit den Terriern antwortet, und geht noch schneller.

Ich renne, denkt Diek, und er rennt. Er ist lange schon nicht mehr richtig gerannt, merkt er, seine Knie bewegen sich mühsam, wie seit Jahren nicht mehr geölte Scharniere, die Schöße seines Trenchcoats schlagen unangenehm an seine Beine, alles an seinem Körper scheint zu scheppern, sein Leib ein rostiger Karren auf einem holprigen Feldweg, er kann den Nacktschnecken nicht mehr ausweichen, spürt glitschige kleine Körper unter seinen Füßen zerplatzen wie matschiges Fallobst.

Da ist die Schleuse. Diek verlangsamt sein Tempo, in der Brust spürt er bei jedem Atemzug ein Brennen, er stellt sich auf die Brücke und schaut über das Geländer. Das Wasser wird hier mit Hilfe von zwei hölzernen Torflügeln unter der Brücke durchgeleitet und strömt darum schneller. Diek holt das Bällchen aus seiner Tasche und hält es hoch.

Das Bällchen hat keine Arme und kann darum nicht winken, es hat keine Beine und kann darum nicht strampeln. Nur kleine, violette Härchen hat es, die jetzt vom Wind platt gedrückt werden, sich eins nach dem anderen zu lösen scheinen, wie die Samen einer Pusteblume.

Du weißt, ich bin jederzeit für dich da, okay?

Diek lässt das flauschige kleine Ding los. Er beugt sich übers Geländer und schaut zu, wie das violette Pünktchen langsam auf das kalte, strudelnde Wasser zuschwebt.

○

Schnell hebt Dellina Kuschel auf. »Du hast dir doch nicht wehgetan – oje!«

Sie wollte ihn nur kurz knuddeln, die Arme um ihn legen, um ihn an sich zu drücken, aber Kuschel ist zu klein, zu leicht, und da fiel er hin! Mit einem Finger streichelt sie den Sand von seinen Härchen, vorsichtig, ganz vorsichtig, sie will ihm nicht noch mehr wehtun. »Entschuldige, Kuschel, verzeihst du mir?«, und sie zeigt auf den hohlen Baumstumpf. »Da sind wir! Hier schlafen wir heute Nacht und warten, bis wir weiterkönnen. Was sagst du? Nein, ich weiß nicht, wie lange es dauert, aber schau, du hast dein eigenes Bett, ein Bett ganz für dich allein!«

Vorsichtig steckt Dellina ihre Hand in die Höhle. Letztes Mal lagen dort eingewickelte Schokoladenstückchen, aber jetzt nicht. Dellina legt Kuschel hinein, an eine grüne, moosige Stelle, schön weich, und setzt sich selbst auf den Boden; der Platz ist härter, als sie gedacht hat, sie rafft ihren Rock, damit er nicht schmutzig wird, spürt den Sand durch ihre Unterhose piksen. Was Tante Ruta jetzt wohl macht? Es ist noch nicht dunkel, aber vielleicht liegt sie trotzdem schon im Bett, das tut sie immer öfter, Tante Ruta will sich vor den beiden anderen Frauen nicht ausziehen. Die Frauen schlafen in den Betten gegenüber, sie sprechen eine andere Sprache und reden nur miteinander, aber wenn sie ins Haus kommen, nickt Tante Ruta ihnen jedes Mal zu. »Das musst du auch machen«, sagt Dellina zu Kuschel, »das ist höflich!«

Und zu Hause – in ihrem richtigen Zuhause? Was machen sie jetzt dort? Schläft Fikru, oder spielt er draußen mit Hiyab und Aaron? Oder läuft er wieder auf dem Weg zum Feld hin und her, um zu sehen, ob Papa nicht doch kommt?

»Der kommt nicht mehr«, sagt Dellina. »Darauf darfst du nicht warten, aber sei nicht traurig, ich kann auch für dich sorgen, ich kann dir auch Cola holen.«

Dellina hält ihr Gesicht so dicht wie möglich an den Baumstumpf, so dicht wie möglich vor Kuschel, seinen rosa Körper auf dem grünen Moos, sie ist sich ganz sicher, dass er bequem liegt, aber schläft er auch? Nein, überhaupt nicht, denn er fiept, macht Geräusche, er singt ein Lied so wie gestern!

»Oh, willst du noch nicht schlafen? Nein?«

Dellina nimmt Kuschel aus der Höhle und legt ihn auf den Stumpf, seine Musik klingt genauso wie gestern, und darum ganz anders als die, die Fikru und Onkel Idris immer zusammen machen, Kuschel singt mehr wie die Leute im Radio, er hört einfach nicht auf!

»Schön«, sagt Dellina, »sehr schön!« Und sie klatscht in die Hände und öffnet den Mund, und da hört sie sich plötzlich selbst, ja, auch sie macht Geräusche, dieselben wie Kuschel. »Ku-hu-hu-schel«, singt Dellina zu seiner Melodie, und auf einmal denkt sie an früher, ganz früher, mit ihrer Mutter geht sie zum Feld, Fikru ist nicht dabei, sie kann ihn jedenfalls nicht sehen, und zusammen singen sie Lieder, die sie von Oma gelernt haben, bis sie an einer Gruppe Männer vorbeikommen. Mama packt ihre Hand und zerquetscht sie beinahe, danach singen sie weiter, aber Hand in Hand, den ganzen Weg lang. Dellina weiß nicht mehr, wann sie die Hand losgelassen hat, aber irgendwann muss das passiert sein, denn jetzt ist sie hier – »Ku-hu-hu-schel«, singt sie wieder, und Kuschels Töne scheinen immer höher zu werden, wie das Geräusch eines Kessels, wenn er vom Feuer genommen werden muss, oder die Trillerpfeife der Lehrerin, wenn die Klasse in Reih und Glied antreten muss, oder das von Onkel Idris, wenn er seine Ochsen ruft; all diese Geräusche sind nicht mehr da, aber irgendwie doch wieder, und Dellina schließt die Augen und denkt an das Feuer, an die Lehrerin und die Ochsen und ihre Mutter und die Adern, die sie am Schluss über ihre Hände kriechen sehen konnte, so dick waren sie: »Ku-hu-hu-schel, Ku-hu-hu-schel!«, singt sie, und legt die Arme um die Knie, und mit immer noch geschlossenen Augen wiegt sie sich sacht hin und her, sie muss lachen, Kuschels Lied macht sie so fröhlich, sie will gerade wieder den Mund aufmachen, da packt eine große, schwere Hand sie im Nacken.

Der große Mann schreit. Sein Blick ist so anders als früher, sie sieht es sofort: Der große Mann wird ihr nie mehr helfen. Er wird ihr nie mehr etwas geben, nie mehr etwas mit ihr basteln, nie mehr ein Stück Schokolade für sie auswickeln, nein, der große Mann hat sich für immer verändert.

Schnell reißt Dellina Kuschel vom Baumstumpf. Sie steckt ihn sich in den Mund, saugt die Härchen glatt und schluckt ihn hinunter, mit aller Kraft.

○

Die Frau mit der Bulldogge hat alles gesehen. Jetzt geht sie weiter, aber eben stand sie noch da, vielleicht mehr aus Besorgtheit denn aus Sensationslust, obwohl Diek sich lebhaft vorstellen kann, was sie ihrem Mann zu Haus gleich erzählen wird (hat diese Frau einen Mann?). Sie wird erzählen, wie sie ihn hier mit nassen Hosen sitzen sah, wie er seine Schuhe suchte und seine Socken auswrang. »Zuerst rannte der Mann am Kanal entlang, er hat gekeucht und geschwitzt wie in Panik, und dann, du glaubst es nicht – ist er einfach ins Wasser gesprungen!«

Der Kanal war weniger tief, als Diek gedacht hatte. Das Wasser reichte ihm nur bis kurz über die Hüfte, er konnte einfach hindurchwaten.

Und jetzt? In nassem Zustand ist das Bällchen nicht größer als eine dicke Murmel. Nachher zu Hause wird er es auf die Fensterbank legen, dann trocknet es von selbst, aber erst müssen sie nach Hause kommen: Er in seinem nassen Gewand, das nasse Bällchen in seiner Tasche.

JETZT SITZ DOCH MAL STILL, LIEBES! Nein, du brauchst nicht zu schweigen, ich will dich nur einen Moment ansehen, ich versuche es schon eine ganze Weile, aber es klappt nicht. Ich schaffe es nicht, dich zu sehen wie ein Fremder, während du zum Beispiel auf einem vollen Bahnsteig wartest, neben deinem Koffer, in den Sommerferien. Überall Trolleys, nackte Waden und Strandtaschen – wahrscheinlich betrachtet der Fremde dich nur ganz kurz. Vielleicht findet er dich hübsch, vielleicht attraktiv, vielleicht bist du nicht sein Typ, aber egal: Denk an all die Leute, die nicht *dein* Typ sind. Eigentlich kann ich mir kaum vorstellen, dass die Frau mit dem Rucksack, das Mädchen mit der Zeitung unter dem Arm oder der Mann mit den Nordic-Walking-Stöcken etwas anderes sehen als ich, aber sie sehen nur zwei Arme und Beine, eine Hand in der Seite und ein leicht angewinkeltes Knie, ein ganz gewöhnlicher Körper, also schauen sie schnell weiter, von deinem Bauch hin zu dem Hund oder auf die Anzeigetafel und die Uhr über dir.

Aber dich, dich sehen sie nicht. Nicht richtig zumindest, denn ihre Köpfe sind voll mit anderen Dingen. Die

Leute auf dem Bahnsteig denken nicht an die anderen um sie herum, sie denken an diejenigen, die sie gleich sehen werden, die sie heute Abend verwöhnen wollen, denen sie schlechte Nachrichten zu überbringen haben, die sie noch zurückrufen müssen, von denen sie noch zurückgerufen werden wollen, Leute, mit denen sie reden möchten, spazieren gehen, essen, trinken, tanzen, vögeln, kämpfen, konferieren – und denken sie an all diese Leute, dann denken sie an sich selbst, sich selbst zusammen mit ihnen, sich selbst ohne die Leute, auf jeden Fall aber: an sich selbst. Das ist nichts Schlimmes. Wer denkt denn an dich, wenn du nicht selbst an dich denkst?

Ich natürlich.

Wenn auch an dich zusammen mit mir und darum doch wieder an mich – und all dieses An-sich-Denken, wie man mit anderen tanzt oder kämpft oder Tee trinkt, macht, dass die Leute auf dem Bahnsteig an dir vorbeilaufen, so wie ich an dir vorbeigerollt wäre, als ich dich noch nicht kannte, oder du an mir vorbeigelaufen wärst, als du mich noch nicht kanntest. Oh, wie lange scheint das jetzt her, die Zeit, als dein Kopf voll anderer Leute war: Leute, die dich daran hinderten, intensiv auf dich zu schauen, so wie du jetzt mich daran hinderst.

Aber was, wenn der Fremde sich eines Tages neben dich stellt? Wenn er, so wie ich jetzt, dich minutenlang anstarrt? Und er das minutenlang auch bei mir tut?

Eifersucht ist die Angst, dass andere sehen, was du siehst. Keine Angst, Liebes, ich habe dir nie eine Decke über den Kopf werfen wollen. Stolz ist das Zutrauen, dass andere ebenfalls sehen können, was du siehst – und stolz, das bin ich, auf dich und vielleicht auch auf mich, weil ich auf deiner Schulter sitze; stolz durchstreife ich mit dir die Stadt, lasse mich über den Bahnsteig tragen, und während die Fremden an uns vorbeigleiten, denke ich an dich, daran, wie ich mit dir reden möchte und essen und kämpfen und konferieren, bis du mich von der Schulter nimmst und dir gegenüber auf den Tisch legst, damit ich dich ansehen kann, und während ich das tue, versuche ich, mir vorzustellen, was andere sehen, wenn sie dich sehen, und was ich selbst sah, bevor ich dich kannte.

○

10 Min später sorry bis gleich xx

Florence liest die Nachricht noch einmal. Sie wirkt flüchtig geschrieben, in Eile, doch gerade dadurch hat sie etwas Intimes. Dieser eine interpunktionslose Satz wirkt intim aufgrund seiner Banalität. Dutzende solcher Nachrichten hat sie in ihrem Handy gespeichert, Nachrichten, die sie jeden Tag am Körper mit sich herumträgt – alle von Maisie, nur *ihre* Nachrichten hat sie nie gelöscht.

Komme etwas später X.

Bin schon auf dem Rad!

Okay!

Bis dann xx.

20:15 bei dir?

10 Min später sorry bis gleich xx – achtete man nicht

auf die Daten, könnte man meinen, im vergangenen halben Jahr hätte sich nichts zwischen ihnen geändert, Maisie hätte erst gestern um Viertel nach acht bei ihr geklingelt und nicht vor sieben Monaten. Florence fragt sich, was das zu bedeuten hat, und was *10 Min später sorry* aussagen soll: Fühlt sich Maisie noch so verbunden mit ihr, dass sie es nicht schlimm findet, ein bisschen zu spät zu kommen (so wie wir unsere weniger guten Eigenschaften nur in Anwesenheit guter Freunde oder Verwandter zu zeigen wagen), oder ist sie Maisie inzwischen so gleichgültig, dass es ihr egal ist, ob sie, Florence, warten muss? Und warum *ist* sie überhaupt zu spät, ist diese Verabredung so stressig für sie? Welchen Pullover, was für eine Frisur, wie lang muss sie mit Florence nachher eigentlich da sitzen, und was soll sie sagen?

Tja, was soll Maisie sagen? Wenn Florences Gedanken in der vergangenen Woche zu diesem Abend abschweiften (und das geschah immer öfter, je näher der Donnerstag kam), dann war es, als begänne in ihrem Unterleib eine Revolte, winzige Männchen trampelten quengelig gegen ihre Darmwände und ihre Blase, und der einzige Gedanke, mit dem sie sie beruhigen konnte, war: Wir werden schon sehen! Ja, sie würde schon sehen, was sie sagen würde, was Maisie sagen würde, wenn sie sich nach all den Monaten wieder gegenübersäßen – obwohl sie sich vorstellen kann, dass Maisie als Erstes nur fragt, warum sie sie gerade jetzt sprechen möchte, und was soll sie dann antworten? Ich will hören, dass ich recht hatte (womit, um Himmels willen?), ich möchte etwas abschließen (was denn?) – auf jeden Fall reden, einfach wissen, wie es dir geht (soll sie so tun, als wisse sie nicht, dass Maisie ihren Abschluss gemacht hat?), und, ach ja, vielleicht will ich dir auch etwas zeigen …

Florence legt ihre Jacke über den Stuhl neben sich. Sie hat ihren neuen Mackintosh angezogen, ein Kleidungsstück, das Maisie noch nicht an ihr kennt und dessen Anblick ihr klarmachen wird, dass sie in Sachen Konsum und dem Erzielen von Einkünften nicht untätig geblieben ist – sie weiß nicht, warum, aber irgendwie erfüllt dieser Gedanke sie mit einer gewissen Genugtuung.

Nur ist die Kneipe hier wirklich kein geeigneter Ort für tiefgründige Gespräche. Die Musik ist jetzt schon sehr laut, am Wochenende veranstalten sie hier große Frauenpartys, und das Publikum kommt auch unter der Woche wegen der Mai Tais – sie wusste das, als sie dieses Lokal vorschlug, aber na ja, hatte sie gedacht, sie und Maisie hatten hier so viele tolle Abende erlebt!

Dort, in der Schlange vor der einzigen Frauentoilette, haben sie zum ersten Mal miteinander gesprochen. Sie selbst war damals noch zusammen mit Sammy, und Maisie kannte sie nur als Cocos Ex (so wie die meisten hier die anderen nur als Ex der einen oder anderen Frau kennen, solange sie nicht selbst als Ex jener anderen durchs Leben gehen müssen). »Hallo«, hatten sie gesagt. Und obwohl sie später noch oft lachend an dieses erste »Hallo« zurückdenken sollten, gerührt vermutlich über ihr eigenes früheres Ich, das von den späteren Entwicklungen noch nichts wusste (verrät das Heraufbeschwören von Erinnerungen nicht ohnehin vor allem eine Sehnsucht nach Unwissenheit?), war diese erste Begegnung im Grunde belanglos, eher zufälliger Kontakt als ein Anfang; dass sie ein paar Monate später doch noch miteinander ins Gespräch kamen, hatte nichts mit diesem ersten doppelten Ausruf zu tun. Es geschah dort, an der Bar, die Sticker klebten damals auch schon da: Florence weiß noch, wie Maisie mit dem Daumennagel an dem Hausbesetzerlogo herumfriemelte, während sie Florence um eine Zigarette bat, und danach, draußen unter dem Vordach (damals standen dort keine Stühle, denn es war Winter), hatte Maisie gefragt, ob sie nicht mal zusammen ausgehen wollten.

Das war ihr noch nie untergekommen. Sie, Florence, wählt ein Mädchen von der Tanzfläche und fragt, ob sie noch auf einen Absacker zu ihr nach Hause mitkommt, hier schlössen sie ja doch bald, hey, sie wohne gleich um die Ecke.

Stattdessen aber sagt Maisie: »Hey, wollen wir nicht lieber mal richtig zusammen einen trinken?«

»Richtig?«

Vielleicht geschah es unterbewusst, Florence schließt auch nicht aus, dass ihre Erinnerung durch spätere Eindrücke verwischt wurde, aber sie vermutet, dass sie es von dem Moment an wusste: Nicht sie wählte, sie wurde erwählt, und gerade das machte sie ihrer Sache so sicher. So sicher vielleicht, dass es Maisie auf Dauer gerade zum Zweifeln brachte.

War es darum schiefgegangen? Und was dachtest du und wie lang schon, oh, Maisie, wie hing das alles zusammen? Gleich wird sie sie das fragen können, aber was nutzen ihr die Antworten noch, was ändert es? In einer Stunde legt hier eine DJane Platten auf. Die Kellnerinnen werden die Tische beiseiterücken, und wenn die Stimmung danach ist (das wechselt je nach Abend), werden Mädchen und Frauen aufstehen, vorsichtige Tanzbewegungen machen, zuckende Schultern, swingende Beine, schüchternes, selbstbewusstes Lächeln über hoffnungslos angestrengten Posen – hofft sie, dass sie und Maisie gleich auch auf die Tanzfläche springen, die Arme in die Luft werfen bei dem einen Lied, das sie beide so mögen, hinterher die Arme auf die Schulter der anderen legen, und dass sie Maisie dann endlich wird an sich drücken können?

Bin fast da!, liest Florence auf ihrem aufleuchtenden Display. Ja, fast.

○

Fragst du dich manchmal, was wir sehen werden, wenn wir uns in zehn Jahren irgendwo begegnen?

Krähenfüße, graue Haare und Falten um den Mund, einen etwas müden Blick oder aufgespritzte Lippen – Gott, nein, Liebes, so was meine ich nicht!

Überall auf der Welt stehen sich in diesem Moment Menschen gegenüber. Zwei junge Männer vor dem Laden für Skaterbedarf hier um die Ecke, ein Mann und eine Frau auf einem überfüllten Bürgersteig in China, zwei Mädchen in einem Partyzelt in der Karibik: Sie erkennen einander und erschrecken, und dann sehen sie den anderen an. Sie sind sich lange nicht mehr begegnet. Vor jenem letzten Mal jedoch sahen sie sich fast täglich. Jetzt sind sie nicht mehr zusammen, und meist sind sie darüber froh, obwohl sie sich öfter gefragt haben, was sie wohl sehen werden, wenn sie sich wieder gegenüberstehen; jetzt wissen sie es.

Komm, sagt die Frau in China. Der Junge vor dem Sportgeschäft zeigt auf die kleine Cafébar ein Stück weiter, und in der Karibik sitzen die Mädchen jetzt nebeneinander in einer Hängematte und schauen sich an.

Sie sehen nicht, was sie sahen, ehe sie sich kennenlernten, auch nicht, was sie sahen, als sie noch zusammen waren. Sie sehen etwas komplett Neues. Das Gesicht gegenüber ist leicht verändert, eine andere Haarfarbe, ein neues Piercing, aber das ist nicht das Wichtige. Nicht die Dinge, die mittlerweile dazugekommen sind, machen den Unterschied, sondern das eine, entscheidende Etwas, das fehlt.

○

»Cum laude, hab ich gehört?«

»Ja«, sagt Maisie.

Wo hast du das gehört?, fügt Florence Maisies Antwort sofort in Gedanken hinzu. Aber das fragt Maisie nicht. Interessiert es sie nicht, wo sie diese Information herhat, hört sie ihr überhaupt zu? Sie hat sich die Haare wieder gefärbt, jetzt sind sie dunkler, fast schwarz, was dazu führt, dass Maisies Gesicht sich extra bleich von ihrem eigelben T-Shirt abhebt.

»Dein Haar ist jetzt dunkler.«

»Davor war es blond.«

»Ach, wirklich?«

»Wirklich. Offenbar brauchte ich das auf einmal, irgendwie.«

Maisie biegt ihren Strohhalm nach unten und wiederholt das ein paarmal, als wollte sie damit die Bläschen aus ihrem Ingwerbier pumpen. »Und was machst du jetzt so?«, fragt sie dann, saugt kurz an dem Strohhalm und hebt die Augenbrauen wie jemand, der auf eine Antwort gespannt ist, aber die schwierige Frage zugleich in lockeres Verhalten zu verpacken versucht. *Und was machst du jetzt so?* – Ist diese Frage so schwierig?

»Ich arbeite an einem neuen Projekt«, sagt Florence. »Oder, na ja, eigentlich an mehreren Projekten gleichzeitig.«

Und auf einmal sprudelt sie los von ihrem Easy-Grip-Tee-Ei, auch für Rheumatiker leicht zu handhaben, und sie hört sich drauflos schwadronieren von ihrer Idee zu einer Handtasche mit integriertem ergonomischem Sitzkissen – »Die gibt es eigentlich schon, aber nicht so, wie ich sie machen werde« –, und sie hört sich von Cedric erzählen und dem neuen Raum, den sie zusammen mieten wollen – »Viel größer als der alte, irgendwo im Westen« –, und Maisie nickt und fragt, wie es Cedric geht, und nickt dann noch ein paarmal, das Nicken die stumme Entsprechung ihres eigenen Geplappers (aber hört Maisie ihr eigentlich zu – und hat sie, Florence, überhaupt etwas zu sagen?), bis Maisie aufsteht und sagt, sie müsse kurz auf die Toilette.

Florence schaut ihr hinterher. Maisie, Maisie mit ihrem fast schwarzen Haar! Wie lange ist es jetzt her, dass sie beide zusammen unter dem Vordach dieser Kneipe gestanden haben? Sie könnte es leicht ausrechnen, sieben Tage und genauso viele Nächte später hatten sie ihre erste Verabredung, nicht hier, sondern in einer Brasserie; wie heute war sie etwas zu früh und Maisie etwas zu spät, und als sie durch die hohe Schwingtür hereinkam, hatte Florence auf ihr Handy geschaut, damit Maisie sich nicht beobachtet vorkäme. Sie weiß noch, dass sie ein wenig erstaunt, vielleicht sogar enttäuscht war, als Maisie ihr endlich gegenübersaß. Sie hatten noch kaum miteinander gesprochen, aber plötzlich sah Florence Cocos Ex dort sitzen anstatt des Mädchens von unter dem Vordach, des Mädchens, das ihr so resolut ein Date vorgeschlagen hatte. *Das* Mädchen war bravourös mutig und kumpelhaft gewesen, das hier war … Tja, was war dieses Mädchen eigentlich? Sie hatte das Gefühl, einer Fremden gegenüberzusitzen, und das war natürlich auch so, überlegte Florence, als sie nach zwei Bier eine weiße Kabinentür auf der Damentoilette anstarrte und wieder an das Mädchen von unter dem Vordach dachte. Dieses Mädchen hatte sie in imaginäre Blumenerde gesteckt, und eine üppige Pflanze war daraus gewachsen, die sie für Maisie hielt; der Samen dieser Pflanze war jedoch ein komplett flüchtiger Eindruck gewesen, und erst später am Abend, als sie beide mehrere Limoncello und eine Schale Chicken Wings niedergemacht hatten und zusammen in Florences großem Bett lagen, ein bisschen flau im Magen, aber befriedigt die Arme und Beine um den nackten Körper der anderen geschlungen, als sei die ein Stück Treibholz, das sie vor dem Versinken in dem Meer verschwitzter Laken retten sollte, hatte Maisie sie angelacht – ein Lachen, eher fröhlich als verführerisch, und gerade darum so unwiderstehlich –, und erst in dem Moment fand Florence das Mädchen von unter dem Vordach wieder: Es lag in ihren Armen und erholte sich von dem langen Abend. In den Monaten danach sollte das Mädchen regelmäßig wiederauftauchen und Cocos Ex endgültig verjagen, aber es erschien längst nicht bei jedem ihrer Treffen. Wenn sich das Mädchen einen Vormittag oder Abend oder selbst Tage hintereinander nicht zeigte, wusste Florence manchmal nicht mehr, wer ihr eigentlich gegenübersaß, neben ihr lag oder den Arm um sie gelegt hatte. Und dann wusste sie auch nicht mehr recht, wen dieses Mädchen eigentlich festhielt.

Florence nimmt einen Schluck Bier und wischt sich mit dem Handrücken die Oberlippe, eher aus Gewohnheit, nicht weil sie glaubt, dass dort wirklich noch Schaum wäre. Natürlich hat sie es nicht vergessen, dieses Gefühl der Distanz, der Entfremdung, das sie in ihrer Zeit mit Maisie manchmal erdrückte; die Erinnerung war höchstens etwas verblasst, aber jetzt, wo sie sich mit Maisie im selben Raum befindet, spürt sie es plötzlich wieder, viel stärker merkwürdigerweise, als wenn sie bei sich zu Hause an sie denkt, allein, weit von ihr entfernt.

»Möchtest du auch noch was trinken?«, fragt Maisie.

Florence schaut auf. Maisie steht wieder am Tisch

und lächelt sie freundlich an. Entgegenkommend, erscheint es Florence, wie jemand, der allein auf einen Geburtstag gekommen ist und sich jetzt egal welcher Gruppe anzuschließen bereit ist, nicht aus Sympathie für die Leute, die da in einem geschlossenen Kreis herumstehen, sondern aus Angst, sonst den ganzen Abend allein auf dem Balkon verbringen zu müssen.

○

Ja, etwas fehlt. Was fehlt, ist die durchsichtige Maske auf ihren Augen, Nasen und Lippen, die bewirkte, dass sie einander unausgesetzt ansehen wollten, einander berühren, spüren, befragen – dieses merkwürdige Etwas ist nicht mehr da. Sie haben es sich gegenseitig abgekratzt, und was darunterliegt, lässt ihr schäumendes Blut schal werden. Natürlich überrascht es sie nicht, und doch sind sie enttäuscht, auf alten Fotos sahen sie die Masken sehr wohl; vielleicht weil sie die Masken damals selbst trugen. Jetzt, wo sie einander wiedersehen, sind sie weniger enttäuscht vom anderen als vielmehr von sich selbst, von ihrem früheren Ich: jemand, der erst dann um die andere herumtanzen wollte, wenn er ihr eine Maske aufgesetzt hatte.

○

»Wie geht es dir wirklich?«

»Wie meinst du das?«

»Bist du glücklich?«

»Was ist glücklich?«

»Bist du zufrieden mit den Dingen, so wie sie sind?«

Maisie schweigt. Sie hat eine Hand unter dem Tisch, mit der anderen drückt sie ihren Strohhalm zusammen, als wäre er der Schnabel eines schnatternden Vogels. »Ja«, sagt sie, »ich bin zufrieden mit den Dingen, so wie sie sind – und du?«

Und sie? Florence hat den Eindruck, dass sie diesen Moment schon mal erlebt hat. In gewissem Sinn ist es auch so, sie hat das alles beschrieben, vor Monaten schon.

○

Ich muss wieder weiter, sagt der junge Mann in der Cafébar. Das Mädchen steht auf aus der Hängematte, und der Mann in China schaut auf die Uhr, und bevor sie alle wieder gehen, ihren Tag fortsetzen, ihre Pflichten erfüllen und dabei andere Pläne machen, schauen sie sich noch einmal um, und dann wissen sie nicht recht, was sie sehen. Zwei Arme und Beine, eine Hand in der Seite und ein leicht angewinkeltes Knie – ein ganz gewöhnlicher Körper, aber wer ist es? Sie wissen es nicht, weil sie den Körper nie ohne Maske gesehen haben, die Maske, die sie selbst hergestellt haben und an einem Bändchen am Hinterkopf mit sich herumtragen, um sie im passenden Moment jemand anderem aufsetzen zu können.

○

»Natürlich überrascht es sie nicht, und doch sind sie enttäuscht, auf alten Fotos sahen die die Masken sehr wohl« – und auch sie ist enttäuscht. Enttäuscht, dass die Dinge sich so deprimierend genau entlang des Erwartbaren entwickelt haben, wenn auch ein klein wenig anders, als sie es das Bällchen hat vorhersagen lassen, auf jeden Fall anders als bei der Frau in China, dem Mädchen in der Hängematte und dem jungen Mann vor dem Skatergeschäft, denn inzwischen hat sie ihre Zweifel, ob Maisie diese sogenannte Maske je wirklich getragen hatte.

Vielleicht, denkt Florence, war es schon immer wie jetzt. Sie und Maisie, an einem Tisch sitzend, immer einen Tisch zwischen sich; ihre Brustkörbe mühsam ans Holz gedrückt, um die andere verstehen zu können.

»Was hast du da?«, fragt Florence.

»Wo?«

»Unter dem Tisch, was ist das?«

»Nichts?« Maisie sagt es fragend, als solle Florence für sie entscheiden, ob sie lügt.

»Zeig mal her.«

»Nein«, sagt Maisie leise.

Jetzt ist es passiert, denkt Florence. Jetzt kann sie nicht mehr zurück, will es auch nicht, und sie beugt sich über ihren Mackintosh, lässt ihre Hand in die Brusttasche gleiten und spürt plötzlich, dass ihre Stirn glüht wie kurz vor dem entscheidenden Pitch eines neuen Produkts.

Wie schön, dass Sie alle gekommen sind! Toll, dass Sie sich ein Stündchen freimachen konnten, wir wissen, dass Ihre Zeit knapp ist, aber wir hätten Sie nicht hierher eingeladen, wenn wir nicht überzeugt wären, dass wir mit diesem Prototyp etwas ganz Besonderes in Händen halten, wir befinden uns noch in der Entwicklungsphase, und alles, was heute hier gesagt wird, ist streng vertraulich, aber bitte glauben Sie mir, wir waren seit langem von keinem neuen Produkt mehr so begeistert!

Wenn es nach Cedric ginge, hätten sie diese Präsentation schon lange gehalten, in einem eigens angemieteten Büro in der obersten Etage eines Wolkenkratzers mit Aussicht auf eine Skyline, kubusförmige Espressotassen auf einem Betontisch, vor jedem Stuhl ein Portfolio mit allen Produktinformationen: Heute, meine sehr verehrten Herren, sehr verehrte Dame, stellen wir Ihnen vor: *Fuzzie!*

Maisie starrt auf das flauschige blaue Bällchen vor sich auf dem Tisch, Florence folgt ihrem Blick. Das Bällchen ist etwas kleiner und kahler als vor einem halben Jahr; eine zusammengerollte Raupe, die sich vor den zwei Ungetümen über ihr fürchtet. Was denkt Maisie jetzt? Ihr Gesicht ist nicht unbedingt erstaunt, eher empört, als hätte Florence einen Schweinskopf zwischen sie gelegt, triefend vor Blut und dunkelrotem Speichel. Dann tut Maisie etwas, womit Florence nicht gerechnet hat: Sie steht auf, zieht ihr Portemonnaie aus der Gesäßtasche ihrer Shorts, legt hastig zehn Euro auf den Tisch (schaut kaum hin, wo der Schein landet, ein vom Baum schwirrendes Blatt, das die blaue Raupe halb zudeckt), steckt erst den linken, ihren glatten, leicht muskulösen, herrlichen linken Arm, in den Ärmel ihrer Jacke, dann den rechten, alles schweigend, das Bällchen auf dem Tisch ihr sprachloser Zuschauer.

»Warte, nicht weggehen!« Mein Gott, Florence, wie panisch das klingt! »Oder, na ja, wenn du gehen willst, musst du natürlich gehen!«

Maisie nickt kurz, macht sich auf den Weg zur Tür, und Florence reißt ihre Jacke vom Stuhl und eilt ihr hinterher, bis sie zusammen unter dem Vordach stehen, einander gegenüber, neben der Terrasse, auf der niemand mehr sitzt, weil die Stühle vom Regenschauer heute Nachmittag noch nass sind.

Da stehen wir also, denkt Florence. Zwei Menschen, die wissen, wie die andere sich im Inneren anfühlt, warm, feucht, glitschig, an manchen Stellen geriffelt; zwei Menschen, die glauben, dass sie selbst sich ebenfalls so anfühlen, obwohl sie das einander nie gefragt haben.

»Hierzu hat Fuzzie – das Bällchen – letztens auch was gesagt«, hört sie sich murmeln.

Doch Maisie schüttelt den Kopf und schaut sie an. Zum ersten Mal heute Abend, wird Florence klar, sieht sie in ihre großen, braunen Augen. Und auf einmal liegt Maisie, die kleine, liebe, unmögliche Maisie in ihren Armen, spürt sie ihre Haare am Hals kitzeln, riecht sie die Kokosbutter und, wie sie vermutet, das synthetische Zeug, das ihre Haare so schwarz macht. Maisies plötzliche Anhänglichkeit überrumpelt sie so, dass sie sich kaum zu bewegen wagt, vielleicht aus Furcht, Maisie würde jedes Manöver falsch oder, schlimmer noch, richtig interpretieren und sie dann wegstoßen.

»Ich wusste es«, flüstert Maisie. »Natürlich wusste ich es, von Anfang an. Aber ich will nichts darüber hören, okay?«

Und Florence nickt, obwohl ihr nicht ganz klar ist, was für einem Wunsch sie hier zustimmt, und sie spürt, dass Maisies Umarmung erschlafft, dass sie sich zurückzieht, sie schon wieder loslässt. Dann dreht sie sich um, das Mädchen von unter dem Vordach. Schau, da geht sie, und bevor Florence sich ebenfalls umdreht, ihren Tag fortsetzt, ihre Pflichten erfüllt und dabei andere Pläne macht, schaut sie dem Mädchen von unter dem Vordach noch mal hinterher, und dann weiß sie nicht recht, was sie sieht: zwei Arme und Beine, eine Hand in der Seite und ein leicht angewinkeltes Knie – ein ganz gewöhnlicher Körper, ja, aber wer ist es?

VI

VIELLEICHT HÄTTE SIE DOCH besser das Rad genommen. Der Wald ist mindestens noch eine halbe Stunde entfernt, und ihr Knie macht schon wieder Probleme, ein eigenartiges Stechen, als würde ihr jemand mit der Nadel mitten hineinpiksen. Aber sie hat heute noch überhaupt keinen Sport getrieben und gestern auch nicht, da ist diese kleine Tour ein sehr guter Ausgleich, obwohl sie vielleicht ihre Gewichte hätte mitnehmen sollen – ach, denkt Vera, Hauptsache, ich bin noch mal draußen; heute ist nicht nur einer der längsten, sondern auch einer der heißesten Tage des Jahres.

Bevor sie die Wohnung verließ, hat sie zum Abkühlen alle Fenster geöffnet. Vielleicht war das etwas unüberlegt, denkt sie jetzt. Erst letzten Sommer ist bei den Watsons eingebrochen worden. Mary-Ann Watson wird sie nachher, wenn sie zurück ist, bestimmt darauf ansprechen, wenn sie nicht schon eine Nachricht in der Nachbarschafts-Newsgroup gepostet hat: Vera, ich sehe, deine Fenster sind offen? Ja, Mary-Ann, stimmt – mehr wird sie nicht antworten, sie wird ihre Verärgerung diesmal herunterschlucken, sich zu nichts hinreißen lassen. Wann wird sie heute Abend eigentlich zurück sein? Sie weiß ungefähr, wo der Turm steht, hat aber keine Ahnung, ob man auch hochdarf, und wenn – soll sie ihn dann allein besteigen? Sie hofft auf noch einen Hinweis, eine Beschreibung oder Erklärung, aber der blaue Puschel hat schon eine Weile nicht mehr gesprochen. Darum geht sie einfach weiter, seinem letzten Befehl folgend, durch diese stille, brütend heiße Allee, verlassen bis auf ein paar Jogger, weil an einem Abend wie diesem jeder natürlich im Garten sitzt; in dieser Gegend spielen die Kinder nicht draußen. Damit gehört die Straße den Eichen, den ausladenden, schweigenden Kolossen, die ihre Existenz verschiedenen Nachbarschaftsinitiativen verdanken, die in den vergangenen Jahrzehnten gegen ihre Abholzung protestierten; majestätisch überragen die Bäume nunmehr die Häuser. Stolz, aber auch, so kommt es Vera vor, leicht pikiert, vielleicht sogar ein wenig beleidigt, dass sie sich von anderen retten lassen mussten.

Im Schatten der letzten Eiche bleibt Vera stehen. Sie öffnet einen Reißverschluss an ihrer Laufhose und schaut sich kurz noch mal um, bevor sie den blauen Puschel hervorholt. Der Puschel (oder wie soll sie ihn nennen, das Bällchen?) gehört ihr nicht, sie hat ihn gefunden, vielleicht sogar gestohlen. Bis auf die Vorbesitzerin (vielleicht) hat das niemand bemerkt, trotzdem hat sie das Gefühl, etwas Unerlaubtes zu tun; außerdem möchte sie nicht, dass jemand sie, eine erwachsene Frau, dabei beobachtet, wie sie sich von einem Spielzeug den Weg weisen lässt (denn das ist dieses Ding doch wahrscheinlich?).

Hey, Kleines, wie fühlst du dich heute? Das war das Erste, was sie von ihm hörte. Sie war erschrocken, aber die anderen Frauen in der Bar schienen nichts zu bemerken; die DJane packte ihre Anlage aus, die Gäste hatten ihre Gespräche und die Barfrau ihre Bestellungen. Dir ist etwas melancholisch zumute, oder irre ich mich?, fuhr das flauschige Etwas fort. Vielleicht liegt das am Sommer, sagte es leise, und sie hielt es sich ans Ohr, während sie so tat, als würde sie sich eine Haarsträhne aus dem Gesicht streichen. Ist der Sommer im Anmarsch, denke ich immer an die vergangenen Jahre, und das macht mich fröhlich, aber irgendwie auch trübsinnig, weil das, was noch kommen muss, zugleich schon zigmal vorbei ist, kennst du das auch?

Nein, dachte Vera. Sie war im Moment alles andere als zugleich fröhlich und trübsinnig. Sie fühlte sich vor allem fürchterlich verlegen, gleichzeitig beobachtet und ignoriert, so allein an ihrem Tisch. Aber was hatte sie auch erwartet? Dass eine schöne Frau sich einfach so zu ihr setzen würde: »Hey, Süße, du bist neu hier, sehe ich. Wie heißt du, und was möchtest du trinken?«

So eine Frau mit breitem Siegerlächeln und triumphierendem Blick; sie kann sich ihr Machoverhalten nur darum erlauben, weil sie ein gewisses Etwas *nicht* zwischen den Beinen hat, und das weiß sie. »Und, Mäuschen, möchtest du Eis in den Whisky?« Nein, so läuft das nur im Fernsehen. Und Vera saß einfach nur da an dem Donnerstagabend, ein Wein, noch einer, dann doch mal ein Cocktail – wie muss das ausgesehen haben? Wahrscheinlich war sie auch nicht richtig angezogen, zu fein, zu adrett? Eine weiße Bluse, hatte sie gedacht, gibt das richtige Signal. Und es gab in der Tat noch mehr Frauen in weißen Blusen an dem Abend, aber bei ihnen saßen die anders, lockerer, die Blusen weiter oder die Brüste kleiner; ihre eigene, stellte sie hinterher fest, als sie zu Hause vorm Spiegel stand, umschloss ihren Leib wie das Bustier eines Brautkleids. Kein Wunder, dass keine Frau sie angesprochen hatte. Wie sollten die anderen bei diesem Outfit erkennen, dass sie wegen ihnen gekommen, eine von ihnen war? Eine verirrte Touristin, werden die meisten gedacht haben, die sitzt hier wegen dem gratis WLAN – bloß warum hält sie sich die Hand ans Ohr, so laut ist die Musik doch gar nicht?

Dabei freue ich mich auf den Sommer: mit dir zusammen vor Kneipen sitzen, am Pool herumliegen, die Sonne unsere Uhr, Abkühlung und Bücher das Einzige, was wir brauchen – Vera war aufgestanden und mit dem flauschigen Ding aus der Kneipe geflüchtet. Erst zu Hause, vor dem Schlafzimmerspiegel, war ihr aufgegangen, dass sie vergessen hatte zu zahlen, und obwohl sie sich dafür schämte, war sie doch auch erleichtert. Jetzt konnte sie sich in der Bar nicht mehr sehen lassen, was sie von der Pflicht zu einem weiteren Wagnis befreite.

Bevor Vera sich wieder auf den Weg macht, holt sie ihr Schlüsselbund aus der Tasche. Jetzt trägt sie rechts den blauen Puschel, links ihre Schlüssel, und mit geballten Fäusten geht sie weiter, die Arme schwingend, als hätte sie doch ihre Gewichte dabei.

Wie tussig dieser Weidenkorb eigentlich aussieht, denkt Maisie. Seit Jahren hängt er an ihrem Lenker, aber schon lange hat sie keinen objektiven Blick mehr darauf geworfen, ein selbstverständlicher Teil ihres Rads wie die Pedale: Sie sind nun mal dran, was soll man da ändern? Aber jetzt, wo sie sich vor der Ampel den Korb einmal genauer ansieht, fragt Maisie sich doch, ob das Ding eigentlich noch zu ihr passt. Ist so ein Korb nicht eher was für sehr alte Frauen oder sehr junge Mädchen?

Maisie beugt sich über den Lenker. Das Knäuel ist in eine Ecke des Korbs gerollt. Sie hat es vor der Fahrt aus dem Lederbeutel genommen, regnen wird es ja nicht, und sie will es sehen können. Es geht ihm überhaupt nicht gut, hat sie den Eindruck. Mindestens die Hälfte seiner Haare hat es verloren und redet jetzt wirklich immer leiser, manchmal scheint es sogar zu stottern, und letztens merkte sie, dass es sich immer häufiger wiederholt. Was es da eben sagte, über die Lust auf den Sommer, hat es vor einer Woche auch schon gesagt. Auch fragte es neulich wieder, was sie als Kind einmal werden wollte und ob es Kinderfotos von ihr gebe, auf denen sie nicht in die Kamera schaut. Als das Knäuel heute Morgen vom längsten Tag des Jahres anfing, war sie einen Moment lang erleichtert, dass es etwas Neues erzählte, aber jetzt, wo sie Richtung Wald radelt, kommt sie sich vor wie ein Rettungssanitäter: Ihre einzige Mission besteht darin, den Patienten so schnell wie möglich ins Krankenhaus zu bringen, sie fühlt sich unruhig, gehetzt – und jetzt mal los, Leute, es ist Grün!

»Huhu, Grü-hün!«, hört Maisie sich rufen.

»Ja, ja«, murmelt das Mädchen vor ihr.

Ja, ja … aber vielleicht liegt es auch an ihr selbst, diese Unruhe, sie ist so angespannt in letzter Zeit, nach jeder Mahlzeit das Gleiche, egal ob Mittag-, Abendessen oder Frühstück: Sie hat gegessen, die grundsätzlichen Lebensbedürfnisse gestillt, einige Gerichte sogar mit eiweißreichen Sonnenblumenkernen verfeinert – und dann überfällt sie die bohrende Frage: Was jetzt? Wie geht der Tag weiter?

Heute Morgen ist sie schon wieder um fünf wach geworden, erschöpft vom Herumwälzen und von Albträumen: Jedes Mal, wenn sie ein Gerät aufzuladen versuchte, waren die Steckdosen aus den Wänden gesprungen.

Das Essen bei ihren Eltern vor zwei, drei Wochen ist wohl der Auslöser gewesen, denkt Maisie. Das hatten sie natürlich nicht so gewollt, sie meinten es gut, aber mit ihren Fragen hatten die Eltern ein hektisches Tier in ihr geweckt, einen Hamster, der dort eine Weile ungestört vor sich hin geschlummert hatte; sie hatte ihn schnarchen hören, aber immer in Ruhe gelassen, doch plötzlich begann ihr Vater in seiner Schlafstreu zu rascheln: »Hat Layla eigentlich schon einen Job?« Ihre Mutter schlug auf Töpfe und Pfannen: »Und was sind deine Pläne für die kommenden Monate?«

»Vielleicht seh ich mir ein bisschen die Welt an«, hatte Maisie geantwortet. Das war eine richtige Antwort, schließlich hatten die Eltern genickt. Doch ganz der Wahrheit entsprach es nicht. Einen wirklichen

Drang, in ein brütend heißes Land abzureisen, nur eine Hose und vier T-Shirts zum Wechseln dabei, um dort alle paar Tage auf gut Glück einen Bus oder Zug zu nehmen, der sie von einem ärmlichen Ort zum nächsten bringen sollte (wo sie zweifellos neue Leute kennenlernen würde, wenn auch vor allem solche wie sie, mit höchstens noch weniger Wäsche zum Wechseln), verspürte sie nicht. Darüber nachgedacht hatte sie schon, nachdem sie die Stelle als Lehrassistentin bei Professor Lacey nicht bekommen hatte (»tut mir leid, du warst die Zweitbeste«) und zum Bewerbungsgespräch als Rezeptionistin bei einer Plattenfirma nicht einmal eingeladen worden war – da hatte sie ernsthaft überlegt, vier T-Shirts und eine Hose zum Wechseln zu packen und einfach loszuziehen; inzwischen putzte sie ihre Küche, brachte die Hälfte ihrer Bücher ins Moderne Antiquariat und nähte sich neue Vorhänge nach einem Muster, das sie im Internet gefunden hatte. Die Vorhänge wurden so gut, dass sie sich einen Moment überlegte, ob sie daraus einen Beruf machen sollte.

All die Zeit war sie ziemlich ruhig geblieben. Kommt schon noch, dachte sie, kommt schon noch, der Rest meines Lebens. Doch als sie nach dem Essen bei ihren Eltern nach Hause kam, war der Hamster in ihr nicht nur geweckt, sondern hatte bereits zu laufen begonnen. Wahnwitzige Runden drehte er, ihre Brust sein schnurrendes Rad; das Geratter und Gerenne raubten ihr den Schlaf, jeden Morgen erwachte sie wie von tausend Hunden gehetzt: Was soll jetzt werden, was nun, *und was sind deine Pläne für die kommenden Monate?*

Es gibt, weiß Maisie inzwischen, Mittel, das überdrehte Tierchen in ihr zu beruhigen. Sie kann es mit Alkohol betäuben, es zwingen, dem Knäuel zuzuhören. Leider lassen sehr viele Dinge den Hamster auch schneller rennen. Berichte von Bewerbungsgesprächen zum Beispiel. Die Frage, was sie jetzt so macht. Das Abreißen eines Blatts vom Kalender. Die Feststellung, dass das Bällchen immer mehr abbaut.

Warum fährt sie so schnell? Das Knäuel hat keine Uhrzeit genannt, trotzdem hat sie das Gefühl, zu spät zu einer Verabredung zu kommen, als hätte sie dem Bällchen etwas versprochen, wäre ihm etwas schuldig. Darum tritt sie in die Pedale, schneller und schneller, ihre Füße sind kaum noch zu sehen, und sie radelt die Grachten entlang, in eine Gasse, rammt beinah einen torkelnden Touristen, fährt über den großen Platz, bis sie in der Allee ist und das Bällchen durch eine Ritze im Korb schon die ersten Bäume des Waldes sehen könnte.

○

Dies ist der ideale Moment, denkt Vera, der ideale Moment anzuwenden, was sie bei dem Teambuilding-Kurs »Achtsamkeit und Selbstwahrnehmung« gelernt hat: Sein, einfach nur *sein*. Die säuselnden Blätter betrachten, ohne zu werten, dem Zwitschern der Vögel zu lauschen, ohne zu urteilen, die Gedanken nur Wolken, die dir nicht gehören, die einfach vorüberziehen und sich ansehen lassen, schau um dich, Vera, schau und sieh, was dich alles umgibt: der Wald und die Baumwipfel, die große, glühende Sonne, rot und rund wie ein riesiger Lolli – nein, der gute Wille ist da, wirklich, aber sie schafft es nicht! Obwohl es wahrscheinlich genau das ist, was das Puschelchen will, warum es sie hierher dirigiert hat: damit sie bewusst wahrnimmt und sich entspannt, aber das funktioniert bei ihr nicht. Fordert jemand sie auf, sich zu entspannen, *loszulassen*, fängt ihr Herz sofort an zu rasen, und sie spürt den Drang, ihr Handy aus der Tasche zu kramen, viel stärker, als wenn sie allein über die Autobahn jagt, Radio hört, das Telefon sicher verwahrt in der Tasche auf ihrem Rücksitz.

Vera legt beide Hände auf das Geländer. Der Turm ist höher, als sie gedacht hat, auch besser in Schuss. Das Holz ist glatt und lackiert wie bei einem Klettergerüst (ob der Turm auch als Klettergerüst zählt?). Vera schließt die Augen und atmet tief ein. Sie versucht, die Luft durch den Bauch in die Lunge strömen zu lassen, doch obwohl der sich wölbt, hat sie keine Ahnung, ob sie das richtig macht: atmen.

He, hört sie da vom Boden der Plattform.

Endlich, denkt Vera, während sie das flauschige Etwas hochhebt. Der Tag ist noch längst nicht zu Ende, sagt es. Schließlich ist es der längste des Jahres, wir haben noch ein paar Stunden, herrliche Stunden, aber jetzt sag: Was wollen wir mit dieser Zeit anfangen?

Na bitte. Vera versteht, was das blaue Ding meint. *Was wollen wir mit dieser Zeit anfangen?* Das haben sie bei dem Teambuilding-Kurs auch gefragt, wenn auch etwas anders formuliert. »Was ist dein Ziel?«, fragte der junge Mann, der den Kurs leitete, und die Worte erschienen in Großbuchstaben hinter ihm, etwas verdunkelt durch den Schatten seines Körpers, aber trotzdem gut lesbar: »Was willst du?«, »Wonach sehnst du dich?«, »Was ist dein Ziel?« …

Für den Kurs war der Konferenzraum umarrangiert worden, der Tisch an die Wand geschoben, die Bürostühle durch Schalensitze aus Kunststoff ersetzt, die zur allgemeinen Überraschung viel komfortabler waren, als sie aussahen. Was ist mein Ziel, grübelte Vera, während sie leicht zurückgelehnt (so flexibel waren die Schalensitze) Isis beobachtete. Offiziell brauchten Praktikantinnen nicht an dem Kurs teilzunehmen, aber sie hatte sie überredet, trotzdem zu kommen, und so saß Isis jetzt eine Reihe vor ihr, Arme verschränkt, Haar ordentlich hochgesteckt. Vera betrachtete den leicht gebräunten Nacken, die Haarspangen, die die Locken im Zaum hielten, den samtweichen Flaum, der den Spangen entwischt war. Was ist dein Ziel? Louise vom Personalmanagement meldete sich, doch Vera hörte kaum hin, stattdessen betrachtete sie wieder Isis und dachte an das eine Mal vor ungefähr einem Monat, als sie an einem Abend Überstunden gemacht und zusammen im Fahrstuhl gestanden hatten. Sie waren zu zweit, und sie stand neben dem Bedienfeld, trotzdem hatte Isis an ihr vorbei den untersten Knopf gedrückt. Dabei hatte sie einen Schritt in ihre Richtung gemacht, wodurch sie direkt nebeneinander standen und Isis' Hüfte ihre Aktentasche berührte, die einzige Barriere zwischen ihrem Körper und dem der jungen Kollegin. Höchstens ein paar Sekunden hatten sie so nebeneinander gestanden. Aber sie hatten beide kein Wort gesagt, und das war ungewöhnlich, normalerweise war ihr Verhältnis entspannter. Es war ihre Schuld gewesen, dachte Vera hinterher: Sie selbst hatte plötzlich geschwiegen, wo sie sonst eher die Gesprächige war; vielleicht hatte Isis das verlegen gemacht, obwohl sie sich fröhlich umgedreht hatte, sobald die Fahrstuhltür aufging. »Bis morgen dann!«, hatte sie wie immer gerufen und war Richtung Ausgang gegangen, zur Tram, die sie nach Hause bringen würde oder, schoss Vera durch den Kopf – zu ihrem Ärger mit leichtem Groll –, zu ihrem Freund.

An jenem Abend, wie eigentlich an allen anderen Abenden seither, dachte Vera an den Fahrstuhl, wenn sie nach ihren Lieblingsserien im Fernsehen allein auf dem Sofa lag. Sie schloss die Augen und stand wieder neben Isis, und diesmal tat sie, was sie in dem Moment hatte tun wollen: Sie drehte sich zu der jungen Frau um, packte sie und zog sie an sich, und während sie, so phantasierend, über Isis' Slip rieb, schob sie die Hand in ihren eigenen Slip, und wenn sie dann – meist nach kaum fünf Minuten – kam und mit geschlossenen Augen den wohligen Rausch auskostete, beschlich sie jedes Mal ein unangenehmes Gefühl. Keine Reue, sie fand nicht, dass sie sich für irgendetwas zu genieren bräuchte, ganz zu schweigen von entschuldigen für etwas, was sie tat oder dachte, und doch schämte sie sich, ja, sie schämte sich, weil sie nie weiter gekommen war als bis zu dieser vagen Phantasie und sie, Vera van

Distelen, zweiundvierzig Jahre alt, Leiterin einer Abteilung von vierzehn Angestellten und im Besitz einer Aktentasche für zwölfhundert Euro, nie den Mut gehabt hatte, ihren wahren Gefühlen entsprechend zu handeln.

Das will ich, dachte sie bei dem Teambuilding-Kurs, das ist mein Ziel – und seitdem hat sie wirklich alles Mögliche probiert. Sie hat Dating-Portale besucht und ist in Kneipen gegangen, aber alles umsonst, und in letzter Zeit bleibt sie abends immer öfter auf Websites hängen, wo gratis kleine Kätzchen angeboten werden.

Unten kommt jemand. Vera schaut über das Geländer und sieht einen alten Mann auf den Aussichtsturm zukommen. Will der etwa auch hier hoch? Es scheint ihr unwahrscheinlich, trotzdem beugt sie sich sicherheitshalber noch etwas weiter vor, damit er sie sehen kann und ihm klar wird, dass der Turm besetzt ist. Ich bin schrecklich, denkt Vera. Trotzdem ist sie zufrieden, als der Mann nicht zur Leiter geht und stattdessen die Bank im Schatten ansteuert. Armer Kerl, geht ihr durch den Kopf, sitzt da allein in seinem viel zu warmen Trenchcoat; schon nach neun, aber immer noch brütend heiß – wo Isis jetzt wohl ist?

Es ist Freitagabend, Isis wird mit Freunden in irgendeiner Bar sitzen. In ihrer ärmellosen Bluse, ums Handgelenk ihr breites Goldarmband, das sie bei der Weihnachtsfeier anhatte, sie lacht und schwenkt ihren Wodka, gelblich von Lime Juice oder Apfelsaft, im schweren Kristallglas. Gleich wird sie aufstehen und tanzen, Arme in der Luft, Hände umeinander gewunden wie zwei exotische Schlangen, und alle werden sie anschauen, doch Isis wird nur lachen, und du, Vera, stehst auf einer hölzernen Aussichtsplattform, kaum weniger allein als der Mann da unten, und bringst es nicht einmal fertig, die säuselnden Blätter zu betrachten, ohne zu werten, dem Zwitschern der Vögel zu lauschen, ohne zu urteilen, denn du willst alles Mögliche und bekommst nichts, steuerst schon gar nicht irgendein Ziel an, was willst du also, was willst du nun wirklich?

Ich will leben, denkt Vera. Mehr nicht.

○

Dann eben so, denkt Maisie. Auf dem Aussichtsturm steht schon jemand, ein Jogger, wie's aussieht, aber sie will trotzdem nach oben, tun, was das Bällchen sich ausgedacht hat, und sei es nur, damit sie nicht umsonst hergekommen ist. Sie könnte natürlich warten, bis der Jogger wieder unten ist, aber auf der Bank davor sitzt ein alter Mann, der will dann natürlich ein Schwätzchen halten, und darauf hat sie erst recht keine Lust – nein, denkt Maisie. Sie muss einfach kurz hoch, sie wird nicht lang bleiben, vielleicht kann sie ein Foto machen und online stellen; es ist eine Weile her, seit sie das letzte Mal etwas gepostet hat, aber sie weiß, dass das Leben manchmal einfach mehr Spaß macht, wenn man es mit anderen teilt.

Maisie stellt ihr Rad an einen Baum und geht über das trockene, teils verbrannte Gras Richtung Turm. Wie hoch das Ding ist! Sie ist schon lange keine Leiter mehr hinaufgeklettert, und jetzt, wo sie ihre Hand auf eine Sprosse legt, fällt ihr wieder ein, wie schwer das eigentlich ist, wie viel Kraft es erfordert, den eigenen Körper hochzuziehen; sie stellt sich auch überhaupt nicht geschickt an, merkt sie. Sie hat das Bällchen in seinen Beutel gesteckt und hält den in der Hand. Ihr Rock hat keine Taschen, und so trägt sie ihr Handy in der anderen, und obwohl sie alles versucht, das Bällchen zu schützen, drückt sie immer wieder versehentlich den Beutel, während ihr Handy in der anderen Hand wiederholt an das Holz schlägt – es ist auch so fürchterlich heiß, sie spürt ihr T-Shirt am Rücken kleben, ihre verschwitzten Finger verlieren den Halt, und ihr Knie stößt gegen die Leiter. »Mist!«, murmelt Maisie. Und noch mal, nur lauter: »Verdammter Scheißmist!«

Maisie spürt heiße Wut in sich aufsteigen, sie überkommt sie wie eine plötzliche Windbö: blöde Leiter, blödes Knie, blöde Scheißsonne, blöde, blöde Maisie, die trotz ihrer Müdigkeit in diesen saublöden Wald gefahren ist, wo sie zu Hause mit einem Buch auf dem Balkon hätte sitzen können (ebenfalls eine Art Aussichtsplattform – meinte das Bällchen es nicht vielleicht sowieso metaphorisch?), bescheuerte Kuh, sie könnte sich ohrfeigen, wenn sie dann nicht zig Meter nach unten fallen würde, also flucht sie, während ihr Knie schmerzhaft pocht, und ächzt, weil ihr jetzt auch noch die Augen brennen, aber, o Wunder, sie ist schon fast oben: Sie hievt sich auf die hölzerne Plattform und hört sich hecheln wie ein Hund.

»Hallo«, ertönt es da über ihr.

Der Jogger. Offenbar eine Frau in grellrosa Trainingsjacke, die blonden Haare streng zum Pferdeschwanz gebunden, ein zusätzliches Haargummi ums Handgelenk.

»Hallo«, sagt Maisie, richtet sich auf und fühlt sich auf einmal fürchterlich schutzlos. Um die Frau in der Trainingsjacke nicht ansehen zu müssen, späht sie über die Bäume, als suche sie etwas, hätte mit dem Vogel da hinter dem dritten Ast rechts eine Verabredung.

»Schöne Aussicht, was?«, hört sie jetzt direkt neben sich.

»Ja«, antwortet Maisie. »Wie groß die Sonne heut aussieht, wie rot…«

»Ja, nicht?«, sagt die Frau. »Und man sieht von hier aus nicht nur den Wald, schau…« Die Frau dreht sich um. »Man sieht die gesamte Stadt! Da hinten das Rathaus, da die große Kirche, und wenn ich nicht irre, dahinter sogar noch das Dach der Börse.«

»Wow«, sagt Maisie, »ich hatte keine Ahnung, dass es von hier aus so viel zu sehen gibt!«

»Nein«, erwidert die Frau, »ich auch nicht.«

Wie alt mag sie sein? Sie ist gepflegt, sieht elegant aus, trotz ihrer Sportkleidung, wohnt hier bestimmt in der Nähe; eine vornehme Gegend. Wie öfter, wenn sie solchen Frauen begegnet, denkt Maisie (sie steckt natürlich nicht in ihrem Kopf, aber sie glaubt, es auch sehen zu können, daran, wie die Frau sie mit den Augen ebenso schnell wie gründlich abtastet), dass die Frau neidisch ist oder jedenfalls ein wenig bedrückt, angesichts dessen, was sie nicht länger hat oder ist.

Maisie wird weich ums Herz beim Anblick dieser verletzlichen Frau. Ihre Jugend verleiht ihr ein seltsames Gefühl von Überlegenheit; sie stellt sich vor, was die Frau sieht, und fühlt sich plötzlich sehr sexy, und diese Empfindung verändert auch ihre eigene Wahrnehmung, sie findet die ältere Frau ebenfalls ziemlich sexy. Ja, denkt Maisie, während sie der Frau auf den Hals starrt, dessen Haut ungleichmäßig gebräunt ist (von einem Nachmittag draußen vor einem Lokal mit ihren sehr weißen, Weißwein trinkenden Freundinnen?), die Sommersprossen gut sichtbar: Die Frau ist wirklich sehr schön.

Maisie bringt ihr Handy in Stellung. Ein ziemlich abruptes Manöver, merkt sie selbst, aber sie weiß im Moment nicht, was sie sonst tun soll. Sie mustert sich im Display und spitzt die Lippen. Eigentlich macht sie nie solche eitlen Fotos, aber der Altersunterschied zwischen ihr und der Frau fühlt sich an wie eine anwesende dritte Person: ein Regisseur, der die Rollen verteilt und bestimmt, dass sie sich jetzt besonders jugendlich zu verhalten hat.

»Soll ich das Foto machen?«, fragt die Frau.

»Nicht nötig«, antwortet Maisie, »es geht schon!« Und sie lächelt in die Kamera und spürt, dass die Frau sie anstarrt, und sie lächelt noch etwas mehr.

○

Sie ist fünfundzwanzig, vielleicht sogar jünger. Isis ist sechsundzwanzig und sieht viel weniger kindlich (oder nein: mädchenhaft) aus, obwohl Vera dieses junge Ding für durchaus intelligent hält – es ist eine Vermutung, aber ihre Intuition trügt sie selten.

»Schau«, sagt Vera, und sie zeigt in die Ferne. »Das da hinten ist der Turm der Schokoladenfabrik.«

Vera weiß nicht, ob das wirklich der Turm der Schokoladenfabrik ist. Es könnte auch der Turm einer Stahlgießerei oder anderen alten Industrieanlage sein, die jetzt als Diskothek genutzt wird, aber das Mädchen schaut, und das Mädchen nickt, und Vera spürt, was sie öfter spürt, wenn sie solchen Mädchen begegnet: Sie merkt, dass das Mädchen zu ihr aufschaut, sie vielleicht sogar bewundert oder auf jeden Fall von ihrem Wissen und Status beeindruckt ist, vielleicht gar von ihrem Alter – es verleiht ihr ein gewisses Gefühl von Macht, oder vielleicht ist »Kontrolle« der richtigere Ausdruck. Jedenfalls fühlt sie sich mit einem Mal sexy und findet das Mädchen (dadurch?) auch sexy. Ja, denkt Vera, das Mädchen, das gerade hier hochgeklettert ist, ist wirklich sehr schön.

»Kommst du öfter her?«, fragt Vera und erschrickt angesichts der Banalität dieser Frage, deren doppelte Ladung eine bestimmte Intention nahelegt. Das Mädchen stört sich nicht daran oder tut zumindest so. »Nein«, antwortet es und kratzt sich, offenbar unwillkürlich, am Arm (tatsächlich gibt es hier Mücken). »Ich bin zum ersten Mal hier. Und du?«

Vera schüttelt den Kopf. »Auch nicht. Aber heute ist einer der längsten Tage des Jahres, und da dachte ich …«

»Ja, ich wollte die Sonne auch untergehen sehen!« Jetzt lacht das Mädchen sie an, der Blick entschuldigend und allwissend zugleich, scheint es. Schauen Mädchen, nicht interessierte Mädchen, fremde Frauen so an?

Sie will etwas sagen, etwas, womit sie das Bild, das das Mädchen jetzt natürlich von ihr hat, bestätigen kann; etwas, das ihren Denkmalsockel noch etwas mehr in die Höhe schraubt, aber sie weiß nicht recht, was. Das Mädchen schaut jetzt nach unten, auf die Holzplanken der Aussichtsplattform, auf ihr Portemonnaie (ein stilvoller Lederbeutel, sieh an!, das Mädchen *ist* intelligent, Stil schließlich auch eine Form geistiger Bildung) und auf ihr Handy. Vera wiederum schaut auf den Scheitel des Mädchens, auf ihre Haare, tiefschwarz, rot an den Wurzeln, was eine Tönung verrät, und alles Mögliche schießt ihr durch den Kopf: Schönes Portemonnaie, wohnst du hier in der Gegend, wie heißt du eigentlich? Und was auch immer sie sagt, es wäre in Ordnung, das weiß sie, aber nichts davon ist das Allerbeste, es kommt ihr so vor, als ob jede Frage, jedes menschliche Geräusch die Vollkommenheit der Situation ruinieren würde, dieses fröhlich überraschende Rendezvous auf der Aussichtsplattform in der Abendsonne: sie und das Mädchen zwei Puppen, Figuren an einer Miniatureisenbahn, sorgfältig von Hand gestrichen und angeklebt, auf ihren Miniaturfüßchen stehen sie sich auf dem perfekt dimensionierten Aussichtsturm für immer gegenüber, während die elektrischen Züge unter ihnen vorbeirasen. Worte, egal welche, würden die Harmonie des

Bildes zerstören, würden die Frau und das Mädchen von ihrem Platz reißen und die Illusion von Ewigkeit vernichten – eigentlich nicht weiter schlimm, aber Vera möchte diesen Moment trotzdem gern noch etwas dehnen.

»Was wolltest du einmal werden, als du noch klein warst?«, fragt das Mädchen. Sie hat sich umgedreht und steht jetzt mit dem Rücken zu Vera.

»Dressurreiterin«, antwortet Vera, »und du?«

»Astronomin«, antwortet das Mädchen. »Ich war mir ganz sicher, Abend für Abend guckte ich durch mein Spielzeugfernrohr, der Mond sah dadurch nicht einmal größer aus, glaube ich, aber das war meine Berufung, das Teleskop meine Zukunft, ich wollte immerzu durch dieses schmale Plastikrohr gucken, für den Rest meines Lebens – vielleicht fand ich das so schön, weil ich alles andere dann einfach nicht mehr zu sehen brauchte. Aber vielleicht auch nicht …«

»Astronomin – schöner Beruf!«

Und was machst du jetzt?, würde Vera gern hinzufügen, doch das Mädchen kommt ihr zuvor: »Gibt es Kinderfotos von dir, auf denen du lachst, aber nicht in die Kamera, nicht, weil jemand das von dir verlangt?«

Vera denkt nach über diese seltsame, aber interessante Frage. »Ja«, sagt sie dann. »Es gibt ein Kinderfoto von mir, auf dem ich strahlend ein Huhn im Arm halte, allerdings glaube ich, dass ich mehr aus Nervosität gelacht habe, nicht weil ich wirklich so viel Spaß dabei hatte.«

Das Mädchen nickt, als ob es die Antwort prüft und

bewertet. »Es gibt ein Foto von mir, auf dem ich lachend nach dem Pferdchen an einem hölzernen Mobile greife.« Das Mädchen hat die Hände auf das Geländer gelegt und beugt sich leicht vor, als wolle es der Sonne noch näher kommen, die Sonne ein Heizpilz, der ihr erfrorenes Gesicht auftauen soll. »Obwohl Lachen bei Babys offenbar vor allem als Signal und als Reiz dient; es soll dafür sorgen, dass Leute auch weiterhin Kinder möchten.«

Vera stellt sich hinter das Mädchen. Sie schaut ihr über die Schulter und folgt ihrem vermuteten Blick, aber sie sieht nichts Neues.

»Manchmal«, sagt das Mädchen, »betrachte ich die Wolken, wie sie das in Zeichentrickfilmen und Bilderbüchern immer machen, und dann sehe ich Einhörner und Loch-Ness-Monster über mich hinwegziehen.«

»Wow«, sagt Vera, und legt ihre Hand neben die des Mädchens auf das Geländer, während sie ihr die andere auf den Hinterkopf legt. Das Mädchen schiebt die Hand nicht weg, also lässt Vera die Finger bedächtig über das glatte schwarze Haar nach unten gleiten.

»Schaust du im Supermarkt ab und zu mal nach oben?«, hört sie das Mädchen fragen. »An die Decke, meine ich, und weißt du, was man da sieht?«

Vera schüttelt den Kopf. Wenn sie jetzt richtig zupackt, könnte sie das Haar des Mädchens greifen und mit ihrem Haargummi einen Pferdeschwanz daraus machen. Stattdessen legt sie dem Mädchen wieder die Hand auf den Scheitel und bewegt sie langsam nach unten, beginnt, das Mädchen zu streicheln, sacht und vorsichtig, während das Mädchen weiterredet und redet und redet, die Worte, die Laute, die Fragen ein Schnurren und Knurren, zufriedenes Gebrumm.

NACHSOMMER

VII

WEISST DU, WORAN ICH gedacht habe, als ich so lange stumm war? Ich dachte an dich, an dich ohne mich.

Kann sein, dass wir irgendwann einmal nicht mehr zusammen sind. Weil es mich nicht mehr gibt oder du mich verlierst, mich auf einer belebten Straße aus der Tasche fallen lässt oder auf einer Bank an der Bushaltestelle vergisst. Ich stelle mir vor, wie ich da liege, dem Regen lausche, der auf das Wartehäuschen trommelt, und danach in der Sonne koche; kleine Dampfwolken steigen von mir auf, und ich frage mich, wo du bist.

Vielleicht suchst du mich, rufst meinen Namen auf allen Wegen und Stegen. Vielleicht vermisst du mich, irgendwo trostlos zusammengekauert. Vielleicht tanzt du durchs Wohnzimmer, allein oder mit jemand anderem, einer neuen anderen, einem anderen anderen. Und plötzlich höre ich in meinem Buswartehäuschen eine Notarztsirene und frage mich, ob du in dem Wagen liegst. Ich erschrecke, aber schnell denke ich: Nein, das wäre ein zu großer Zufall! Und dann stelle ich mir vor, wie du dich fragst, ob ich in dem Rettungswagen liege, ob mich ein Bus angefahren hat oder mein Leben sonst wie in Gefahr ist. Ich sehe deine Unruhe, und ich höre dein

Seufzen, und sofort fühle ich mich besser, das kannst du mir glauben.

Und dann wird es kälter und dunkler, und ich fange an, immer stärker zu zittern. Ich könnte mich ohrfeigen, denn jetzt, wo ich verstummt hier liege, fallen mir all die Dinge wieder ein, die ich dir noch sagen wollte, bevor du mich hier verloren – oder verlassen hast.

Vor Jahren sah ich mal einen Mann auf dem Rad, hätte ich dir vorher noch gern erzählt. Der Mann hatte ein Kissen auf seinem Gepäckträger, und als ich das sah, dachte ich: Was für ein Glückspilz! Das ist ein Mann, dem man vertraut, der andere mitnimmt, der, auch wenn niemand bei ihm hinten draufsitzt, in dem Wissen herumfährt, dass andere gern die Arme um seine Hüften legen, wenn es über eine hohe Brücke geht. Darüber freute ich mich irrsinnig. Freute mich über den Mann und seine Passagiere, über die Brücken und über das kleine, weiche Kissen. Doch als der Mann vorbeifuhr und ich noch mal genauer hinschaute, sah ich, dass das Kissen überhaupt keines war, sondern eine gepolsterte Laptoptasche. Und auf einmal wurde ich traurig, weil ich mich zu Unrecht gefreut hatte und das kuschlige Kissen gar nicht existierte, und ich dachte: Wenn ich ein Fahrrad hätte, ich *würde* ein Kissen auf den Gepäckträger binden. Damit du jederzeit aufspringen könntest. Aber auch, damit andere dich sehen könnten, auch wenn du nicht da wärst, denn obwohl das Kissen leer wäre, hätte ich dich bei mir, du wärst anwesend in der Abwesenheit, und nicht allein du, fiel mir plötzlich ein, jeder, einfach alle: Auf dem leeren Kissen trüge ich die

Welt mit mir herum. Und auf einmal erschrak ich, überwältigt von dem Gedanken an so viele Passagiere, so viel Gepäck und so viele Reisen, und für einen Moment war ich froh, dass ich kein Rad hatte – aber, hätte ich gesagt, wenn ich dir zum Abschied diese Geschichte erzählt hätte: Bind dir ein Kissen auf den Gepäckträger und geh, geliebtes Wesen, geh! Halt nicht für jeden, aber nimm viele verschiedene Leute mit. Fahr zügig, aber hab keine Angst, ab und zu etwas langsamer zu werden, letztlich ist es egal, wie spät du irgendwo ankommst. Setz dir eine Mütze auf gegen Sonne und Regen. Wenn du über einen Huckel oder eine Straßenbahnschiene gefahren bist, frag deinen Passagier immer, wie es ihm geht. Aber denk auch an dich, nimm Rücksicht auf deine Knie, schone deinen Rücken und fahre nie stehend auf den Pedalen. Lass dein Kissen auch ab und zu leer, um dich zu erholen oder ein paar Kilometer mehr am Tag zu schaffen. Hab keine Angst, auch mal jemanden abzusetzen, eine Runde durch den Wald zu radeln und die Person dann wieder aufsitzen zu lassen – gut möglich, dass sie inzwischen Eis für euch beide geholt hat. Fühl dich nicht einsam, wenn einmal niemand auf deinem Gepäckträger sitzt. Schau nur, wie schnell du plötzlich vorankommst! Denk an all die Leute, die sich mit Kusshand auf dein Kissen setzen würden, die Beine über den Gepäckträger geschwungen, die Hände an deine Hüften gelegt; an alle, die dich jemals geliebt haben, und all die anderen, die eine Mitfahrgelegenheit brauchen, und glaub mir, das sind mehr, als du denkst. Fühlst du dich einsam, dann schau dich nur um, und du siehst, überall an der Straße winken dir Leute mit erhobenen Daumen und Pappschildern zu: Hier bin ich, hier, he, siehst du mich nicht?

Darum, Liebes: Geh, geh nur! Das würde ich sagen, solltest du mich verlieren oder verlassen. Geh und radele davon, mit deinen schönen Beinen, deinem flatternden Haar und dem kleinen, weichen Kissen auf dem Gepäckträger, aber pass auf vor Steinen und Pfützen, vor Schlaglöchern, offenen Gullys und Männern in langen Mänteln. Ja, Liebes, geh, geh und denk daran, dass ich dich vermissen werde. Und dass ich dir eine Banane in den Rucksack gesteckt habe.

○

Er ist nicht mehr da, denkt Maisie. Jetzt ist er wirklich, endgültig weg. Sie kniet vor ihrem Nachttisch und betrachtet das Bällchen. Es ist sechs Wochen her, seit sie es zum letzten Mal reden gehört hat. Seitdem trug sie es ein Weilchen jeden Tag bei sich, damit sie in der Nähe wäre, wenn es wieder zu reden anfinge, bis ihr einfiel, dass es in ihrer Tasche vielleicht nur noch mehr kaputtging; seitdem lag das Knäuel in seinem Döschen an ihrem Bett, damit sie es nachts, morgens und abends direkt neben sich hatte. »Guten Morgen«, sagte sie bei jedem Erwachen. »Jetzt aber schön schlafen!«, jeden Abend. Nie jedoch bekam sie eine Antwort. Nie mehr erzählte das flauschige Bällchen unversehens eine Geschichte, nie mehr stellte es komische Fragen, und jetzt ist sie sich sicher: Es ist endgültig weg.

Natürlich, das Knäuel selbst ist noch da. Es liegt hier, sie kann seine Härchen berühren. Aber wie bei Schwarzweißchen, dem Meerschweinchen, das sie zum sechsten Geburtstag bekam: Den ganzen Tag hatte das Tier zahm auf ihrem Schoß gesessen, am nächsten Morgen jedoch lag es tot in seinem Käfig. Sein Fell glänzte noch, und seine Pfötchen waren weich, nicht steif oder verkrampft wie die Klauen des toten Vogels, den sie einmal im Garten gefunden hatte; trotzdem sah sie als kleines Mädchen sofort: Schwarzweißchen ist nicht mehr da. Es liegt hier noch, aber es ist nicht mehr; eine leere Bananenschale.

Beim Gedanken an Schwarzweißchen beginnen Maisies Augen zu brennen. Unsinn, denkt sie, sie kann das Tier als Kind nicht wirklich geliebt haben, sein Verlust kein größeres Drama gewesen sein als ein verlorenes Plüschtier.

Und trotzdem. Trotzdem fühlt sie sich fürchterlich traurig.

Hätte sie sich nur etwas aufgeschrieben von dem, was das Bällchen so alles sagte, dann hätte sie jetzt wenigstens ein Andenken. So kann sie sich nur noch an ein paar seiner Geschichten erinnern, selbst seine letzten Worte weiß sie nicht sicher – vielleicht sein Vortrag über den Aussichtsturm? Aber gut möglich, dass es danach noch etwas gesagt hat. In der Nacht darauf steckte es allerdings in seinem Beutel, und der lag neben ihrem Rock auf dem Boden beim Sofa im Wohnzimmer von Veras Villa, wo Maisie einen Flur, eine Wohnküche und noch einen Flur weiter im Schlafzimmer lag, die Beine um den Körper der neuen Geliebten geschlungen, auf Laken, von denen sie nicht zu fragen wagte, ob sie aus echtem Satin waren.

Auch am nächsten Morgen könnte das Bällchen noch etwas gesagt haben. Aber auch da lag es am Boden im Wohnzimmer, während sie barfuß in die Küche ging, beeindruckt von dem gedeckten Tisch. Zwei große, schwere Teller, zwei fast ebenso große Schüsseln, zwei riesige Kaffeetassen, zwei Eierbecher und eine Butterdose, alles vom selben Steingutservice: grau und wuchtig und übersät mit winzigen blauen Tupfen, die sie an die rätselhaften Pünktchen auf ihren alten Murmeln erinnerten. Silberne Löffel, silberne Messer, kleine, glänzende Teelöffel, die große, stählerne Teekanne und ein mächtiger Brotkorb.

Im Korb jedoch nur ein Rest trockenes Waldkornbrot. Dazu Erdnussbutter und ein geöffnetes Glas Olivenpaste.

»Tut mir leid«, sagte Vera, »ich glaub, mehr hab ich nicht im Haus.«

Das nächste Mal, als sie bei Vera übernachtete – zwei Tage später –, standen am Morgen zwei Gläser Konfitüre auf dem Tisch, eine riesige Schüssel Quark und Croissants, ein Teller mit Spiegeleiern und ein großer geräucherter Schinken.

Zu dem Zeitpunkt sprach das Bällchen schon nicht mehr. Und als Vera zum ersten Mal bei ihr vorbeikam, lag es in seinem Döschen neben dem Bett, den Deckel geschlossen, damit sie nichts zu erklären brauchte und vielleicht auch, damit das Bällchen nichts mehr sehen konnte: nicht zu sehen brauchte, wie sie in Veras Armen lag.

Diesen herrlichen, Geborgenheit schenkenden Armen!

Noch einen Moment, eine halbe Stunde oder so, dann wird Vera klingeln. Maisie wird ihr Rotwein einschenken, den sie extra im Weinladen geholt hat (immer noch ängstlich, ihr die Lieblingsprodukte aus ihrem Supermarkt vorzusetzen, auch wenn Vera noch so oft sagt, dass ihr egal ist, was sie isst, trinkt oder wo sie liegt, solange es nur zusammen mit ihr ist), und dann wird sie ihr die köstlichen Merguezwürstchen brutzeln, und sie werden sich aufs Sofa setzen, Vera wird mit ihren großen, starken Händen Maisies Rücken entlangfahren und Maisie Vera durchs Haar streichen und dann ihre Finger zu Veras Hose (oh, die süßen, verrückten Hosen von Vera!) hinabgleiten lassen – beim Gedanken daran würde Maisie am liebsten ein paarmal das Treppenhaus rauf- und runterrennen, um ihre Aufregung und Vorfreude herauszulassen.

Jetzt aber schaut sie das Bällchen genau an. Und spürt sofort wieder Kummer, wenn auch eine ungefährliche Variante. Nicht die Art Kummer, die einem die Klauen auf die Schultern legt, um einen in den Abgrund zu ziehen, dafür steht Maisie momentan zu sicher auf ihrem Gipfel; eher eine Spielart, die sie Huckepack nimmt, aufsteigt und durch einen dunklen Urwald dahinfliegt, wehrlos sitzt Maisie da, doch Angst hat sie nicht, ist eher gelassen, beruhigt von den Geräuschen der Affen und dem Rauschen der Wasserfälle um sie herum.

Und jetzt?

Sie wagt nicht, das Bällchen zu berühren, aus Angst, es könnte seine letzten Härchen verlieren.

»He«, sagt Maisie sicherheitshalber, »he, Kleiner, bist du da?« Doch das Bällchen schweigt weiter, denn nein, es ist nicht da, wirklich nicht.

Maisie nimmt das Döschen in beide Hände und steht auf. Sie geht aus dem Zimmer, hält das Döschen vor sich wie ein kostbares Objekt und geht so die Treppe hinunter, über die Straße, bis in die Grünanlage auf der anderen Seite.

Sie ist barfuß, aber das macht nichts, draußen ist es immer noch warm – die Wettervorhersage verspricht ein paar weitere angenehme Tage –, sie spürt das Gras zwischen den Zehen und hält den Blick auf das Bällchen gerichtet, das leise zittert, aber nicht von der Stelle rollt: Vorsichtig, als trüge sie ein Fischglas, das nicht überschwappen darf, geht Maisie über den Rasen bis zu dem großen Knallerbsenbusch.

Kräftige, braune Zweige mit tiefgrünen Blättern, dicke weiße Beeren, die mit einem knallenden Geräusch platzen, wenn man sie fest auf den Boden wirft.

Maisie kniet vor dem Busch, stellt das Döschen auf den Boden und nimmt das weiße Knäuel vorsichtig heraus. Wie leicht es sich anfühlt, jetzt, wo es nicht mehr ist; wie das Exoskelett eines vertrockneten Insekts. Mit Daumen und Zeigefinger legt sie das Bällchen unter den Busch, unter ein Dach niedriger Zweige, wo es nicht nass werden kann, wenn es regnet.

Dann steht sie auf und tritt ein paar Schritte zurück.

Sie kneift die Augen zusammen, schaut durch die Wimpern auf den Busch und die Blätter, die weißen Beeren und das weiße Bällchen darunter.

Ja, denkt sie.

Wenn man genau hinschaut oder umgekehrt gerade nicht so genau, sieht man, dass das Bällchen jetzt heimgekehrt ist. Oder jedenfalls nicht allein ist, auf jeden Fall nicht einsam. Oder jedenfalls nicht so traurig. Vielleicht.

○

Aber womöglich, Kleines, bekommst du unterwegs Angst, es könnte alles zu wenig bringen. Du steigst ab zu einem Picknick, holst die Decke aus dem Korb, und da stehst du dann, deine Liebe unter dem Arm.

Und da steht dann die andere, ihre Liebe unter dem Arm.

Zwei kleine Bürolampen, einander gegenüber auf dem Tisch angebracht, bescheint ihr einander, berührt euch aber nicht, du siehst die andere dastehen, aber nie, was die andere sieht, eure Kegel kreuzen sich, aber wenn eine von euch ihr Licht ausknipst, steht die andere dumm da.

Und da stehst du dann, deine Liebe unter dem Arm.

Und da steht dann die andere, ihre Liebe unter dem Arm.

Zwei kleine Menschen, ganz kleine Menschen, steht ihr jeder auf einer Seite des Sees. Mit Eimern bewaffnet, versucht ihr, Früchte auf die andere Seite zu werfen, die eine Himbeeren, die andere Erdbeeren, doch wie viel Mühe ihr euch auch gebt, wie kräftig ihr die kleinen, roten Früchte auch werft, sie sind zu leicht und der Wind ist zu stark und der See ist zu groß, und so gehen sie unter, die Himbeeren, die Erdbeeren, in kleinen Bögen fliegen sie durch die Luft, um aufs Wasser zu schlagen, platsch, platsch, platsch – und nie wird die andere schmecken, was du schmeckst, wenn du deine Himbeeren von den Fingerspitzen leckst.

Und da stehst du dann, deine Liebe unter dem Arm.

Und da steht dann die andere, ihre Liebe unter dem Arm.Und vielleicht, Kleines, hast du manchmal das Gefühl, all das sei nicht genug, einander beleuchten und Früchte zuwerfen, einander zuwinken, all das sei all den Schmerz und die Sorgen nicht wert, und du fragst dich: Wenn das so ist, warum muss ich's dann erleben? Ist es nicht tieftraurig und unendlich frustrierend, dass alles so wenig bringt, kaum mehr dabei rauskommt als eine durchgebrannte Birne, ein paar Früchte im Wasser, versinkende Erdbeeren, Himbeeren, die auf den Wellen dahintreiben und von kleinen, hungrigen Wassertieren angefressen werden?

Und da stehst du dann, deine Liebe unter dem Arm.

Und da steht dann die andere, ihre Liebe unter dem Arm.

Aber Kleines, ach, Kleines … Was willst du denn *dann*?

○

Er ist etwas zu früh, aber sie ist schon zu Hause, sieht Diek. Ihr Auto steht in der Garage, ihr Rad lehnt am Zaun, er tritt auf den Kiesweg, stellt sich vor die Tür und riecht an den Blumen, die er ihr mitgebracht hat. Dahlien, dunkelviolette Dahlien.

Eigentlich hatte er ihr eine Topfpflanze schenken wollen, einen kleinen Farn oder Kaktus, aber im Blumengeschäft überlegte er es sich anders. Er war noch nie bei ihr gewesen, er weiß nicht, ob sie überhaupt Pflanzen hat. Und falls sie keine hat, ist das gewiss eine bewusste Entscheidung, Zimmerpflanzen brauchen Pflege, vielleicht ist ihr das lästig, so eine Aufgabe nebenher – er will ihr keine zusätzlichen Pflichten aufhalsen, darum hat er sich für Schnittblumen entschieden, Dahlien. Weil er Olga eine Freude machen will.

Ich will Olga eine Freude machen, denkt Diek vor der Tür. Und dieser Gedanke – oder vielmehr, dass er ihn hat – stimmt ihn zufrieden, als sei das der Beweis, dass sein Herkommen die richtige Entscheidung war.

Diek betrachtet sich in dem kleinen, quadratischen Fenster neben der Tür. Hinter der Scheibe ist es dunkel, sein Bild darin zeichnet sich gestochen scharf ab, ein Mann in gereinigtem und gebügeltem Trenchcoat, das Haar sorgfältig gekämmt. Diek hebt die Augenbrauen, und sofort wird sein Blick sanfter, er hält die violetten Dahlien vor seine Brust, damit auch sie durchs Fenster zu sehen sind und wie ihre kleinen, feinen Blütenblätter das Kinn des Mannes im Trenchcoat berühren.

Da steht er. Ein Mann, der seinem Mädchen eine Freude machen will.

Und dann, o weh, geschieht es plötzlich doch. Diek wird sich seiner Atmung bewusst, die Luft in seiner Brust nicht länger fein und leicht wie Champagner, eher dickflüssig und zäh. O nein, denkt Diek, nein!

Nein, nein, nein: Denk an die Entscheidung, die du getroffen hast, denk an die Frauen oben auf dem Turm. Wie sie da standen, die Kleinere an die Brust der Größeren gelehnt, perfekt passten sie zusammen, als wollten sie für immer dort bleiben, während du, weit unter ihnen, ewig auf der Bank sitzen würdest, in der Sonne, im Regen, der Mantel nach Dutzenden Hagelschauern fleckig und hart wie eine alte Zeitung, dein Haar erst fettig, dann dünn und noch dünner, bis du keine Haare mehr hättest, dein Gesicht voller Furchen, die Haut voller Falten und deine Knochen durch und durch kalt, brüchig wie Treibholz. Die Frauen standen einfach nur da, einander liebkosend – wofür sollte er aufstehen, wer erwartete ihn zu Hause?

Diek macht einen Schritt zur Seite. Er klingelt, schaut wieder durchs Fenster. Und diesmal sieht er nicht sich selbst, sondern einen Umriss, der aus dem Dunkel auf die Haustür zukommt.

HE, DA BIST DU JA ENDLICH! Ich bin so froh, dass du dich für mich entschieden hast. Obwohl ich gerade erst in deinen Händen liege, habe ich das Gefühl, dich schon seit Ewigkeiten zu kennen.

Darf ich sagen, dass ich dich schön finde?

Ich weiß, du selbst denkst manchmal anders darüber. Würdest gewisse Körperteile oder Partien deines Gesichts lieber verändern. Ich habe keine Ahnung, welche das sind, denn wie ich schon sagte: Ich finde dich herrlich, aber ich weiß, dass du manchmal leicht unzufrieden vor dem Spiegel stehst. In solchen Momenten bist du mit deinem Bild ganz allein: Ihr schaut euch an, versteht einander nicht richtig, denn willst du nach links, geht dein Spiegelbild nach rechts – bitte erlaube, dass ich ab und zu einen kleinen Scherz mache.

○

Sie weiß nicht, wie spät, noch welcher Tag es ist – warum sitzt sie aufrecht im Bett? Florence kann sich nicht erinnern, dass sie geträumt hat und aus dem Schlaf geschreckt wäre. Ihr Handy ist aus, einen Wecker hat sie nicht gestellt, vielleicht war es ein Geräusch von draußen?

Die Schüssel neben dem Bett ist heute Nacht leer geblieben, sieht sie. Dass sie jetzt aufrecht im Bett sitzt (und zwar ohne das Gefühl, als befänden ihre Gedärme sich im freien Fall), ist auch ein gutes Zeichen. Florence schaut an sich hinunter: In der Nacht hat sie die Decke von sich gestrampelt und trägt nur noch ihren Slip. Ohne nachzudenken, legt sie die Hände auf ihre Brust, wie sie das auch gern bei anderen Frauen tut: Ihre Handflächen umschließen vollständig die Brüste, wie Griffe an einer Kletterwand, an die sie sich einen Moment klammert, um über ihren folgenden Schritt nachzudenken.

Kann sie so aufstehen? Und dann vielleicht sogar etwas essen?

Vorsichtig schiebt sie ein Bein aus dem Bett. Sie setzt den Fuß auf den Boden, fühlt sich aber gewichtslos, schwach auf den Beinen, ein Papphampelmann, der umfällt, sobald niemand ihn festhält – trotzdem schafft sie es, sich zu erheben. Bei jedem unsicheren Schritt wartet sie auf die Reaktion ihres Magens, aber nein, keine Übelkeit, das Rührwerk dort scheint heute außer Betrieb.

Unter den Vorhängen kommt ein breiter Streifen Sonnenlicht hervor. Vielleicht war das der Grund, denkt Florence, vielleicht hat dieses leuchtende Rechteck sie geweckt. Sie schiebt den Vorhang ein wenig beiseite und schaut aus dem Fenster. In der Tat ein herrlicher Tag, die Sonne scheint ihr direkt ins Gesicht, aber das macht nichts, anders als ihre hochsommerliche Schwester ist die Nachsommersonne nicht grell und stechend, sondern samtig und weich, als sei die Luft voller Staub, kleiner Partikel, die das Licht aufsaugen und dämpfen.

So bleibt Florence vor dem Fenster stehen. Weniger unentschlossen als vielmehr erschöpft, fühlt sie sich einen Moment lang umhüllt von dieser staubigen Decke aus Licht.

Dann hört sie es. Was sie geweckt haben muss. Eine Stimme, hell und jung – sie versteht nicht, was sie sagt, aber sie weiß sofort, wo es herkommt.

Florence dreht sich um und geht ans andere Ende des Zimmers. Zu schnell wahrscheinlich, der Rührteig in ihrem Bauch beginnt sofort wieder zu gluckern, sie stellt sich vor, kleine Bläschen stiegen in ihr auf wie in brodelnder Lava, und mit der Übelkeit wächst auch die Panik: Nein, nicht schon wieder, nicht noch einmal!

Vorsichtig kniet Florence sich vor die Kiste. Sie nimmt den Deckel herunter, und da liegen sie: sechsundvierzig kleine, flauschige Bällchen. Monatelang hat sie sie hier aufbewahrt, wie ein Schwarm Zikaden plapperten sie in einem fort vor sich hin, als würden sie einander Geschichten erzählen, bisweilen heftig diskutierend, eins pedantischer formulierend als das andere, man hatte wirklich den Eindruck, als würden sie miteinander reden, auch wenn alle das Gleiche von sich gaben. Im Laufe der Zeit hatte sie sich daran gewöhnt, das Stimmengewirr kaum störender als ein brummender Kühlschrank. Erst als die Bällchen verstummten, wurde ihr deren Anwesenheit wieder bewusst, und obwohl sie es hatte kommen sehen, musste sie sich, gelinde gesagt, erst wieder an die Stille gewöhnen, wie jemand, der in ein leeres Haus zurückkommt, nachdem er den Sommer in einem kleinen, gemütlichen Bungalow mit vielen Freunden verbracht hat: He, ist es hier immer so still?

Du magst Essen mit Freunden, kannst aber auch gut einen Abend allein sein, ertönt es jetzt aus der Kiste. Florence spürt, dass ihr Magen nun doch wieder rebelliert, wie das Blut in ihrem Kopf schwindet, ihre Arme und Beine erschlaffen; trotzdem beginnt sie, in der Kiste zu kramen, zu wühlen. Sie spürt Härchen an ihren Knöcheln entlangstreichen, lässt die Bällchen wie Murmeln durch ihre Finger gleiten: Du magst Sonne, solange du dabei nicht schwitzt, du magst es, bei Regen abends drinnen zu sitzen, »I will always love you« hältst du für eine Schnulze, aber singt die mit reiner Stimme ein Kind, rührt es dich doch immer wieder.

Florence nimmt ein grünes Bällchen und hält es sich ans Ohr. Du hasst es, deine Fahrradreifen zu flicken, hört sie unter sich aus der Kiste, aber du magst Vogelschwärme, ihre Flugfiguren, wie Blätter und Staub in einem Tornado – sie wirft das grüne Bällchen zurück und sucht weiter, ein orangefarbenes Bällchen, ein gelbes, ein silbernes (das ist schön!), eins nach dem anderen drückt sie sich ans Ohr, aber keines von ihnen ist es. Inzwischen wird ihr immer schwindliger, sie spürt ein Ziehen in ihrem Gesicht, als würde ihr Mageninhalt dem Körper alle Kraft, alles Blut und allen Sauerstoff rauben. Hinlegen, denkt sie, ich muss mich hinlegen, hinlegen in mein großes, sicheres Bett, und noch einmal steckt sie den Arm in die Kiste und taucht ihre Hand in das flauschige Meer, wie die Kralle eines Greifautomaten auf der Kirmes – nicht einmal die Farbe ihrer Trophäe beachtet sie, in vier, fünf plötzlich sehr festen Schritten ist sie beim Bett und lässt sich stöhnend hineinfallen.

Sie atmet tief ein, das Ausatmen verläuft stoßweise, und sie stöhnt wieder – das Stöhnen, merkt sie, wirkt auf sie beruhigend, als sei es nicht ihre eigene Stimme, sondern der Gesang eines Wals auf einer CD mit entspannender Musik, ihr ist wieder so fürchterlich heiß, ein Frosch im Kochtopf, oder wie ging die Geschichte, sie würde sich ihren Slip, das letzte Stück Stoff, am liebsten vom Leib reißen und dabei ihre Därme durch die Kehle gleich mit, stattdessen jedoch bleibt sie steif und stumm liegen, um das Quirlen und Gluckern, das Blubbern und Brodeln zu stoppen, und stöhnt und stöhnt und stöhnt, in einem Rhythmus, der sie langsam, ganz langsam zur Ruhe bringt.

Am Strand bist du gern so allein wie möglich.

Florence nickt und schließt die Augen.

Bevor du im Supermarkt eine Weintraube stibitzt, schaust du dich immer erst um. Auch dein Haar wolltest du dir schon mal färben, und vielleicht erwägst du das immer noch. Du phantasierst regelmäßig über dein eigenes Begräbnis, und was für Musik sie dabei dann spielen müssten.

Ja, stöhnt Florence und schlägt die Augen wieder auf.

Neben ihr auf dem Kissen liegt ein Bällchen. Es ist dunkelrot und schaut sie an: Ja, sie ist sich ganz sicher, es redet mit ihr und schaut sie an, und mühsam nähert sie ihren Kopf dem flauschigen Ding, so dass ihre Nase die roten Härchen berührt.

»He«, flüstert Florence, »da bist du ja endlich!«

Jelte, Maurits, Lieke:

♥

Die Originalausgabe erschien 2017 unter dem Titel *Fuzzie*
bei Atlas Contact, Amsterdam/Antwerpen.

Diese Veröffentlichung wurde unterstützt durch den
Niederländischen Literaturfonds.

Nederlands
letterenfonds
dutch foundation
for literature

Dieses Buch ist auch als E-Book erhältlich.

FSC
www.fsc.org
MIX
Papier aus verantwortungsvollen Quellen
FSC® C083411

Verlagsgruppe Random House FSC® N001967

1. Auflage
Deutsche Erstausgabe August 2021
btb Verlag in der Penguin Random House Verlagsgruppe GmbH,
Neumarkter Straße 28, 81673 München

Umschlaggestaltung: semper smile, München
Covermotiv: © semper smile, München
Satz: Uhl + Massopust, Aalen
Druck und Einband: CPI books GmbH, Leck
Printed in Germany
ISBN: 978-3-442-77048-9

www.btb-verlag.de
www.facebook.com/btbverlag